Sur l'auteur

Philip K. Dick est né en 1928 à Chicago qu'il quitte très jeune pour la Californie. Habité par le virus de la science-fiction, il commence à vendre ses premiers récits dès 1952, mais c'est avec *Loterie solaire*, trois ans plus tard, qu'il captive définitivement l'intérêt du public. Sorte de marginal desperado, de génie visionnaire, c'est dans les années soixante, alors que son état de santé s'aggrave, qu'il écrit pourtant quelques-uns de ses plus beaux romans, comme *Ubik* ou *Le Dieu venu du Centaure*. En 1976, *Deus Irae* met en avant la crise de mysticisme à laquelle Dick a succombé. Mais en 1982, alors que Ridley Scott porte à l'écran son roman *Blade Runner*, une congestion cérébrale le plonge dans un coma profond dont il ne réchappera pas.

PHILIP K. DICK

UBIK

Traduit de l'anglais (États-Unis)
par Alain Dorémieux

10/18

ROBERT LAFFONT

Ouvrage précédemment paru
dans la collection « Domaine étranger »
créée par Jean-Claude Zylberstein

Titre original :
Ubik

ISBN 978-2-264-07495-9
Dépôt légal : novembre 2019

Les amis, tout doit disparaître !
Nous soldons la totalité de nos Ubiks électriques, silencieux, à des prix défiant toute concurrence.
Oui, nous liquidons l'ensemble de nos articles.
Et n'oubliez pas que tous les Ubiks de notre stock ont été utilisés conformément au mode d'emploi.

1

A 3 h 30 du matin la nuit du 5 juin 1992, le principal télépathe du système solaire disparut de la carte dans les bureaux de Runciter Associates à New York. Aussitôt les vidphones se mirent à sonner. La firme Runciter avait perdu la trace de trop de Psis de Hollis au cours des deux derniers mois ; cette disparition supplémentaire faisait déborder la coupe.

— Mr Runciter ? Désolé de vous déranger. (Le technicien qui était de service de nuit dans la chambre des cartes toussota nerveusement en voyant la grosse tête massive de Glen Runciter envahir l'écran du vidphone.) Un de nos neutraliseurs nous a alertés. Attendez que je regarde. (Il fouilla dans l'amas des bandes sorties du transmetteur.) C'est une femme, Miss Dorn ; comme vous le savez, elle l'avait suivi jusqu'à Green River, dans l'Utah, où...

Runciter grogna d'une voix ensommeillée :

— Qui donc ? Si vous croyez que je me souviens

en permanence des neutraliseurs qui pistent tel ou tel télep ou précog. (Il passa la main dans ses cheveux gris en broussaille, pareils à de la paille de fer.) Epargnez-moi les détails et dites-moi le nom de l'employé de Hollis qui est porté manquant.

— S. Dole Melipone, dit le technicien.

— Quoi ? Melipone a disparu ? C'est une blague ?

— Hélas non, assura le technicien. Edie Dorn et deux autres neutraliseurs l'ont suivi jusqu'à un motel nommé les Liens de l'Expérience Erotique Polymorphe, une construction souterraine de soixante unités d'habitation, destinée aux hommes d'affaires qui veulent bénéficier de divertissements privés. Edie et ses collègues ne pensaient pas qu'il était en activité, mais pour plus de sûreté nous avons envoyé sur place un de nos propres télépathes, Mr G. G. Ashwood, pour qu'il sonde sa pensée. Ashwood s'est heurté à un circuit de brouillage qui entourait l'esprit de Melipone ; il n'a donc rien pu faire. Il est reparti à Topeka, dans le Kansas, où il est actuellement sur les traces d'une recrue possible.

Runciter, maintenant mieux réveillé, avait allumé une cigarette ; il appuyait son menton sur sa main d'un air sombre, tandis que la fumée dérivait devant le scruteur situé de son côté du circuit bi-canaux.

— Vous êtes sûr que le télep était bien Melipone ? Apparemment personne ne connaît son aspect ; il doit changer de canevas physiognomonique tous les mois. Et son aura ?

— Nous avons demandé à Joe Chip de se rendre là-bas pour mesurer l'amplitude du champ psi émis au motel des Liens de l'Expérience Erotique Polymorphe. Chip dit que ses appareils ont enregistré, au plus haut niveau, une aura télépathique de 68,2 unités blr, chiffre que Melipone est le seul des télépathes connus à pouvoir atteindre. (Le technicien acheva :) C'est donc à ce point de la carte que nous avons fixé le signal d'identification de Melipone. Et maintenant, plus de signal.

— Vous avez regardé par terre ? Derrière la carte ?

— Plus de signal au sens électronique. L'homme qu'il représentait n'est plus sur Terre ni, autant qu'on peut en juger, sur un monde-colonie.

— Je vais consulter ma défunte femme, déclara Runciter.

— Nous sommes en pleine nuit. Les moratoriums sont fermés.

— Pas en Suisse, dit Runciter avec un sourire grimaçant, comme si un répugnant fluide nocturne avait filtré à travers sa gorge vieillie. Bonne nuit.

Runciter raccrocha.

En tant que propriétaire du Moratorium des Frères Bien-Aimés, Herbert Schönheit von Vogelsang, bien sûr, venait toujours travailler avant ses employés. En cet instant où la bâtisse glaciale et sonore commençait juste à s'animer, un individu à la mine soucieuse et à l'allure d'employé de bureau, avec des lunettes aux verres presque opaques, une veste en peau de chat et des souliers jaunes pointus, attendait à la réception, un bon de consultation à la main. Manifestement, il était là pour rendre à un parent la visite de circonstance. Le Jour de la Résurrection — jour férié au cours duquel on honorait publiquement les semi-vivants — approchait ; bientôt ce serait la ruée.

— Oui, monsieur, fit Herbert avec un sourire affable. Je vais m'occuper de vous en personne.

— C'est une vieille dame, dit le client. Dans les

quatre-vingts ans, toute petite et ratatinée. C'est ma grand-mère.

— Un moment.

Herbert se rendit aux entrepôts de congélation en recherchant le numéro 3054039-B. Quand il l'eut trouvé, il étudia la fiche. Il ne restait plus que quinze jours de semi-vie. Pas énorme, réfléchit-il ; machinalement il actionna l'amplificateur portatif de protophases placé dans la coque de plastique transparente du cercueil, le régla, puis guetta sur la fréquence adéquate l'indication d'une activité encéphalique.

Du haut-parleur sortit une voix faible : « ... et puis Tillie s'est cassé la cheville, et on a bien pensé que ça ne guérirait jamais ; elle était tellement têtue, à vouloir tout de suite se remettre à marcher... »

Satisfait, il débrancha l'amplificateur et alerta un employé pour faire transporter le numéro 3054039-B au salon de consultation, où le client serait mis en contact avec la vieille dame.

— Vous l'avez bien vérifiée ? demanda l'homme en s'acquittant de la somme due.

— Je m'en suis chargé moi-même, répondit Herbert. Elle fonctionne à merveille. (Il appuya sur une série de touches de commande puis s'écarta.) Heureux Jour de la Résurrection, monsieur.

— Merci. (Le client s'assit en face du cercueil qui fumait dans son enveloppe cryonique ; il pressa un écouteur contre son oreille et parla d'une voix nette dans le micro.) Flora, tu m'entends ? Il me semble que je t'entends déjà. Flora ?

Quand je mourrai, se dit Herbert Schönheit von Vogelsang, je demanderai par testament à mes héritiers de ne me réveiller qu'une fois par siècle. Ainsi je pourrai observer le destin de l'humanité. Mais ce serait ruineux de le garder aussi longtemps congelé, et il savait bien ce qui se passerait. Tôt ou tard ses héritiers se révolteraient, ils feraient sortir son corps de la capsule de réfrigération et — juste ciel — l'enterreraient.

— L'enterrement est un rite barbare, murmura Herbert. Une survivance des origines primitives de notre civilisation.

— Oui, monsieur, approuva sa secrétaire assise à sa machine à écrire.

Dans le salon de consultation, plusieurs clients s'entretenaient maintenant avec leurs parents semi-vivants, dans un silence recueilli, installés chacun devant son cercueil. C'était un spectacle paisible que celui des fidèles venant régulièrement rendre leur hommage. Ils apportaient aux semi-vivants des messages, des nouvelles du monde extérieur ; ils égayaient leur mélancolie durant ces périodes où leur activité cérébrale était ranimée. Et... ils payaient Herbert Schönheit von Vogelsang. Diriger un moratorium était une affaire rentable.

— Mon père a l'air de faiblir, dit un jeune homme en attirant l'attention d'Herbert. Vous pourriez peut-être prendre un moment pour le contrôler, si ça ne vous ennuie pas trop ?

— Certainement, dit Herbert en accompagnant le client jusqu'à son parent décédé.

La fiche de ce dernier n'indiquait plus quc quclqucs jours, ce qui expliquait la diminution de l'activité cérébrale. Quoi qu'il en soit... il haussa le niveau de l'amplificateur de protophases, et la voix du semi-vivant devint un peu plus forte dans l'écouteur. Il est près de la fin, pensa Herbert. Il était évident que le fils ne voulait pas voir la fiche, qu'il refusait de savoir que le contact avec son père décroissait. Sans rien dire, Herbert s'éloigna, le laissant communiquer avec le défunt. A quoi bon lui apprendre que c'était probablement la dernière fois qu'il venait ici ? Il le découvrirait bien assez tôt.

Un camion venait d'apparaître sur la plate-forme de déchargement située derrière le moratorium. Deux hommes en descendirent, dans un uniforme bleu pâle qu'il connaissait bien. Les Transports et Livraisons Interplanétaires Atlas. Ils amenaient un nouveau semi-vivant juste décédé ou venaient en chercher un qui avait fini son temps. Sans hâte, il se dirigea vers eux pour superviser les opérations ; mais au même moment sa secrétaire l'appela.

— Herr Schönheit von Vogelsang, excusez-moi de vous déranger, mais un client souhaite qu'on réveille sa femme d'urgence. (Sa voix prit une intonation spéciale tandis qu'elle ajoutait :) C'est Mr Glen Runciter, qui est venu spécialement de la Confédération Nord-Américaine.

Un homme âgé, de haute taille, aux larges mains et à la démarche vive et souple, vint vers lui. Il portait un costume lavable en dacron varicolor, une chemise de tricot et une cravate d'étamine passée à la teinture. Sa tête, large comme celle d'un matou, se projetait en avant tandis que ses yeux ronds et légèrement protubérants fixaient les choses d'un regard alerte. Le visage de Runciter arborait une expression de cordialité professionnelle et un air à la fois attentif et pressé à l'égard d'Herbert, comme si, au-delà de lui, il considérait déjà de futurs pôles d'intérêt.

— Comment va Ella ? fit Runciter d'une voix tonitruante qui semblait amplifiée électroniquement. Prête à être remise en route pour un petit entretien ? Elle n'a que vingt ans ; elle doit être en meilleure forme que vous ou moi.

Il eut un rire qui avait une sonorité abstraite ; il ne

cessait de sourire, ne cessait de rire, de parler d'une voix sonore, mais au fond de lui il ne remarquait personne, il restait indifférent ; c'était son corps qui souriait, hochait la tête et serrait des mains. Rien ne touchait son esprit, qui demeurait à distance ; avec un mélange de froideur et d'amabilité, il entraîna Herbert avec lui, en marchant à grandes enjambées au milieu des capsules cryoniques où les semi-vivants, et parmi eux sa femme, reposaient.

— Il y a longtemps qu'on ne vous avait vu, Mr Runciter, remarqua Herbert.

Il n'arrivait pas à se rappeler les données de la fiche de Mrs Runciter, le temps de semi-vie qui lui restait.

Runciter, sa grande main carrée posée sur le dos d'Herbert pour le faire se hâter, déclara :

— L'heure est importante, von Vogelsang. Mes associés et moi, nous travaillons dans un domaine qui surpasse l'entendement rationnel. Je n'ai pas le droit de faire des révélations à l'heure actuelle, mais nous regardons la situation présente comme menaçante quoique non désespérée. Le désespoir de toute manière n'est jamais une solution. Où se trouve Ella ?

Il fit halte en regardant rapidement autour de lui.

— Je vais vous l'amener dans le salon de consultation, dit Herbert. (Il ne fallait pas que les clients pénètrent ici, dans les entrepôts de congélation.) Vous avez son numéro, Mr Runciter ?

— Grand Dieu non, dit Runciter. Je l'ai perdu depuis des mois. Mais vous connaissez ma femme ; vous la trouverez. Ella Runciter, vingt ans environ. Les yeux bleus et les cheveux noirs. (Il jeta un coup d'œil impatient autour de lui.) Où avez-vous mis le salon de consultation ? D'habitude il est à l'endroit où je peux le trouver.

— Montrez à Mr Runciter le salon de consultation,

dit Herbert à un employé qui traînassait à proximité, curieux de voir à quoi ressemblait le directeur mondialement connu d'un organisme anti-psi.

Examinant l'intérieur du salon, Runciter dit avec répugnance :

— Il est plein. Je ne peux pas parler avec Ella ici. (Il rattrapa Herbert qui repartait vers ses dossiers.) Mr von Vogelsang, dit-il en lui plaquant une fois de plus sa large main derrière l'épaule. (Herbert sentit le poids de cette main, sa vigueur persuasive.) Il n'y a pas un coin plus retiré pour les communications confidentielles ? Je dois parler avec ma femme Ella d'une question qu'il n'est pas encore temps de révéler au monde.

Saisi par la présence de Runciter, par le ton pressant de sa voix, Herbert se surprit à murmurer docilement :

— Je peux vous amener Mrs Runciter dans un de nos bureaux, monsieur.

Il se demandait ce qui se passait, ce qui avait poussé Runciter hors de sa tanière pour accomplir ce pèlerinage tardif au Moratorium des Frères Bien-Aimés afin de remettre en route — comme il l'avait exprimé crûment — sa femme semi-vivante. Sans doute une crise professionnelle quelconque, estima-t-il. Les publicités des divers organismes de protection anti-psi, à la TV et dans les homéojournaux, ne cessaient de haranguer le public ces derniers temps. Défendez votre intimité, proclamaient-elles partout et à chaque moment. Est-ce qu'un étranger n'est pas à l'affût de vos pensées ? Etes-vous *vraiment* seul ? Cela concernait les télépathes... mais il y avait aussi les nauséeuses causes de souci dues aux précognitifs. Vos actes sont-ils prédits par quelqu'un que vous n'avez jamais rencontré ? Quelqu'un que vous ne tiendriez pas à connaître ni à inviter chez vous ? Mettez fin à votre anxiété ; contactez le plus proche organisme de protection qui vous fera savoir si vous êtes ou non victime d'intrusions psychiques interdites et qui, sur vos instructions, les neutralisera — ceci pour un prix modéré.

« Organismes de protection. » Herbert aimait bien le terme ; il avait de la dignité et correspondait à la réalité. Il en avait fait personnellement l'expérience ; deux ans plus tôt un télépathe s'était introduit parmi les employés du moratorium pour des raisons qui n'avaient jamais été élucidées. Sans doute pour capter les confidences échangées entre les semi-vivants et leurs visiteurs ; ou peut-être celles d'un semi-vivant particulier. En tout cas un éclaireur d'un organisme anti-psi avait détecté l'aura télépathique, et Herbert avait été informé. Après qu'il eut signé un contrat, un anti-télépathe lui avait été envoyé et s'était installé au moratorium. Le télépathe n'avait pas été identifié mais son action avait été neutralisée, exactement comme le promettait la propagande télévisée. Par la suite le télépathe vaincu avait dû quitter les lieux. Le moratorium était maintenant à l'abri de toute emprise psi et, par mesure de sûreté, l'organisme de protection assurait un contrôle de routine une fois par mois.

— Merci beaucoup, Mr von Vogelsang, dit Runciter en suivant Herbert à travers un bureau où travaillaient des employés jusqu'à une pièce d'archives où régnait l'odeur fade de microdocuments inutiles.

Bien sûr, songeait Herbert en évoquant l'incident, je les ai crus sur parole quand ils m'ont dit qu'un télépathe était ici ; ils m'ont fait voir un graphique qu'ils avaient obtenu, en le présentant comme une preuve. Ils avaient pu le truquer, ils avaient pu fabriquer ce graphique dans leurs laboratoires. Et je les ai également crus quand ils m'ont affirmé que le télépathe était parti ; il est venu, il est reparti... et j'ai payé deux mille poscreds. Se pouvait-il que les organismes de protection soient en réalité des rackets ? Faisant croire sans raison valable que leurs services étaient nécessaires ?

En réfléchissant à cela il reprit à nouveau la direction de ses dossiers. Cette fois Runciter ne le suivit pas ; il s'assit bruyamment sur un siège trop étroit pour sa grande carcasse. Runciter poussa un soupir et Herbert eut soudain l'impression que le vieil homme au corps puissant était fatigué, malgré ses démonstrations d'énergie.

Je suppose que quand on opère dans cette branche, supputa Herbert, il faut qu'on ait un certain comportement ; il faut avoir l'air au-dessus des faiblesses humaines ordinaires. Le corps de Runciter contenait sans doute une bonne douzaine de grefforgs, des organes artificiels greffés dans son organisme à mesure qu'avaient lâché ceux d'origine. La science médicale donne l'assise matérielle, réfléchit-il, et Runciter fournit le reste par la puissance de son esprit. Je me demande quel âge il a, s'interrogea-t-il. C'est devenu impossible d'en juger par le simple coup d'œil, surtout après quatre-vingts ans.

— Miss Beason, enjoignit-il à sa secrétaire, faites rechercher Mrs Ella Runciter et apportez-moi son numéro. Elle doit être transportée au bureau 2-A.

Il s'assit et s'octroya une ou deux pincées de tabac à priser Princes de Fribourg & Treyer, tandis que Miss Beason entamait la tâche relativement simple qui consistait à localiser la femme de Glen Runciter.

Le meilleur moyen de commander une bière, c'est de dire : Ubik.
Fabriquée avec des houblons sélectionnés, de l'eau parfaitement pure, lentement vieillie afin d'acquérir une saveur parfaite, Ubik est le numéro un des bières de ce pays. Produite exclusivement à Cleveland.

2

Debout dans son cercueil transparent, enrobée dans un effluve de brume glacée, Ella Runciter reposait les yeux fermés, les mains levées en permanence vers son visage impassible. Deux ans avaient passé depuis la dernière fois qu'il avait vu Ella, et bien sûr elle n'avait pas changé. Elle ne changerait plus jamais, maintenant, tout au moins dans son apparence physique. Mais à chaque réveil à une semi-vie active, à chaque retour de l'activité cérébrale, même pour une courte période, Ella mourait en quelque sorte un peu plus. Le temps qui lui restait s'écoulait en pulsations de phase et s'amenuisait.

C'était pourquoi Runciter ne la réanimait pas plus souvent. Il se tenait le raisonnement suivant : la remettre en activité était un péché envers elle, c'était un moyen de la condamner. Les vœux qu'elle avait formulés avant sa mort, et en état de semi-vie lors de leurs premiers entretiens, étaient devenus plutôt nébuleux dans son esprit. En tout cas il était mieux placé qu'elle pour juger, étant maintenant quatre fois plus âgé qu'elle. Que voulait-elle à l'époque ? Continuer à collaborer avec lui en tant que copropriétaire de Runciter Associates, quelque chose de vague dans ce goût-là. Eh bien, il souscrivait à ce souhait. En ce moment, par exemple. Et à six ou sept reprises dans le passé. Il la consultait chaque fois que survenait une crise. Et c'était ce qu'il faisait aujourd'hui.

Quelle saleté, ce dispositif d'écoute ! pesta-t-il en appliquant le disque de plastique contre son oreille. Et ce microphone ; tous ces obstacles à la communication *naturelle*. Impatient et mal à l'aise, il s'agita sur le siège inadéquat que von Vogelsang ou Dieu sait quel était son nom lui avait fourni ; il observa sa femme qui reprenait conscience en souhaitant qu'elle se dépêche. Puis dans un subit accès de panique il pensa : Peut-être qu'elle ne va pas y arriver ; peut-être qu'elle est au bout de ses réserves et qu'ils ne me l'ont pas dit. Ou bien ils ne le savent pas. Il faudrait que je fasse venir ce von Vogelsang pour obtenir des explications. Peut-être qu'il y a quelque chose qui ne va pas, quelque chose de terrible.

Ella, jolie et le teint clair ; ses yeux, au temps où ils s'ouvraient, étaient brillants et d'un bleu lumineux. Jamais cela ne reviendrait ; il pouvait lui parler et entendre sa réponse ; il pouvait communiquer avec elle... mais jamais plus il ne la reverrait les yeux ouverts ; et sa bouche ne remuerait plus. Elle ne sourirait pas en le retrouvant. A son départ elle n'aurait pas de pleurs. Est-ce que ça en vaut la peine ? se demanda-t-il. Est-ce vraiment mieux qu'autrefois, quand on allait directement de l'existence au cimetière ? En un certain sens je l'ai encore avec moi, décida-t-il. Sinon il n'y aurait plus rien.

Dans l'écouteur des mots commençaient à se former, lents et incertains : des pensées circulaires sans importance, des fragments du rêve mystérieux dans lequel elle résidait désormais. Que ressent-on, s'interrogeait-il, en menant une semi-vie ? Ce qu'Ella lui en avait dit ne pouvait pas le renseigner ; la connaissance du phénomène, sa réalité même ne pouvait être transmise. Une fois, elle lui avait parlé de la gravité, en disant qu'on n'était plus affecté par elle et qu'on se mettait à flotter, de plus en plus. Quand la semi-vie prend fin, avait-elle dit, je pense qu'on doit flotter hors du système solaire, dériver parmi les étoiles. Mais elle n'en savait rien de plus ; elle ne faisait que se poser des questions et conjecturer. En tout cas elle ne semblait pas avoir peur. Ni être malheureuse. Il en était satisfait.

— Salut, Ella, dit-il maladroitement dans le microphone.

Sa réponse résonna à son oreille : « Oh ! » Elle semblait surprise. Mais bien entendu son visage demeurait immuable. Rien n'y transparaissait ; il regarda ailleurs.

— Bonjour, Glen, dit-elle avec une sorte d'étonnement enfantin, comme prise au dépourvu de se trouver là. Que... (Elle hésita.) Il s'est écoulé combien de temps ?

— Deux ans, répondit-il.

— Dis-moi ce qui se passe.

— Oh ! bon Dieu, dit-il, tout part à la dérive, toute l'organisation. C'est pourquoi je suis ici ; tu voulais participer aux décisions de base concernant la politique de la maison, et c'est bien ça qu'il nous faut, une nouvelle politique, ou en tout cas une refonte générale de notre structure de surveillance.

— Je rêvais, dit Ella. Je voyais une lumière rouge

qui fumait, une lumière horrible. Et pourtant je ne pouvais m'empêcher de marcher vers elle. Je ne pouvais pas m'arrêter.

— Oui, dit Runciter en hochant la tête. Dans le *Bardo Thödol*, le *Livre des morts tibétain*, il en est question. Tu te souviens de l'avoir lu ; les médecins te l'ont donné à lire quand... (Il hésita.) Quand tu étais en train de mourir, acheva-t-il enfin.

— La lumière rouge est mauvaise, n'est-ce pas ? dit Ella.

— Oui, tu veux l'éviter. (Il se racla la gorge.) Ecoute, Ella, nous avons des problèmes. Est-ce que tu as envie que je t'en parle ? Je veux dire, je ne veux pas te surmener ou quoi que ce soit ; dis-moi si tu es trop fatiguée ou si tu préfères parler d'autre chose.

— Comme c'est étrange. Il me semble que j'ai rêvé pendant tout ce temps, depuis la dernière fois que tu m'as parlé. Ça fait vraiment deux ans ? Sais-tu, Glen, ce que je pense ? Je pense que les autres gens qui sont autour de moi... eux et moi nous nous mettons à faire partie les uns des autres. Il y a des tas de rêves que je fais qui ne m'appartiennent pas. Parfois je suis un homme, parfois un petit garçon ; parfois une vieille dame grasse avec des varices... et je me trouve dans des endroits que je n'ai jamais vus, je fais des choses qui n'ont pas de sens.

— Eh bien, comme on dit, tu es en route vers une nouvelle matrice pour renaître à travers elle. Mais cette lumière rouge fumeuse... c'est une matrice mauvaise ; tu ne veux pas passer par elle. Ce serait une renaissance basse et humiliante. Tu attends sûrement quelque chose de ta prochaine vie, ou appelle ça comme tu voudras. (Il se sentait ridicule de tenir de tels propos ; d'habitude, il n'avait aucune conviction théologique. Mais l'expérience de la semi-vie était une réalité et les avait tous transformés en théologiens.) Bon, dit-il pour changer de sujet. Laisse-moi te dire ce qui s'est passé et pourquoi je suis venu te déranger. S. Dole Melipone a disparu sans laisser de traces.

Un moment de silence, puis Ella se mit à rire.

— S. Dole Melipone, qu'est-ce que c'est que ça ? Aucune chose ne peut avoir un nom pareil.

Ce rire chaleureux, au timbre unique et familier, fit passer des frissons dans la colonne vertébrale de Runciter ; il se le rappelait encore, même après toutes ces années. Il n'avait pas entendu le rire d'Ella depuis plus de dix ans.

— Tu as peut-être oublié, dit-il.

— Je n'ai pas oublié, dit Ella, je n'oublierais pas un personnage nommé S. Dole Melipone. C'est quoi, un hobbit ?

— C'est le principal télépathe de Raymond Hollis. Nous avons toujours eu au moins un neutraliseur en permanence à ses trousses depuis que G. G. Ashwood a repéré sa trace pour la première fois il y a un an et demi. Nous n'avons *jamais* laissé Melipone nous semer ; nous ne pouvons nous le permettre. Melipone est capable, si besoin est, d'engendrer un champ psi deux fois plus important que tout autre employé de Hollis. Et Melipone n'est que l'un des nombreux hommes de Hollis qui ont disparu — tout au moins disparu en ce qui nous concerne. Autant que tous les organismes de protection de la Société ont pu en juger. Alors je me suis dit : Bon sang, il faut que j'aille voir Ella pour lui demander ce qui se passe et ce qu'il faut faire ! Comme tu l'avais spécifié dans ton testament... tu te souviens ?

— Je me souviens. (Mais sa voix semblait lointaine.) Augmente le nombre de tes publicités à la TV. Avertis les gens. Dis-leur...

Sa voix cette fois sombra dans le silence.

— Tout ceci t'ennuie, dit Runciter sombrement.

— Non. Je... (Elle hésita et il la sentit une fois de plus s'éloigner de lui.) Ce sont tous des télépathes ? demanda-t-elle après un moment.

— Principalement des télépathes et des précogs. Ils ne sont nulle part sur Terre ; j'en ai la certitude. Nous avons au moins une douzaine de neutraliseurs inactifs qui n'ont plus rien à faire parce que les Psis qu'ils étaient chargés de nullifier se sont envolés, et, ce qui est plus ennuyeux, beaucoup plus ennuyeux, c'est que les demandes d'anti-Psis sont en diminution — chose prévisible, étant donné le nombre des Psis qui sont manquants. Mais je sais qu'ils sont tous à l'œuvre sur un projet unique ; enfin je le crois. En tout cas je suis certain d'une chose : quelqu'un a loué leurs services à tous, mais seul Hollis sait qui et où ça se passe. Ainsi que de quoi il s'agit.

Il se tut et resta plongé dans un silence maussade. Comment serait-il possible à Ella de l'aider ? se demandait-il. Bouclée ici dans son cercueil, dans sa chape de glace qui la séparait du monde, elle ne pouvait savoir que ce qu'il lui disait. Pourtant il s'était toujours fié à sa sagacité, à cette forme de sagesse proprement féminine qui n'est pas fondée sur la connaissance ni l'expérience mais sur quelque chose d'inné. Au temps où elle vivait, il n'avait pas été capable de comprendre ce phénomène ; encore moins le pouvait-il maintenant qu'elle reposait dans son immobilité glacée. D'autres femmes qu'il avait connues depuis sa mort — il y en avait eu plusieurs — possédaient de faibles traces de la même faculté.

Elles en faisaient preuve à l'état latent, sans jamais la manifester avec autant d'évidence qu'Ella.

— Dis-moi, fit Ella, de quoi a l'air ce Melipone ?

— D'un cinglé.

— Il travaille pour l'argent ? Ou par conviction ? Je me méfie toujours de ça, quand ils ont cette mystique psi, ce sens d'un but à accomplir et d'une identité cosmique. Comme cet épouvantable Sarapis, tu te rappelles ?

— Sarapis n'est plus dans la profession. Hollis l'a vidé en l'accusant de vouloir monter sa propre affaire en concurrence avec la sienne. C'est un de ses précogs qui avait averti Hollis. (Il ajouta :) Melipone est beaucoup plus redoutable que ne l'était Sarapis. Quand il est à son sommet, il faut trois neutraliseurs pour contrebalancer son aura, et on n'en retire aucun avantage ; nous prenons — nous *prenions* — le même tarif que pour un seul neutraliseur. Parce que la Société a édicté des barèmes de prix auxquels nous sommes tenus. (La Société lui déplaisait de plus en plus chaque année ; cela devenait pour lui une obsession chronique, le prix qu'elle coûtait, son inutilité. Sa gloriole.) Autant que nous pouvons le savoir, Melipone est motivé par l'argent. Est-ce que tu trouves ça mieux ? Est-ce que c'est préférable ? (Il attendit mais ne perçut aucune réponse.) Ella, dit-il. (Silence. Il continua nerveusement :) Hé, Ella, tu m'entends ? Il y a quelque chose qui ne marche pas ?

Oh ! mon Dieu, pensa-t-il. Elle est partie. Il s'écoula un temps, puis des pensées se matérialisèrent au niveau de son oreille droite. « Je m'appelle Jory. » Pas les pensées d'Ella ; un élan différent, plus vivace et en même temps plus maladroit. Dépourvu de l'agile subtilité d'Ella.

— Allez-vous-en, dit Runciter pris de panique. Je parlais à ma femme Ella ; d'où venez-vous ?

— Je suis Jory, lui répondirent les pensées, et personne ne me parle. J'aimerais rester un moment en visite avec vous, monsieur, si vous le voulez bien. Comment vous appelez-vous ?

Runciter dit en balbutiant :

— Je veux ma femme, Mrs Ella Runciter ; j'ai payé pour lui parler, et c'est à elle que je veux parler, pas à vous.

— Je connais Mrs Runciter, firent les pensées en résonnant plus fort cette fois à son oreille. Elle me parle, mais ce n'est pas pareil qu'avec quelqu'un comme vous, quelqu'un du monde extérieur. Mrs Runciter est ici avec nous tous ; ça ne compte pas car elle n'en sait pas plus que nous. En quelle année sommes-nous, monsieur ? A-t-on envoyé ce grand vaisseau vers Proxima ? Cela m'intéresserait beaucoup de le savoir ; vous pourriez peut-être me le dire. Et si vous voulez, je le dirai ensuite à Mrs Runciter. D'accord ?

Runciter débrancha l'écouteur et l'arracha de son oreille, en repoussant de côté le reste du dispositif ; il quitta le bureau qui sentait le renfermé et la poussière et défila entre les rangées de cercueils gelés, tous soigneusement classés par numéros. Des employés du moratorium surgirent puis s'éclipsèrent tandis qu'il tournait en rond avec de grands gestes à la recherche du propriétaire.

— Que se passe-t-il, Mr Runciter ? demanda le nommé von Vogelsang en se montrant et en l'observant qui se démenait. Je peux vous être utile ?

— Ma ligne est parasitée par un intrus ! s'écria Runciter en s'immobilisant. Il a pris la place d'Ella. Je vous retiens, avec votre bizness foireux ; c'est insensé que des choses pareilles arrivent. (Il suivit le propriétaire du moratorium qui avait déjà pris la direction du bureau 2-A.) Si je menais mes affaires de la même façon que vous...

— L'individu s'est-il identifié ?

— Oui, il a dit s'appeler Jory.

Le front soucieux, von Vogelsang déclara :

— Ce doit être Jory Miller. Je crois que son cercueil est voisin de celui de votre femme.

— Mais c'était bien Ella que j'avais en face de moi !

— La proximité prolongée, expliqua von Vogelsang, entraîne occasionnellement une osmose mutuelle, une sorte de fusion entre les mentalités des semi-vivants. L'activité encéphalique de Jory Miller est particulièrement développée ; celle de votre femme est plus faible. Ce qui a donné lieu à cette regrettable interpénétration des protophases.

— Pouvez-vous arranger ça ? demanda Runciter d'une voix rauque. (Il tremblait et se sentait bouleversé.) Enlevez cette chose de l'esprit de ma femme et rendez-la-moi... c'est votre boulot !

Von Vogelsang dit d'une voix guindée :

— Si ce phénomène persiste, votre argent vous sera remboursé.

— L'argent ? Je m'en fiche. (Ils avaient atteint le bureau 2-A ; Runciter se rassit, le cœur battant si fort qu'il pouvait à peine parler.) Si vous ne faites pas partir ce Jory, dit-il d'une voix grondante et haletante, je vous fais un procès ; je fais fermer votre boîte !

Face au cercueil, von Vogelsang plaça l'écouteur à son oreille et se mit à parler d'un ton enjoué dans le micro.

— Allons, Jory, déphasez-vous ; soyez un gentil garçon. (Il regarda Runciter et ajouta :) Jory est mort à quinze ans ; c'est pourquoi il a tant de vitalité. En réalité cet incident s'est déjà produit ; Jory s'est manifesté plusieurs fois là où il n'aurait pas dû. (Revenant au micro, il dit :) C'est très mal de votre part, Jory ; Mr Runciter a fait un très long trajet jusqu'ici pour venir voir sa femme. Ne masquez pas le signal qu'elle émet, Jory ; ce n'est pas bien. (Il s'arrêta et prêta l'oreille à ce que lui transmettait l'écouteur.) Je sais que son signal est faible.

Il écouta à nouveau, solennel comme une grenouille assise sur son arrière-train, puis retira l'écouteur et se leva du siège.

— Qu'est-ce qu'il a dit ? demanda Runciter. Est-ce qu'il va s'en aller et me laisser parler avec Ella ?

— Jory ne peut rien faire, dit von Vogelsang, pensez à deux émetteurs radio, l'un tout proche, mais limité à une puissance de cinq cents watts, l'autre éloigné mais fonctionnant sur la même fréquence et disposant de cinq mille watts. Quand vient la nuit...

— Et la nuit, dit Runciter, *est venue*.

Tout au moins pour Ella. Et peut-être pour lui tout aussi bien, si tous les télépathes, parakinésistes, précognitifs, résurrecteurs et animateurs de Hollis qui avaient disparu ne pouvaient être retrouvés. Il n'avait pas seulement perdu Ella ; il avait perdu son conseil, puisque Jory l'avait supplantée avant qu'elle puisse donner son avis.

— Quand nous la ramènerons à l'entrepôt, débitait von Vogelsang, nous ne la mettrons plus à côté de Jory. En fait, si vous êtes d'accord pour payer le tarif mensuel plus élevé, nous pouvons la placer dans une chambre à haut degré d'isolation, avec des murs revêtus de teflon-26 pour empêcher toute fusion hétéropsychique — que ce soit avec Jory ou quelqu'un d'autre.

— Et s'il est déjà trop tard ? dit Runciter en émergeant passagèrement de l'état de dépression où cet événement l'avait plongé.

— Elle peut se reprendre. Une fois que Jory ne sera plus en phase avec elle. Ainsi que quiconque a pu s'introduire en elle en profitant de son affaiblissement. Elle est accessible à presque n'importe qui. (Von Vogelsang se mordilla la lèvre, en réfléchissant à la question.) Mais il se peut qu'elle n'aime pas être isolée, Mr Runciter. Nous gardons les containers — enfin les cercueils, comme on les appelle communément — groupés ensemble pour une raison précise. Le fait de pouvoir procéder à des échanges mentaux donne aux semi-vivants la seule...

— Mettez-la dans une chambre isolée dès maintenant, interrompit Runciter. Il vaut mieux qu'elle soit seule que de ne pas exister du tout.

— Elle existe quand même, rectifia von Vogelsang. Simplement elle ne peut pas vous contacter. Il y a une différence.

— Une différence métaphysique qui pour moi ne signifie rien, dit Runciter.

— Je vais la mettre en chambre isolée, déclara von Vogelsang, mais je crains que vous n'ayez dit vrai et qu'il ne soit trop tard. Jory l'a imprégnée d'une façon qui, jusqu'à un certain point, risque d'être permanente. Je suis désolé.

— Moi aussi, dit Runciter d'une voix grinçante.

Ubik instantané possède tout l'arôme du café filtre fraîchement moulu.
Votre mari vous dira :
« Chérie, je trouvais ton café comme ci comme ça ; mais maintenant... miam, quel régal ! »
Sans danger si l'on se conforme au mode d'emploi.

3

En pyjama à rayures bariolé style costume de clown, Joe Chip s'assit à la table de sa cuisine, alluma une cigarette et, après avoir inséré une pièce de monnaie, manœuvra le cadran de la machine à homéojournal récemment louée pour lui. Ayant la gueule de bois, il dédaigna *nouvelles interplanétaires*, resta en suspens sur *informations courantes*, puis finalement sélectionna la rubrique *potins*.

« Oui, monsieur, annonça jovialement la machine. Voici les potins ! Devinez ce que Stanton Mick, le reclus célèbre, le spéculateur et financier universellement connu, s'apprête en ce moment à faire. » Les rouages crissèrent et un rouleau de papier imprimé sortit d'une fente ; le rouleau qui venait d'être éjecté, un document en quadrichromie, gravé en creux avec une encre brillante, roula sur la surface de la table de néo-teck avant de rebondir sur le plancher. La tête martelée par la migraine, Chip le ramassa et l'étala devant lui.

MICK TAPE DE DEUX MIL LA BANQUE MONDIALE

Londres (A.P.). Qu'est-ce que Stanton Mick, le spéculateur et financier universellement connu, peut bien s'apprêter à faire ? Telle est la question qu'on se pose dans le monde des affaires à la suite des bruits qui courent à propos du magnat de l'industrie, aussi connu pour son impétuosité que pour son excentricité. Stanton Mick, qui avait proposé un jour de faire construire gratuitement une flotte spatiale permettant à Israël de coloniser les déserts de Mars et de les fertiliser, aurait demandé (et, paraît-il, obtenu) un prêt ahurissant, d'un montant sans précédent, pour

— Ce n'est pas des potins, dit Joe Chip à la machine. C'est de la spéculation sur des transactions financières. Aujourd'hui je veux savoir quelle vedette de la TV couche avec la femme droguée de qui.

Comme d'habitude il avait mal dormi, tout au moins en termes de sommeil à MOR (mouvements oculaires rapides). Et il s'était abstenu de prendre un somnifère car, malheureusement, sa réserve hebdomadaire de calmants et stimulants, fournie par la pharmacie autonome de l'immeuble où se trouvait son conapt, était presque épuisée — à cause de l'abus qu'il en avait fait, sans doute, mais ce n'était pas une consolation. Aux termes de la loi il ne pouvait se présenter de nouveau à la pharmacie que le mardi suivant. Cela faisait encore deux jours, deux *longs* jours.

— Dans ce cas réglez le cadran sur *potins croustillants*, dit la machine.

Joe Chip s'exécuta et un second rouleau dégorgé par la machine émergea de la fente ; il contempla une excellente caricature de Lola Herzburg-Wright, se pourlécha de satisfaction à la vue de son oreille droite entièrement dévoilée, puis se régala du texte.

Accostée l'autre soir par un malfrat dans un bouge new-yorkais bien connu de la faune nocturne, Lola Herzburg-Wright riposta d'un coup de couteau dans les côtes du voyou, lequel alla rouler sur la table où le roi de Suède Egon Groat était assis en compagnie d'une jeune personne non identifiée, étonnamment pourvue en matière de

Le dispositif d'appel de la porte d'entrée du conapt retentit ; surpris, Joe Chip leva les yeux, vit que sa cigarette tentait de brûler la surface de formica de la table de néo-teck, l'enleva et l'éteignit, puis, le regard vague, se dirigea vers le tube de conversation dont l'embouchure était fixée près du verrou. « Qui est-ce ? » grommela-t-il ; il consulta sa montre et vit qu'il n'était pas encore 8 heures. Sans doute le robot encaisseur de loyers, décida-t-il. Ou bien un créancier. Il résolut de ne pas actionner le dispositif libérant le verrou.

Une voix masculine pétulante résonna par le haut-parleur de la porte :

— Je sais qu'il est tôt, Joe, mais je viens d'arriver. Ici G. G. Ashwood ; j'ai auprès de moi un sujet d'avenir que j'ai déniché à Topeka... Ce que je lis dans son cerveau est magnifique et je voudrais ta confirmation avant d'amener cette recrue à Runciter. D'ailleurs, pour le moment il est en Suisse.

— Mon matériel à tests n'est pas chez moi, dit Chip.

— Je passe à l'atelier et je te l'apporte.

— Il n'est pas à l'atelier non plus. (A contrecœur il avoua :) Il est dans ma voiture. Je n'ai pas eu le temps de le décharger hier soir. (En réalité, il était trop saoul pour avoir pu ouvrir le coffre de son hovercar.) Ça ne peut pas attendre jusqu'à 9 heures ? demanda-t-il avec irritation.

Les déploiements d'activité agités et sporadiques de G. G. Ashwood l'agaçaient même à midi... mais à 8 heures moins 20 du matin, c'était encore pire qu'un créancier.

— Joe, mon vieux, je suis tombé sur le gros lot ; un condensé vivant de miracles qui fera péter les aiguilles de tes instruments et qui va donner à la maison un nouveau souffle dont elle a rudement besoin. Sans compter que...

— C'est un anti-quoi ? demanda Joe Chip. Un anti-télépathe ?

— Honnêtement, déclara G. G. Ashwood, je n'en sais rien. Ecoute, Joe. (Il baissa le ton.) C'est une question d'ordre privé. Je ne peux pas rester comme ça à baratiner devant la porte ; on pourrait entendre. Je suis même en train de capter les pensées d'un péquenot au rez-de-chaussée qui se demande ce que...

— D'accord, dit Joe Chip, résigné. (Une fois les monologues de G. G. Ashwood entamés, impossible de les arrêter. Autant l'écouter.) Laisse-moi le temps de m'habiller et de voir si j'ai du café quelque part.

Il avait le quasi-souvenir d'avoir fait un achat la nuit précédente au supermarché de l'immeuble ; il se rappelait notamment avoir donné un ticket de ration vert, ce qui pouvait correspondre à du café, du thé, des cigarettes ou une denrée importée de fantaisie.

— Cette fille te plaira, énonça G. G. Ashwood énergiquement. A vrai dire, comme c'est souvent le cas, elle a pour père un...

— Une fille ? dit Joe Chip avec inquiétude. Chez moi ça n'est pas visible ; je suis en retard pour payer les robots nettoyeurs et ils ne sont pas venus depuis quinze jours.

— Je vais lui demander si ça l'ennuie.

— Il ne s'agit pas d'elle. C'est *moi* que ça ennuie. Je la testerai plus tard à l'atelier, quand Runciter sera rentré.

— Je lis dans son esprit que ça lui est absolument égal.

— Quel âge a-t-elle ?

Peut-être, pensait-il, n'est-ce qu'une gosse. Certains des nouveaux neutraliseurs en puissance étaient des enfants, dont les facultés s'étaient développées comme moyen de protection contre des parents dotés de pouvoirs psis.

— Quel âge avez-vous, ma chère petite ? demanda G. G. Ashwood d'une voix affaiblie, tandis qu'il tournait la tête pour s'adresser à la personne qui l'accompagnait. (Il revint à Joe Chip :) Dix-neuf ans.

Bon, voilà qui réglait le problème. Mais maintenant sa curiosité était éveillée. G. G. Ashwood s'excitait facilement quand il tombait sur des filles séduisantes ; peut-être celle-ci entrait-elle dans cette catégorie.

— Donne-moi un quart d'heure, dit-il à G. G.

S'il se dépêchait, s'il arrivait à déclencher une opération de nettoyage en se passant pour l'instant de café et de breakfast, ce temps suffirait probablement pour assurer la propreté des lieux. En tout cas cela valait la peine d'essayer. Il raccrocha et fouilla dans les placards de la cuisine, à la recherche d'un balai (manuel ou automatique) ou d'un aspirateur (fonctionnant avec une batterie à hélium ou se branchant sur le secteur). Il ne trouva rien. Il était évident que l'agence de fournitures de l'immeuble ne lui avait jamais livré d'appareils ménagers. Un peu tard, pensa-t-il, pour s'en apercevoir. Et il y avait quatre ans qu'il vivait là. Il prit le vidphone et composa le 214, le numéro du service d'entretien de l'immeuble.

— Ecoutez, dit-il au répondeur homéostatique, je suis maintenant en mesure de répartir certains de mes fonds de manière à régler ma dette envers vos robots nettoyeurs. J'aimerais qu'ils viennent tout de suite s'occuper de mon conapt. Je paierai la totalité quand ils auront fini.

— Non, monsieur, vous paierez la totalité avant qu'ils commencent.

Il avait maintenant sa facture en main et l'examinait ; il déduisit du total son contingent de Clés de Crédit Magiques — mais la plupart, malheureusement, étaient épuisées. Sans doute l'étaient-elles à perpétuité, à considérer la tournure que prenaient ses rapports avec l'argent et le paiement des arriérés.

— Je vais imputer la somme que je vous dois à ma Clé Magique Triangulaire, déclara-t-il à son adversaire sans visage. Cela fera passer la dette en dehors de votre juridiction ; et sur vos livres la chose apparaîtra comme une restitution intégrale.

— Plus les amendes et les pénalisations.

— Ça, je l'imputerai à mon fonds spécial de...

— Mr Chip, les services comptables de la société de vente à crédit Ferris & Brockman ont diffusé à votre sujet un rapport particulier. Nos circuits de réception l'ont enregistré hier et sa teneur est fraîche dans notre mémoire. Depuis le mois de juillet, votre cote de fiabilité en matière de crédit est tombée d'un triple G à un quadruple G. Notre service — ainsi d'ailleurs que l'immeuble tout entier — est désormais programmé pour que tout crédit soit refusé à des gens aussi pathétiquement anormaux que vous, monsieur. En ce qui vous concerne, toute opération sera dorénavant traitée sur la base du paiement comptant pour le restant de vos jours. En fait...

Il coupa la communication. Et abandonna l'espoir de faire pénétrer — par menace ou par ruse — les robots nettoyeurs dans son conapt en pagaille. A la place il se traîna jusqu'à la chambre à coucher pour s'habiller ; ça au moins, il pouvait le faire sans personne pour l'aider.

Après avoir revêtu une robe de chambre d'un marron pourpre éclatant, enfilé des chaussons en forme de poulaines, et s'être coiffé d'un bonnet de feutre avec un pompon, il se livra à des investigations dans la cuisine, dans l'espoir de trouver du café. Rien. Il concentra son attention sur le living et découvrit alors, près de la porte qui menait à la salle de bains, sa cape de sortie de la veille au soir, étalée dans toute sa largeur bleu moucheté, et un sac de plastique contenant une demi-livre de café du Kenya, un produit de luxe, qu'il n'avait pu acheter qu'en état d'ébriété avancée, étant donné sa déplorable (et habituelle) situation financière.

Revenu dans la cuisine, il fouilla ses poches pour trouver une pièce de dix *cents* et s'en servit pour mettre la cafetière en marche. Tout en reniflant l'odeur pour lui insolite, il observa à nouveau sa montre et vit qu'un quart d'heure avait passé ; il se dirigea d'un pas décidé vers la porte du conapt et appuya sur le bouton commandant la libération du verrou.

La porte refusa de s'ouvrir et déclara :

— Cinq *cents*, s'il vous plaît.

A nouveau il chercha dans ses poches. Plus de pièces ; plus rien.

— Je vous paierai demain, dit-il à la porte. (Il essaya une fois de plus d'actionner le verrou, mais celui-ci demeura fermé.) Les pièces que je vous donne, continua-t-il, constituent un pourboire ; je ne suis pas *obligé* de vous payer.

— Je ne suis pas de cet avis, dit la porte. Regardez dans le contrat que vous avez signé en emménageant dans ce conapt.

Il trouva le contrat dans le tiroir de son bureau ; depuis que le document avait été établi, il avait eu besoin maintes et maintes fois de s'y référer. La porte avait raison ; le paiement pour son ouverture et sa fermeture faisait partie des charges et n'avait rien de facultatif.

— Vous avez pu voir que je ne me trompais pas, dit la porte avec une certaine suffisance.

Joe Chip sortit un couteau en acier inoxydable du tiroir à côté de l'évier ; il s'en munit et entreprit systématiquement de démonter le verrou de sa porte insatiable.

— Je vous poursuivrai en justice, dit la porte tandis que tombait la première vis.

— Je n'ai jamais été poursuivi en justice par une porte. Mais je ne pense pas que j'en mourrai.

On frappa au battant.

— Hé, Joe, mon vieux, c'est moi, G. G. Ashwood. Et la petite est ici prête à entrer. Ouvre-nous.

— Mets une pièce dans la fente à ma place, dit Joe. On dirait que le mécanisme est détraqué de mon côté.

Une pièce tomba en tintant dans les entrailles de la porte ; elle s'ouvrit, montrant G. G. Ashwood sur le seuil, l'air radieux. Puis elle oscilla sur ses gonds avec un triomphe irrationnel et sournois, tandis qu'il s'avançait en poussant devant lui la jeune fille dans le conapt.

Elle resta un moment immobile à dévisager Joe, pas plus de dix-sept ans d'allure, mince et la peau cuivrée, de grands yeux noirs. Bon Dieu, pensa-t-il, elle est belle. Elle portait un jeans et un blouson de toile synthétique, et des bottes encroûtées de boue apparemment authentique. Sa crinière de cheveux brillants était attachée en arrière avec un foulard rouge. Ses manches remontées dévoilaient des bras bronzés aptes à travailler. A sa ceinture imitation cuir elle avait un couteau, un téléphone miniaturisé et un sachet de rations alimentaires et de boisson de secours. Sur la peau foncée de son avant-bras droit il déchiffra une inscription tatouée. *Caveat emptor.* Il se demanda ce que cela signifiait.

— Voici Pat, dit G. G. Ashwood, un bras passé avec une familiarité ostensible autour de la taille de la fille. Peu importe son nom de famille. (Trapu et poussif, portant comme d'habitude un poncho de mohair, un feutre abricot, des chaussettes de ski et des pantoufles, il s'avança vers Joe Chip, l'autosatisfaction irradiant de chaque molécule de son corps ; il avait fait une trouvaille de valeur et entendait bien en tirer le plus d'avantages possible.) Pat, je vous présente le testeur électronique de la compagnie, hautement expérimenté et de premier ordre.

— C'est vous qui êtes électronique ou vos tests ? demanda froidement la fille à Joe.

— Eux et moi nous faisons l'échange, dit Joe. (Il sentait, partout autour de lui, les miasmes émanant des détritus et du désordre de son appartement, et il savait qu'elle l'avait déjà remarqué.) Asseyez-vous, dit-il gauchement. Voulez-vous du vrai café ?

— Quel luxe ! dit Pat en s'installant à la table de la cuisine et en se mettant machinalement à rassembler en une pile ordonnée les feuillets sortis durant la semaine de la machine à homéojournal. Comment pouvez-vous vous offrir du vrai café, Mr Chip ?

G. G. Ashwood intervint :

— Joe est bien payé. La maison ne pourrait pas marcher sans lui.

Il tendit le bras et prit une cigarette dans le paquet posé sur la table.

— Laisse tomber, dit Joe. Je suis presque à sec et j'ai acheté ce café avec mon dernier ticket de ration vert.

— J'ai payé pour la porte, remarqua G. G. (Il offrit le paquet de cigarettes à la fille.) Joe joue la comédie ; ne faites pas attention. C'est comme la façon dont il tient son intérieur. Ça montre qu'il a un tempérament créateur ; tous les génies sont comme ça. Où est ton matériel, Joe ? Nous perdons du temps.

Joe s'adressa à la fille :

— Votre tenue est bizarre.

— Je m'occupe de l'entretien des réseaux vidphoniques souterrains au kibboutz de Topeka, dit Pat. C'est un kibboutz où seules les femmes peuvent accomplir des travaux manuels. C'est pourquoi je m'y suis inscrite, plutôt qu'à celui de Wichita Falls.

Ses yeux resplendissaient d'orgueil.

— Cette inscription sur votre bras, ce tatouage, dit Joc. C'est de l'hébreu ?

— Du latin. (Son regard voilait son amusement.) Je n'ai jamais vu un logement aussi encombré de cochonneries. Vous n'avez pas de maîtresse ?

— Un expert électronique n'a pas de temps pour la bagatelle, dit avec irritation G. G. Ashwood. Ecoute, Joe, les parents de cette gosse travaillent pour Ray Hollis. S'ils apprennent qu'elle est ici, elle est bonne pour une lobotomie préfrontale.

— Ils ignorent que vous avez un contre-pouvoir ? demanda Joe à la fille.

— Oui, dit-elle en hochant la tête. Moi-même je ne m'en rendais pas compte jusqu'à ce que votre éclaireur soit venu s'asseoir à côté de moi à la cafétéria du kibboutz et m'ait parlé. Il a peut-être raison. (Elle haussa les épaules.) Peut-être pas. Il a dit que vous pourriez en fournir la preuve objective, avec votre équipement.

— Si les tests montrent que c'est vrai, demanda-t-il, ça vous fera quelle impression ?

— Je ne sais pas ; ça semble tellement... négatif. Je ne possède aucun don ; je ne sais ni soulever les objets, ni changer les pierres en pain, ni donner naissance sans fécondation, ni enrayer les maladies. Je ne sais pas non plus lire dans les esprits ou voir le futur... pas même des pouvoirs aussi ordinaires que ça. Je ne fais que nullifier les facultés des autres. Ça a l'air... (Elle eut un geste de la main.) Un peu ridicule.

— En tant que facteur de survie pour l'espèce humaine, dit Joe Chip, c'est aussi utile que les pouvoirs psis. Spécialement pour nous les Norms. Le facteur anti-psi est une restauration naturelle de l'équilibre écologique. Un insecte apprend à voler, donc un autre apprend à construire une toile pour le piéger. Est-ce que c'est pareil que si personne ne volait ? Les palourdes s'entourent d'une solide coquille pour se protéger, les oiseaux apprennent à emporter la palourde en l'air et à la projeter sur un rocher. En un sens, vous êtes une forme de vie prédatrice par rapport aux Psis, et les Psis sont prédateurs par rapport aux Norms. Ce qui fait de vous l'amie de la classe des Norms. C'est l'équilibre, le cercle complet, du chasseur à la proie. Un système apparemment éternel, et je ne vois pas comment il pourrait être amélioré.

— Je pourrais être accusée de trahison, dit Pat.
— Ça vous contrarie ?
— Je n'aime pas qu'on me soit hostile. Mais je suppose qu'on ne peut pas vivre longtemps sans éveiller d'hostilité ; on ne peut pas plaire à tout le monde, puisque les gens ne veulent pas tous la même chose. Si on fait plaisir à l'un, on déplaît à l'autre.
— En quoi consiste votre anti-pouvoir ? demanda Joe.
— C'est difficile à expliquer.
— Comme je le disais, fit G. G. Ashwood, c'est quelque chose d'unique ; je n'ai encore jamais entendu parler d'un truc pareil.
— Ça neutralise quel pouvoir psi ? dit Joe à la fille.
— La précognition, dit Pat. Enfin je crois. (Elle indiqua du doigt G. G. Ashwood qui souriait toujours avec enthousiasme.) Votre éclaireur, Mr Ashwood, me l'a expliqué. Je savais bien que je faisais des choses bizarres ; j'ai toujours eu ces périodes étranges dans ma vie, depuis l'âge de six ans. Je n'en ai jamais parlé à mes parents parce que je sentais que ça leur déplairait.
— Ce sont des précogs ? demanda Joe.
— Oui.
— Vous avez raison. Ça leur aurait déplu. Mais si ça se passait en leur présence ils auraient dû s'en rendre compte. Ils n'ont rien soupçonné ? Pourtant vous troubliez bien leurs facultés ?
— Je... dit Pat. (Elle eut un geste hésitant.) Je pense que je les troublais mais qu'ils ne le savaient pas.
Son visage était perplexe.
— Laissez-moi vous expliquer, dit Joe, comment agit généralement un anti-précog. Comment il agit en

fait dans tous les cas que nous connaissons. Le précog a la vision d'une série de futurs, rangés les uns à côté des autres comme des rayons dans une ruche. Mais l'un d'eux lui apparaît plus lumineux que les autres, et c'est celui-là qu'il choisit. Après ça l'anti-précog ne peut plus agir ; il faut qu'il soit présent au moment où le précog va faire son choix sinon il est trop tard. L'action de l'anti-précog brouille la vision du précog en lui donnant l'impression que tous les futurs ont le même coefficient de réalité, ce qui l'empêche d'en sélectionner un. Mais le précog est immédiatement averti de la présence de l'anti-précog, car toute la relation entre le futur et lui est altérée. Dans le cas des télépathes, il y a aussi un phénomène semblable qui...

— Elle remonte dans le temps, dit G. G. Ashwood.

Joe le fixa sans rien dire.

— Elle remonte dans le temps, répéta G. G. en savourant les termes. (Son regard semblait envoyer des étincelles dans tous les coins de la cuisine.) Le précog qui est influencé par elle continue de voir un seul futur prédominant ; une seule possibilité lumineuse, comme tu disais. Donc il la choisit, et il a raison. Mais pourquoi a-t-il raison ? Pourquoi cette possibilité est-elle la seule ? Parce que cette fille contrôle le futur. (Il fit un signe de tête en direction de Pat.) C'est cette possibilité qui est lumineuse parce qu'elle est allée dans le passé et qu'elle l'a changé. En le changeant elle change aussi le présent, ce qui inclut le précog ; celui-ci est influencé sans même le savoir, et son pouvoir a l'air d'opérer alors qu'en réalité il n'en est rien. C'est un des avantages de l'anti-pouvoir de Pat comparé à tous les autres pouvoirs anti-précog. L'autre avantage, encore plus grand, est qu'elle peut annuler *après coup* la décision du précog. Elle peut intervenir dans la situation une fois que cette décision est prise, et comme tu le sais c'est le problème qui nous a toujours gênés ; si nous n'étions pas là dès le début, nous ne pouvions rien faire. En un sens, nous ne pouvions jamais annuler la faculté précog à cent pour cent comme nous le faisions pour les autres pouvoirs psis ; c'est bien vrai ? C'est bien la faille qu'il y avait dans notre organisation ?

Il regardait Joe Chip comme pour quêter son approbation.

— Intéressant, se contenta de dire Joe.

— Quoi ? *Intéressant ?* rétorqua G. G. Ashwood avec indignation. C'est l'anti-pouvoir le plus spectaculaire que nous ayons jamais rencontré !

Pat dit à voix basse :

— Je ne remonte pas dans le temps. (Elle leva les yeux et son regard croisa celui de Joe Chip, d'une façon à la fois humble et agressive.) Je fais effectivement quelque chose, mais ce que raconte Mr Ashwood ne correspond pas à la réalité.

— Je lis dans votre esprit, lui dit G. G., l'air légèrement irrité. Je sais que vous pouvez changer le passé ; vous l'avez fait.

— Je peux changer le passé, dit Pat, mais je n'y *vais* pas ; je ne voyage pas dans le temps, comme vous voulez le faire croire à votre testeur.

— Comment changez-vous le passé ? lui demanda Joe.

— Je pense à lui. A un aspect particulier, un incident quelconque ou une phrase prononcée par quelqu'un. Ou bien à un événement mineur qui s'est produit alors que je ne le souhaitais pas. J'ai fait ça pour la première fois étant enfant...

— Elle avait six ans, interrompit G. G., et elle habitait à Detroit avec ses parents ; un jour elle a cassé une statuette ancienne en céramique à laquelle son père tenait beaucoup.

— Est-ce que votre père l'avait prévu ? demanda Joe. Avec sa faculté de précognition ?

— Il l'avait prévu, répondit Pat, et il m'a punie une semaine avant que je casse la statue. Mais il disait que c'était inévitable ; vous connaissez le don des précogs : ils voient l'avenir mais ne peuvent pas le changer. Ensuite, une fois que la statuette s'est brisée — enfin, quand elle a été cassée par moi, je veux dire — je me suis mise à ruminer là-dessus et à remuer des idées noires, en pensant à toute cette semaine où j'avais été privée de dessert au dîner et envoyée au lit plus tôt. J'ai pensé : Mon Dieu — ou ce que peut dire une gosse —, est-ce qu'il n'y aurait pas eu un moyen d'empêcher ce malheur ? La précognition de mon père ne me semblait pas une chose très merveilleuse, puisqu'il ne pouvait pas modifier les événements ; c'est toujours le sentiment que j'ai aujourd'hui, une sorte de mépris. J'ai passé un mois à vouloir que la statuette ne soit pas cassée ; je n'arrêtais pas de revenir en esprit à la période où elle ne l'était pas, en m'imaginant l'aspect qu'elle avait eu... elle était d'ailleurs affreuse. Et puis un matin quand je me suis réveillée — et j'avais même rêvé la nuit d'avant que ça se passerait — elle était là. A l'endroit où elle était posée d'habitude. (Avec une expression tendue, elle se pencha vers Joe Chip ; elle continua à parler d'une voix dure et décidée.) Mais mes parents ne se sont aperçus de rien. Pour eux il était tout à fait normal que la statuette soit intacte. J'étais la seule à me rappeler.

Elle sourit, s'adossa, prit une autre cigarette dans le paquet de Joe et l'alluma.

— Je vais chercher mon matériel dans ma voiture, dit Joe en se dirigeant vers la porte.

— Cinq *cents*, s'il vous plaît, dit la porte quand il voulut actionner le verrou.

— Paye la porte, dit Joe à G. G. Ashwood.

Quand il eut apporté ses appareils dans le conapt, il pria l'éclaireur de décamper.

— Quoi ? fit G. G. Ashwood, ahuri. Mais c'est moi qui l'ai trouvée ; la prime me revient. J'ai passé presque dix jours à remonter jusqu'au champ qui émanait d'elle ; je...

— Tu sais très bien que je ne peux pas la tester avec ta propre émission de champ ici présente, lui dit Joe. Les pouvoirs et les anti-pouvoirs se nuisent respectivement ; si ce n'était pas le cas, nous serions au chômage. (Il tendit la main tandis que G. G. se levait en bougonnant.) Et laisse-moi de la monnaie. Pour qu'elle et moi nous puissions sortir d'ici.

— Ça ira, j'en ai sur moi, murmura Pat.

— Tu peux très bien mesurer la force qu'elle engendre, dit G. G., en te fondant sur l'affaiblissement de mon aura. Je t'ai vu faire ça cent fois.

— Cette fois c'est différent, dit Joe brièvement.

— Je n'ai plus de pièces, dit G. G. Je ne peux pas partir.

Regardant Joe, puis G. G., Pat dit :

— Je vous en donne une.

Elle la jeta à G. G. qui l'attrapa, l'air abasourdi. Puis cet air fit place, progressivement, à une expression morose et chagrinée.

— On peut dire que vous m'avez eu, fit-il en introduisant la pièce dans la fente de la porte. Tous les deux, marmonna-t-il pendant que le battant se rabattait derrière lui. C'est moi qui l'ai découverte. C'est de l'abus de confiance...

La porte en se refermant coupa le son de sa voix. Le silence retomba.

Pat finit par dire :

— Quand il n'a plus son enthousiasme, il ne reste plus grand-chose de lui.

— C'est un brave type, dit Joe. (Il éprouvait son habituel sentiment de culpabilité, mais sans trop d'acuité.) En tout cas il a fait sa part. Maintenant...

— Maintenant c'est votre tour, dit Pat. Du moins à ce qu'il paraît. Je peux retirer mes bottes ?

— Bien sûr, dit-il.

Il mit ses appareils en place et les brancha, en vérifiant séparément le fonctionnement de chacun d'eux.

— On peut prendre une douche ? demanda-t-elle en rangeant ses bottes avec soin dans un coin.

— Ça coûte vingt-cinq *cents*, murmura-t-il. (Il la regarda et vit qu'elle commençait à défaire les boutons de son blouson.) Je ne les ai pas, ajouta-t-il.

— Au kibboutz, dit Pat, tout est gratuit.

— Gratuit ! (Il la dévisagea avec stupeur.) C'est infaisable économiquement. Comment un système peut-il marcher sur ces bases ? Ça ne peut pas durer plus d'un mois.

Elle continuait imperturbablement à déboutonner son blouson.

— Nos salaires sont versés à un fonds commun et nous avons droit à un crédit correspondant à notre travail. La totalité de nos gains sert à entretenir le kibboutz. En fait, le kibboutz de Topeka est depuis plusieurs années une entreprise rentable ; il rapporte plus qu'il ne coûte.

Ayant fini de défaire les boutons du blouson, elle le retira et le posa sur le dossier de sa chaise. Elle ne portait rien sous le vêtement bleu au tissu grossier, et il vit ses seins : fermes, haut placés, maintenus bien droits par les muscles nets des épaules.

— Vous êtes sûre de vouloir faire ça ? demanda-t-il. Je veux dire de vous déshabiller ?

— Vous ne vous souvenez pas.

— De quoi ?

— Que dans un autre présent je ne me suis pas déshabillée. Ça ne vous a pas plu, alors j'ai effacé ce présent pour le remplacer par celui-ci.

Elle se leva d'un mouvement souple.

— Qu'est-ce que j'ai fait, demanda-t-il avec circonspection, quand vous ne vous êtes pas déshabillée ? J'ai refusé de vous tester ?

— Vous avez bougonné en disant que Mr Ashwood avait surestimé mes talents.

— Ce n'est pas mon genre ; je n'aurais pas fait ça, dit Joe.

— Tenez. (Ses seins remuèrent tandis qu'elle se penchait pour fouiller dans la poche de son blouson. Elle en sortit une feuille de papier pliée qu'elle lui tendit.) Ça vient du présent d'avant, celui que j'ai supprimé.

Il regarda la feuille et lut la conclusion qu'il avait portée en une ligne au bas de celle-ci. *Champ anti-psi inadéquat et inférieur à la moyenne. Sans valeur contre les catégories de précogs existant actuellement.* A côté figurait l'un des symboles codés qu'il utilisait, un cercle barré d'un trait. Ce qui voulait dire : *A ne pas engager.* Et seuls Glen Runciter et lui connaissaient le code. Même leurs éclaireurs ignoraient la signification d'un tel symbole, donc ce ne pouvait être Ashwood qui l'avait renseignée. Silencieusement il lui rendit le papier qu'elle replia et remit dans la poche de son blouson.

— Vous avez besoin de me tester ? demanda-t-elle. Après avoir vu ça ?

— Je dois suivre la routine, dit Joe. Il y a six indices selon lesquels...

— Vous êtes un petit bureaucrate incapable et criblé de dettes qui n'a même pas de quoi alimenter en monnaie sa porte d'entrée, déclara Pat.

Elle avait parlé d'un ton neutre et dévastateur, et sa voix se répercuta aux oreilles de Joe ; il se raidit, tressaillit et se mit à rougir.

— En ce moment je traverse une mauvaise passe, dit-il. Mais je peux me renflouer du jour au lendemain. Je peux obtenir un prêt. En le demandant au besoin à la firme. (Il se leva de façon mal assurée, prit deux tasses et deux soucoupes, remplit les tasses de café.) Sucre ? dit-il. Crème ?

— Crème, dit Pat qui se tenait toujours debout, nu-pieds et le buste nu.

Il manipula la poignée du réfrigérateur, pour en sortir un carton de lait.

— Dix *cents*, s'il vous plaît, dit le réfrigérateur. Cinq pour ouvrir ma porte et cinq pour la crème.

— Ce n'est pas de la crème, dit-il. C'est du lait ordinaire. (Il continua à essayer de manœuvrer — inutilement — la porte du réfrigérateur.) Juste cette fois, fit-il. Je paierai ce soir, juré.

— Tenez, dit Pat en faisant glisser une pièce de dix *cents* sur la table dans sa direction. Il faudrait qu'elle ait de l'argent, poursuivit-elle en le regardant mettre la pièce dans la fente du réfrigérateur. Je parle de votre maîtresse. Vous êtes vraiment un raté, hein ? Je l'ai su dès que Mr Ashwood...

— Ce n'est pas toujours comme en ce moment, graillonna-t-il.

— Désirez-vous que je vous libère de vos problèmes, Mr Chip ? (Les mains dans les poches de son jeans, elle le regardait sans expression, sans qu'aucune émotion voile son visage. Seul son regard était en éveil, comme aux aguets.) Vous savez que j'en suis capable. Asseyez-vous et rédigez votre rapport sur moi. Vous n'avez pas besoin des tests. De toute façon mon pouvoir est unique en son genre ; vous ne pouvez pas mesurer le champ que je produis... il se situe dans le passé et vous me testez dans le présent, qui n'intervient que comme une conséquence automatique. Vous êtes d'accord ?

— Faites-moi voir, dit-il, ce rapport que vous avez dans votre poche. Je veux le regarder encore une fois avant de prendre une décision.

Elle sortit une nouvelle fois de son blouson la feuille de papier jaune pliée ; elle la lui tendit calmement par-dessus la table et il la relut. Mon écriture, se dit-il. Oui, c'est bien vrai. Il lui rendit la feuille et prit dans son nécessaire à tests une autre feuille identique encore vierge. Il y inscrivit le nom de Pat, puis de faux résultats de tests d'un niveau extrêmement élevé, et enfin ses observations. Ses nouvelles observations. *Pouvoir incroyable. Champ anti-psi à l'étendue inégalée. Capable vraisemblablement de nullifier tout groupe de précogs imaginable.* A la suite de ces lignes il marqua un symbole : cette fois deux croix soulignées. Pat, penchée derrière lui, le regardait écrire ; il sentait son souffle sur sa nuque.

— Que signifient les deux croix ? demanda-t-elle.

— *A engager*, répondit Joe, *à n'importe quel prix.*

— Merci. (Elle fouilla dans son porte-monnaie, en sortit une poignée de billets et lui en remit un. Un gros.) Ceci vous aidera pour vos dépenses. Je n'ai pas voulu vous le donner avant que vous ayez fini votre rapport. Vous auriez tout annulé et auriez gardé jusqu'à votre mort la conviction que je voulais vous acheter. Vous auriez même pu décider que je n'avais aucun contre-pouvoir.

Elle défit la fermeture Eclair de son jeans et continua son rapide et furtif déshabillage. Sans la regarder, Joe Chip examina ce qu'il avait écrit. Les croix soulignées n'avaient pas le sens qu'il lui avait dit. Elles signifiaient : *A surveiller. Cette personne représente un risque et peut être dangereuse pour la firme.* Il signa le rapport, le plia et le tendit à Pat. Elle le fit disparaître dans sa poche.

— Quand puis-je apporter mes affaires ici ? demanda-t-elle en s'éloignant vers la salle de bains. Puisque je vous ai donné sans doute l'équivalent d'au moins un mois de loyer, je considère que je suis chez moi maintenant.

— Quand vous voudrez, dit-il.

La salle de bains déclara :

— Cinquante *cents*, s'il vous plaît. Avant de commencer à faire couler l'eau.

Pat revint dans la cuisine pour prendre son porte-monnaie.

Découvrez la nouvelle sauce salade Ubik, un délice pour le palais.
Ni italienne ni française : une saveur entièrement inédite et différente.
Comme les gourmets du monde entier, sortez de votre routine en essayant Ubik !
Sans danger si l'on se conforme au mode d'emploi.

4

De retour à New York après son voyage au Moratorium des Frères Bien-Aimés, Glen Runciter atterrit dans une limousine électrique de location, impressionnante et silencieuse, sur le toit du bâtiment central de Runciter Associates. Une piste de descente l'amena rapidement à son bureau au cinquième étage. Et à 9 h 30 du matin, heure locale, il était assis dans son fauteuil tournant massif, à l'ancienne mode, en noyer et cuir véritables, derrière son bureau, en train de parler au vidphone au directeur de son service de relations publiques.

— Tamish, je reviens de Zurich où j'ai conféré avec Ella. (Il leva les yeux vers sa secrétaire qui venait d'entrer avec précaution, en refermant la porte derrière elle.) Qu'est-ce que c'est, Mrs Frick ? lui demanda-t-il.

La desséchée et craintive Mrs Frick, dont le visage

gris était rehaussé de taches de fard, fit un geste d'excuse : elle était obligée de le déranger.

— Bon, Mrs Frick, dit-il patiemment. De quoi s'agit-il ?

— Une nouvelle cliente, Mr Runciter. J'ai pensé que vous désireriez la voir.

Elle semblait à la fois avancer vers lui et reculer, manœuvre difficile que seule Mrs Frick était capable de mener à bien. Il lui avait fallu cent ans de pratique pour y arriver.

— Dès que j'aurai fini, dit Runciter. (Il continua dans le vidphone :) Quelle est la fréquence actuelle de nos publicités TV sur la chaîne mondiale ? Toutes les trois heures ?

— Pas tout à fait, Mr Runciter. Nous en avons une toutes les trois heures sur les chaînes continentales. Mais les prix pour la chaîne mondiale sont...

— Je veux qu'elles passent toutes les heures, dit Runciter. Ella pense que ce serait mieux. (Durant son trajet de retour, il avait décidé quel était celui de leurs films publicitaires qu'il préférait.) Vous vous rappelez cet édit récent de la Cour Suprême selon lequel un mari peut assassiner légalement sa femme s'il fait la preuve qu'en aucune circonstance elle ne lui aurait accordé le divorce ?

— Oui, la prétendue loi de...

— Je me moque de son nom ; ce que je sais, c'est que nous avons basé une publicité là-dessus. Comment est-elle déjà ? J'ai essayé de m'en souvenir.

— On voit le mari qui comparaît devant un tribunal, dit Tamish. Il y a d'abord un plan du jury, puis du juge, puis une séquence où le mari est interrogé par l'avocat de l'accusation qui lui dit : « Il semblerait, monsieur, que votre femme... »

— Ça y est, j'y suis, dit Runciter avec satisfaction.

Il avait lui-même collaboré à l'élaboration de ce film.

A son avis, c'était là une manifestation entre autres des aptitudes de son esprit aux multiples facettes.

— Néanmoins, dit Tamish, est-ce qu'on ne soupçonne pas que les Psis disparus sont employés, en groupe, par un organisme disposant de moyens massifs ? Considérant cette situation comme probable, peut-être devrions-nous plutôt donner la priorité à nos séquences d'information. Vous vous rappelez peut-être celle-ci, Mr Runciter ? On voit un mari qui rentre chez lui le soir à la fin de sa journée de travail. Il s'installe d'un air fatigué sur le canapé du living-room, puis il fronce les sourcils et dit à sa femme : « Bon sang, je me demande ce que j'ai qui ne va pas. De plus en plus souvent chaque jour, la moindre remarque au bureau me fait penser que quelqu'un lit dans mon esprit ! » Alors elle lui répond : « Si ça te tracasse, pourquoi ne contactes-tu pas le plus proche organisme de protection ? Ils mettront à notre disposition un neutraliseur pour un prix raisonnable, et tu te sentiras à nouveau toi-même ! » Et alors il a un grand sourire et il dit : « Ma parole, il me semble déjà que cette affreuse impression est en train de... »

Apparaissant à nouveau à la porte, Mrs Frick dit :

— S'il vous plaît, Mr Runciter.

Les verres de ses lunettes tremblaient. Il eut un hochement de tête.

— Nous en reparlerons plus tard, Tamish. En tout cas prévoyez dès maintenant une diffusion toutes les heures, comme je vous l'ai dit. (Il raccrocha et observa Mrs Frick en silence.) Je suis allé en Suisse, poursuivit-il, et j'ai fait réveiller Ella, pour obtenir ce renseignement, ce conseil.

— Mr Runciter est libre, Miss Wirt.

Sa secrétaire s'écarta et une femme replète pénétra dans le bureau. Sa tête pareille à un ballon de basket oscillait ; son corps rond se propulsait en avant en paraissant rouler sur lui-même. Elle gagna un siège et s'y assit, ses jambes ballantes. Elle portait un manteau de soie d'araignée passé de mode qui la faisait ressembler à une chenille enroulée dans un cocon qu'elle n'a pas filé elle-même ; elle avait l'air d'y être enveloppée. En tout cas elle souriait et paraissait à l'aise. Un peu plus de quarante-cinq ans, décida Runciter. Très éloignée déjà de l'âge où elle avait été svelte, si toutefois il y en avait eu un.

— Ah ! Miss Wirt, fit-il. Je ne peux pas vous accorder beaucoup de temps, aussi venons-en au fait. Quel est votre problème ?

D'une voix sucrée, joviale, incongrue, Miss Wirt déclara :

— Nous avons quelques ennuis avec les télépathes. Du moins nous le pensons sans avoir de certitude. Nous avons nous-mêmes à notre service un télépathe dont le rôle est de circuler parmi nos employés. S'il perçoit la présence de Psis — télépathes ou précogs, n'importe quelle catégorie — il doit en avertir... (Elle lança à Runciter un regard vif.)... mon patron. A la fin de la semaine dernière, il a fait un rapport en ce sens. Nous avons eu sous les yeux une étude établie par une agence privée, à propos des capacités des divers organismes de protection. C'est votre maison qui vient en tête.

— Je sais, dit Runciter. (Il avait vu cette étude. Elle ne lui avait rien rapporté, sinon du travail en plus. Et maintenant cette nouvelle affaire.) Combien de télépathes, demanda-t-il, votre homme a-t-il repérés ? Plus d'un ?

— Au moins deux.

— Peut-être plus ?

— Peut-être, dit Miss Wirt en hochant la tête.

— Voici comment nous procédons, dit Runciter. D'abord nous mesurons objectivement le champ psi, afin de savoir à quoi nous avons affaire. Cela prend généralement d'une semaine à dix jours, selon les...

— Mon patron, interrompit Miss Wirt, désire que vous mettiez immédiatement vos neutraliseurs à l'œuvre, sans perdre de temps à faire des tests au surplus onéreux.

— Nous ne saurions pas combien de neutraliseurs il faudrait. Ni quelle sorte. Ni à quel endroit les placer. Pour désamorcer une opération psi, il faut observer des règles bien précises ; nous n'avons pas de baguette magique ou de bombe de gaz toxiques dans un coin. Nous devons lutter contre les gens de Hollis à l'échelon individuel, chaque anti-pouvoir contrebalançant tel pouvoir particulier. Si Hollis s'est infiltré dans votre entreprise, il a opéré de la même façon, à raison d'un Psi à la fois. L'un pénètre dans le service du personnel, puis il permet à un autre de s'introduire ; ce dernier s'immisce dans un autre service, le noyaute, fait venir un autre de ses collègues... et ainsi de suite pendant des mois. Nous ne pouvons démanteler une construction aussi minutieuse en vingt-quatre heures. L'activité des Psis est comme une mosaïque ; ils ne peuvent se permettre d'être impatients, et nous non plus.

— Mon patron, dit Miss Wirt d'une voix gaie, est impatient.

— Je vais lui parler, dit Runciter en saisissant le vidphone. Qui est-ce et quel est son numéro ?

— Vous devez traiter avec moi.

— Je ne traiterai peut-être rien du tout. Pourquoi ne voulez-vous pas me dire qui vous représentez ?

Il pressa un bouton dissimulé sous son bureau, afin de faire venir sa télépathe attachée à la maison, Nina Freede, dans la pièce à côté, où elle pourrait sonder les pensées de Miss Wirt. Je ne peux pas travailler avec ces gens, se dit-il, si je ne sais pas qui ils sont. Pour ce que j'en sais, ce pourrait être aussi bien Ray Hollis lui-même essayant de s'attacher mes services.

— Vous avez trop de préjugés, dit Miss Wirt. Nous tenons à une seule chose, c'est à ce qu'on aille vite. Et nous nous adressons à vous parce que nous y sommes obligés. Je ne peux vous dire que ceci : l'entreprise qui nous appartient et qu'ils ont envahie ne se trouve pas sur Terre. Elle représente, aussi bien par les possibilités que par le chiffre des investissements, notre projet majeur. Mon patron y a placé tous ses capitaux disponibles. Personne en principe n'est au courant de son existence. C'est pourquoi la présence de télépathes sur place nous a causé un choc d'autant plus grand...

— Excusez-moi, dit Runciter en se levant et en allant vers la porte du bureau contigu. Il faut que je voie combien nous avons de personnes disponibles pour cette affaire. (Il referma la porte derrière lui et trouva dans la pièce à côté Nina Freede, en train de fumer une cigarette tout en se concentrant.) Découvrez pour qui elle travaille, lui dit-il. Et ensuite jusqu'à quel prix ils iront. Nous avons trente-huit neutraliseurs inactifs, réfléchit-il. Nous pouvons peut-être les mettre presque tous là-dessus. Il se peut que j'aie enfin trouvé à quoi sont occupées toutes les grosses têtes de Hollis. Toute leur sale mafia.

Il revint dans son bureau et se rassit à sa place.

— Si des télépathes se sont infiltrés dans votre entreprise, dit-il à Miss Wirt, les mains jointes devant lui, vous devez accepter les faits : cela prouve qu'elle ne constitue plus un secret. Même sans tenir compte des informations techniques qu'ils auraient pu rassembler. Alors pourquoi ne pas me dire franchement en quoi consiste ce projet ?

Avec hésitation Miss Wirt répondit :

— Parce que je l'ignore moi-même.

— Et vous ne savez pas non plus où il a lieu ?

— Non, dit-elle en secouant la tête.

— Savez-vous qui est votre patron ? demanda Runciter.

— Je suis employée par une firme auxiliaire dont il a le contrôle financier ; je connais mon patron direct, qui s'appelle Mr Shepard Howard, mais on ne m'a jamais dit qui il représentait.

— Si nous vous fournissons les neutraliseurs dont vous avez besoin, saurons-nous où ils sont expédiés ?

— Probablement pas.

— Et s'ils ne reviennent jamais ?

— Pourquoi ça ? Ils reviendront après avoir décontaminé notre entreprise.

— Les hommes de Hollis, dit Runciter, ont la réputation de tuer les neutraliseurs envoyés pour les nullifier. J'ai la responsabilité de mes collaborateurs et je dois veiller à ce qu'ils soient protégés ; cela m'est impossible si je ne sais pas où ils se trouvent.

Le microrécepteur dissimulé dans son oreille gauche bourdonna et il entendit la voix faible et mesurée de Nina Freede, audible pour lui seul. « Miss Wirt représente Stanton Mick. Elle est son adjointe confidentielle. Il n'existe aucun personnage du nom de Shepard Howard. Le projet dont il est question est situé essentiellement sur la Lune ; il est relié à Techprise, l'installation de recherche de Mick, dont les actions majoritaires sont établies au nom de Miss Wirt. Elle ne connaît aucun détail technique ;

Mr Mick ne lui transmet aucun rapport, aucune courbe de progression ou évaluation scientifique, et elle en est profondément mortifiée. Auprès de l'état-major de Mick, toutefois, elle a recueilli suffisamment de renseignements pour se faire une idée générale du projet. A supposer que ces détails communiqués par des tiers soient exacts, le projet lunaire concernerait un système de propulsion interstellaire nouveau, radical et bon marché, permettant d'approcher la vitesse de la lumière, et dont la formule pourrait être concédée à tout groupe politique ou ethnique ayant assez de moyens. L'idée de Mick semble être que ce système de propulsion rendra possible la colonisation de masse, au lieu qu'elle reste un monopole des gouvernements. »

Nina Freede interrompit la communication et Runciter s'appuya au dossier de son fauteuil pour réfléchir.

— A quoi pensez-vous ? demanda Miss Wirt d'un ton enjoué.

— Je me demande, dit Runciter, si vous êtes en mesure de vous offrir nos services. En l'absence de tout test, je ne peux qu'estimer le nombre des neutraliseurs requis... mais il n'est pas impossible qu'il se monte à une quarantaine.

Il déclarait cela tout en sachant que Stanton Mick pouvait se payer — ou amener quelqu'un d'autre à lui payer — un nombre illimité de neutraliseurs.

— Une quarantaine, dit en écho Miss Wirt. Hmm. C'est assez élevé.

— Plus nous en emploierons, plus vite le travail sera exécuté. Puisque vous êtes pressée, nous les enverrons tous à la fois. Si vous êtes autorisée à signer un contrat au nom de votre employeur... (il pointa le doigt vers elle mais elle ne cilla pas) et si vous pouvez verser dès maintenant une provision, il ne nous faudra sans doute pas plus de trois jours pour mener cette affaire à bien.

Il l'observa, attendant sa réaction. Le microrécepteur résonna à nouveau à son oreille : « En tant que propriétaire de Techprise, elle a toute latitude d'agir, jusqu'à concurrence d'une somme correspondant au capital total de la firme. Elle est en train de calculer en ce moment quel montant cela représente, en convertissant les actions au cours du jour. » Un temps d'arrêt. « Elle aboutit à plusieurs millions de poscreds. Mais elle n'a pas envie de s'engager ; elle n'aime pas l'idée de prendre elle-même la décision pour le contrat et la provision. Elle préférerait que ce soient les conseils juridiques de Mick qui s'en occupent, même si cela doit entraîner quelques jours de retard. »

Mais ils sont pressés, réfléchit Runciter. Ou tout au moins ils le disent.

Le microrécepteur reprit : « Elle a l'intuition que vous savez — ou que vous avez deviné — qui elle représente. Et elle craint que vous n'éleviez vos tarifs en conséquence. Mick sait quelle réputation il a. Il se considère comme l'homme le plus exploité du monde. Il négocie donc de cette manière : par un intermédiaire ou en se servant d'une filiale comme façade. D'un autre côté, ils ont besoin du plus grand nombre possible de neutraliseurs. Et ils sont résignés à ce que ça puisse coûter très cher. »

— Quarante neutraliseurs, dit Runciter d'un ton tranquille. (Il se mit à griffonner sur un bloc posé sur le bureau.) Voyons voir. Six multiplié par cinquante multiplié par trois. Le tout multiplié par quarante.

Miss Wirt, arborant toujours son sourire étincelant, attendait dans un état de tension visible.

— Je me demande, murmura-t-il, qui paie Hollis pour venir contrarier votre projet.

— Ça n'a pas grande importance, remarqua Miss Wirt. Ce qui compte, c'est qu'ils sont installés là-bas.

— Quelquefois on ne remonte jamais à la source, dit Runciter. Mais enfin, c'est comme quand on a sa cuisine envahie par des fourmis. On ne cherche pas à savoir pourquoi elles sont là ; on entreprend simplement de les mettre dehors.

Il avait terminé ses calculs et avait chiffré le coût de l'opération. La somme était énorme.

— Il faut que... j'y réfléchisse, dit Miss Wirt. (Elle leva les yeux de la feuille où était inscrit le montant exorbitant et se mit debout.) Y a-t-il quelque part un bureau où je puisse être seule ? Et si possible vidphoner à Mr Howard ?

Runciter, se levant aussi, déclara :

— Il est rare qu'un organisme comme le nôtre ait autant de neutraliseurs disponibles à la fois. Si vous attendez, vous laisserez échapper l'occasion. Vous auriez donc intérêt à ne pas hésiter.

— Et vous pensez vraiment qu'il en faut un aussi grand nombre ?

La prenant par le bras, il la fit sortir du bureau et la conduisit le long du couloir, jusqu'à la chambre des cartes.

— Vous voyez ici, lui dit-il, la localisation de nos neutraliseurs et de ceux des autres organismes de protection. Nous essayons en plus de repérer les emplacements où se trouvent tous les Psis de Hollis. (Il compta systématiquement tous les signaux d'identification qui avaient été retirés et termina par le dernier d'entre eux : celui de S. Dole Melipone.) Je sais maintenant où ils sont, dit-il à Miss Wirt qui avait cessé de sourire en comprenant ce que voulaient dire les signaux qui n'avaient plus d'emplacement. (Il prit sa main moite et déposa dans la paume le signal de Melipone en refermant les doigts par-dessus.) Vous pouvez rester ici pour réfléchir, fit-il. Il y a un vidphone par là. (Il eut un geste pour le désigner.) Personne ne vous dérangera. Je serai dans mon bureau.

Il quitta la chambre des cartes en pensant : Je ne suis pas vraiment sûr que tous les Psis disparus soient là-bas. En tout cas c'est une possibilité. Mais Stanton Mick avait écarté les tests qui auraient permis d'aboutir à des conclusions objectives. Après tout, tant pis pour lui si cela lui mettait sur les bras des neutraliseurs dont il n'avait pas besoin. Légalement parlant, Runciter Associates devait informer la Société que plusieurs des Psis manquants — sinon tous — avaient été retrouvés. Mais il disposait de cinq jours pour faire cette notification... et il décida d'attendre le dernier jour. Une affaire pareille, songea-t-il, ça ne vous arrive qu'une fois dans la vie.

— Mrs Frick, dit-il en entrant dans le bureau de sa secrétaire. Tapez-moi un contrat de travail mentionnant que quarante...

Il s'interrompit. De l'autre côté de la pièce deux personnes étaient assises. L'homme, Joe Chip, avait l'air hagard, en proie à la gueule de bois, et plus renfrogné que d'habitude... bref son air courant si l'on exceptait la mine renfrognée. Mais à côté de lui était installée une fille aux longues jambes, avec des cheveux noirs et brillants qui lui tombaient sur les épaules et des yeux de même couleur ; sa beauté intense et concentrée illuminait ce recoin du bureau, comme si elle y eût fait naître une flamme dense et sourde. On aurait dit, pensait-il, qu'elle se refusait à séduire, qu'elle détestait et méprisait la douceur de sa peau, la sensualité de ses lèvres sombres et gonflées. Elle avait l'air, se dit-il, de sortir du lit. Toute chiffonnée. En colère contre le jour — et en fait contre tous les autres jours.

Se dirigeant vers eux, Runciter dit :

— Je suppose que G. G. est rentré de Topeka.

— Voici Pat, dit Joe Chip. Pas de nom de famille.

Il désigna Runciter puis soupira. Il y avait toujours en lui quelque chose de vaincu, et pourtant, en profondeur, il semblait ne pas avoir renoncé. Derrière la résignation subsistait vaguement une sorte d'impulsion vitale éparse ; Runciter avait parfois l'impression que Joe feignait seulement d'être réduit au dernier degré de l'abattement moral... il lui manquait une certaine authenticité.

— Vous êtes une anti-quoi ? demanda-t-il à la fille qui restait vautrée sur son siège, les jambes allongées.

— Ma spécialité est l'anti-kétogenèse, murmura la fille.

— Ce qui signifie quoi ?

— La protection contre la kétose, dit la fille d'un air absent. Comme par l'administration de glucose.

— Expliquez-vous, dit Runciter à Joe.

— Donnez à Mr Runciter votre feuille de tests, dit Joe à la fille.

Se redressant, la fille fouilla dans son sac et en sortit une des feuilles jaunes qu'utilisait Joe. Elle la déplia, y jeta un coup d'œil et la passa à Runciter.

— Résultats étonnants, dit Runciter. Elle est bonne à ce point ? demanda-t-il à Joe.

Puis il vit les deux croix soulignées, symbole graphique accusateur — signe de perfidie et de traîtrise.

— C'est le meilleur sujet que j'aie jamais rencontré, répondit Joe.

— Venez dans mon bureau, dit Runciter à la fille.

Il marcha devant et tous deux le suivirent.

La grasse Miss Wirt, hors d'haleine, apparut soudain en roulant des yeux.

— J'ai appelé Mr Howard, fit-elle savoir à Runciter. Il m'a donné des instructions. (Elle aperçut alors Joe Chip et la fille nommée Pat ; elle hésita un instant puis reprit avec volubilité :) Mr Howard aimerait que l'arrangement soit conclu dès maintenant. Donc si nous pouvions procéder aux formalités ? Je vous ai déjà mis au courant de l'urgence de la situation. (Elle eut un sourire éclatant et décidé.) Ça ne vous ennuie pas d'attendre ? demanda-t-elle à Joe et Pat. J'ai en train avec Mr Runciter une affaire de nature prioritaire.

En la regardant, Pat émit un petit rire de gorge méprisant.

— C'est vous qui devrez attendre, Miss Wirt, dit Runciter. (Il se sentait effrayé ; il regarda Pat, puis Joe, et sa peur s'accrut.) Asseyez-vous, Miss Wirt, poursuivit-il en lui indiquant un siège.

— Je peux vous dire exactement, Mr Runciter, le nombre de neutraliseurs qui nous est nécessaire, reprit Miss Wirt, Mr Howard se sent en mesure de déterminer avec précision nos besoins et notre problème.

— Combien ? interrogea Runciter.

— Onze, dit Miss Wirt.

— Nous signerons le contrat dans un moment, fit Runciter. Dès que je serai libre. (De sa grande main il guida en avant Joe et la fille et les introduisit dans son bureau ; il referma la porte derrière eux et s'assit.) Ils n'y arriveront jamais, dit-il à Joe. Pas avec onze. Ni quinze. Ni vingt. Surtout avec S. Dole Melipone opérant de l'autre côté. (Il ressentait de la fatigue en même temps que la peur.) Voici donc, je suppose, la recrue que G. G. a dépistée à Topeka ? Et vous pensez que nous devons l'engager ? G. G. et vous êtes tous les deux d'accord ? Eh bien nous la prenons, naturellement. (Je vais peut-être l'employer pour Mick, pensa-t-il. Faire d'elle l'une des onze.) Mais personne n'est encore arrivé à me dire, poursuivit-il, quels sont les pouvoirs psis qu'elle neutralise.

— Mrs Frick a dit que vous étiez allé à Zurich, dit Joe. Qu'a suggéré Ella ?

— D'augmenter la publicité, répondit Runciter. D'en passer toutes les heures à la TV. (Il dit dans l'interphone :) Mrs Frick, préparez un contrat d'engagement ; précisez le salaire de départ sur lequel nous sommes tombés d'accord avec le syndicat en décembre dernier ; précisez aussi...

— Quel est le salaire de départ ? demanda la fille nommée Pat, avec dans la voix une suspicion sardonique, à la fois vulgaire et enfantine.

Runciter l'observa.

— Je ne sais même pas ce que vous êtes capable de faire.

— Ça se rapporte à la précognition, Glen, dit Joe sur un ton mal assuré, mais d'une façon très spéciale.

Il ne se donna pas la peine d'en dire plus ; il semblait à bout, usé, comme une vieille pendule à piles de l'ancien temps.

— Est-elle prête à se mettre au travail ? demanda Runciter. Ou bien faut-il d'abord l'entraîner et la former ? Nous avons quarante neutraliseurs sur les bras et nous engageons encore quelqu'un ; enfin quarante moins onze, je suppose. Disons trente employés inoccupés, qui restent là à se tourner les pouces tout en touchant leur plein salaire. Je ne sais pas quoi faire, Joe ; je ne sais vraiment pas. Peut-être devrions-nous congédier nos éclaireurs. En tout cas je crois savoir où sont les Psis de Hollis. Je vous raconterai ça plus tard. (Il revint à l'interphone :) Précisez aussi que nous pouvons licencier cette personne sans préavis, sans indemnité ni compensation d'aucune sorte ; et qu'elle n'a pas droit, durant les quatre-vingt-dix premiers jours, à la sécurité sociale ni à l'assurance-maladie. (Il s'adressa à Pat :) Le salaire de départ, dans n'importe quel cas, se monte à quatre cents poscreds par mois, pour vingt heures par semaine. Il vous faudra adhérer à un syndicat, le Syndicat des Mines, des Filatures et de la Métallurgie ; c'est celui avec lequel tous les organismes de protection ont signé une convention il y a trois ans. C'est là un domaine où je n'ai aucun contrôle.

— Je gagne plus, dit Pat, en m'occupant de l'entretien des lignes de vidphone au kibboutz de Topeka. Votre éclaireur, Mr Ashwood, disait que...

— Nos éclaireurs sont des menteurs, dit Runciter. En outre, nous ne sommes tenus légalement par aucun de leurs propos. C'est le cas dans tous les organismes de protection. (La porte du bureau s'ouvrit et Mrs Frick entra en une reptation indécise, tenant à la main le contrat.) Merci, Mrs Frick, fit Runciter en prenant les papiers. J'ai une femme de vingt ans en capsule cryonique, continua-t-il à l'adresse de Joe et de Pat. Une jolie femme qui, quand elle me parle, se fait mettre à l'écart par une espèce de gamin bizarre nommé Jory, et alors c'est lui qui parle à sa place. Ella congelée dans sa semi-vie et en train de s'affaiblir... et cette vieille peau qui me sert de secrétaire et que je dois regarder toute la journée.

Il observa la fille qui s'appelait Pat, ses épais cheveux noirs, sa bouche sensuelle ; il sentait monter en lui des désirs tristes, des besoins nébuleux et sans raison qui ne menaient à rien, qui revenaient à lui en restant vides, après avoir décrit un cercle géométriquement parfait.

— Je signe, dit Pat, et elle tendit la main vers le stylo posé sur le bureau.

Si vous dites à votre femme :
« Chérie, je ne suis pas bien, j'ai mal à l'estomac. »
Vite, qu'elle vous fasse prendre Ubik !
Ubik, en un clin d'œil, vous remet sur pied.
Utilisé conformément au mode d'emploi, Ubik soulage vos migraines et vos crampes d'estomac.
Rappelez-vous : Ubik est à portée de votre main.
Eviter tout usage prolongé.

5

Durant les longues journées d'oisiveté forcée, anormale, l'anti-télépathe Tippy Jackson dormait régulièrement jusqu'à midi. Une électrode implantée dans son cerveau stimulait en permanence le sommeil à MOER (mouvements oculaires *extrêmement* rapides), aussi, même allongée entre ses draps, elle était loin d'être inactive.

A cet instant précis, son rêve provoqué artificiellement tournait autour d'un employé mythique de Hollis, doté de pouvoirs psioniques énormes. Tous les autres neutraliseurs du système solaire avaient abandonné la lutte ou s'étaient fait détruire. A la suite de ce processus d'élimination successive, c'était à elle que revenait maintenant la tâche de nullifier le champ émis par cette entité surnaturelle.

— Je ne suis plus moi-même quand vous êtes là, l'informa son nébuleux adversaire.

Sur son visage apparut une expression de haine qui le faisait ressembler à un écureuil psychotique. Dans son rêve Tippy répondit :

— Peut-être la définition de votre autosystème manque-t-elle de frontières authentiques. Vous avez érigé une structure de personnalité précaire sur des facteurs inconscients dont vous ne possédez pas le contrôle. C'est pourquoi vous vous sentez menacé par moi.

— Ne travaillez-vous pas pour un organisme de protection ? demanda le télépathe de Hollis, en regardant nerveusement autour de lui.

— Si votre pouvoir est aussi stupéfiant que vous le prétendez, dit Tippy, vous pouvez le savoir en lisant dans mon esprit.

— Je ne peux plus lire dans les esprits, répondit le télépathe. Mon pouvoir a disparu. Attendez, vous allez parler avec mon frère Bill. Tiens, Bill ; parle à cette dame. Tu aimes cette dame ?

Bill, qui avait plus ou moins l'air d'être le jumeau du télépathe, déclara :

— Je l'aime bien parce que je suis un précog et qu'elle ne me post-scripte pas. (Il traîna les pieds et sourit, découvrant de grandes dents pâles, aussi carrées que des dominos.) *Moi qui suis démuni de cette harmonieuse proportion, privé d'avantages par la trompeuse nature...* (Il s'arrêta, les sourcils froncés.) Quelle est la suite, Matt ? demanda-t-il à son frère.

— ... *déformé, inachevé, envoyé avant mon temps en ce monde qui respire, façonné à peine à demi*, dit Matt le télépathe pareil à un écureuil, en se grattant la peau méditativement.

— Ah ! oui, approuva Bill le précog. Je me rappelle. *Et si estropié et disgracieux que les chiens aboient après moi quand je passe auprès d'eux.* C'est dans *Richard III*, expliqua-t-il à Tippy.

Les deux frères sourirent. Même leurs incisives étaient carrées. Comme s'ils se nourrissaient exclusivement de graines crues. Tippy demanda :

— Qu'est-ce que ça veut dire ?

— Ça veut dire, firent Matt et Bill à l'unisson, que nous allons vous avoir.

Le vidphone sonna et réveilla Tippy.

Elle tâtonna pour l'attraper, clignant des yeux, aveuglée par des taches de couleur flottantes. Elle décrocha et dit : « Allô. » Mon Dieu, il est tard, pensa-t-elle en regardant la pendule. Je deviens complètement végétative. Le visage de Glen Runciter se dessina sur l'écran.

— Bonjour, Mr Runciter, fit-elle en se tenant hors de portée du scruteur du vidphone. Vous avez un travail pour moi ?

— Ah ! Mrs Jackson, dit Runciter, je suis content de vous trouver. Nous sommes en train de former un groupe sous ma direction et celle de Joe Chip ; onze personnes en tout, une mission d'une importance capitale. Nous avons examiné le dossier de chacun pour procéder à la sélection. Joe estime le vôtre satisfaisant, et je suis de son avis. Dans combien de temps pouvez-vous être ici ?

Son intonation débordait d'optimisme, mais sur le petit écran son visage apparaissait tendu et soucieux. Tippy demanda :

— Je ne logerai pas chez moi ?

— Non, faites vos bagages. Je vous rappelle que chacun de nos collaborateurs doit être prêt à partir avec ses bagages sur-le-champ, s'il le faut. C'est une règle que je ne laisserai pas transgresser, spécialement dans le cas présent où il y a urgence.

Sa voix avait pris une certaine sécheresse.

— Je suis prête. Je serai au bureau de New York dans un quart d'heure. Je dois juste laisser un mot à mon mari qui est à son travail.

— Parfait, dit Runciter, l'air préoccupé. (Il regardait sans doute déjà le nom suivant sur la liste.) A tout à l'heure, Mrs Jackson.

Il raccrocha.

Quel rêve étrange ! se dit-elle en ôtant hâtivement son pyjama et en se précipitant à la recherche de ses vêtements. D'où Bill et Matt disaient-ils que la citation était tirée ? De *Richard III*, se souvint-elle, tout en revoyant en esprit leurs grandes dents plates, leurs têtes identiques au crâne bossué, avec des touffes de cheveux roux pareils à de la mauvaise herbe. Je ne crois pas avoir jamais lu *Richard III*, réalisa-t-elle. Ou, si je l'ai fait, ce devait être il y a des années, quand j'étais enfant.

Comment peut-on rêver d'une citation littéraire qu'on ne connaît pas ? se demanda-t-elle. Peut-être un télépathe réel était-il en train d'agir sur moi pendant mon sommeil. Ou bien un télépathe et un précog travaillant en tandem, tels que je les ai vus dans mon rêve. Ce serait une bonne idée de demander à notre service de recherche si, par le plus grand des hasards, Hollis n'emploie pas deux frères nommés Matt et Bill, couplés en équipe.

Perplexe et mal à l'aise, elle entreprit de s'habiller le plus rapidement possible.

Allumant un palma supreme Cuesta-Rey vert, cent pour cent havane, Glen Runciter s'enfonça dans son fauteuil directorial, pressa une touche de son interphone et déclara :

— Préparez un chèque de cent poscreds, Mrs Frick. A l'ordre de G. G. Ashwood, à titre de prime.

— Oui, Mr Runciter.

Il observa G. G. Ashwood qui arpentait avec agitation le vaste bureau en claquant des semelles sur le parquet de bois véritable.

— Joe Chip est apparemment incapable de me dire ce qu'elle peut faire, reprit Runciter.

— Joe Chip est un sagouin, dit G. G.

— Cette Pat, comment remonte-t-elle dans le temps alors que personne ne le fait ? J'imagine qu'un tel pouvoir n'est pas nouveau, mais aucun éclaireur ne l'avait décelé jusqu'à présent. En tout cas, c'est illogique de l'engager ; c'est un pouvoir qu'elle a, pas un anti-pouvoir. Et nous, notre fonction, c'est...

— Comme je l'ai expliqué, et comme Joe l'a indiqué dans son rapport, elle peut anéantir complètement les facultés des précogs.

— Mais ce n'est qu'un effet secondaire.

Runciter se plongea dans ses pensées.

— Joe estime qu'elle est dangereuse. J'ignore pourquoi.

— Vous le lui avez demandé ?

— Il a marmonné je ne sais quoi, comme il le fait toujours. Joe n'a jamais de raisons claires, seulement des intuitions. A part ça il veut quand même qu'elle participe à l'opération montée pour Mick. (Il farfouilla dans les documents communiqués par le service du personnel et les rassembla.) Demandez à Joe de venir ici pour que nous puissions voir si notre groupe de onze est bien mis sur pied. (Il examina sa montre.) Ils ne devraient pas tarder à arriver. Je suis décidé à dire à Joe en face qu'il déraisonne en voulant inclure cette Pat Conley dans l'affaire, si elle est aussi dangereuse qu'il le prétend. Qu'en dites-vous, G. G. ?

— Il fait quelque chose avec elle, déclara G. G. Ashwood.

— Quoi donc ?

— Il couche.

— Joe ne couche avec personne. Nina Freede a lu dans son esprit l'autre jour et il est trop fauché même pour... (Il s'arrêta de parler car la porte du bureau venait de s'ouvrir ; Mrs Frick avança de sa démarche un peu chancelante en apportant le chèque destiné à G. G.) Je sais pourquoi il veut qu'elle soit de la partie, poursuivit Runciter tout en apposant sa signature sur le chèque. C'est pour pouvoir garder l'œil sur elle. Bon, c'est ce qu'il va faire, d'accord ; et il va aussi mesurer le champ psi malgré les instructions du client. Nous devons savoir à quoi nous avons affaire. Merci, Mrs Frick. (Il la congédia d'un geste de la main et tendit le chèque à G. G. Ashwood.) Supposez qu'on ne le mesure pas et qu'il s'avère trop intense pour nos neutraliseurs. Qui se ferait passer un savon ?

— Nous, répondit G. G.

— Je leur ai dit qu'avec onze ce n'était pas assez. Nous faisons tous nos efforts ; nous fournissons nos meilleurs sujets. Après tout c'est important d'avoir la clientèle de quelqu'un comme Stanton Mick. Mais c'est incroyable qu'un homme aussi puissant et fortuné que lui puisse être à ce point mesquin et à courte vue. Mrs Frick, est-ce que Joe est ici ? Joe Chip ?

Mrs Frick qui était prête à sortir se retourna et dit :

— Mr Chip est dans l'entrée avec plusieurs autres personnes.

— Combien, Mrs Frick ? Dix ? Onze ?

— A une ou deux personnes près, je dirais que c'est le nombre, Mr Runciter.

Runciter reprit à l'adresse de G. G. Ashwood :

— C'est notre groupe. Je veux les voir, tous

ensemble. Avant le départ pour la Lune. (Il dit à Mrs Frick :) Faites-les entrer.

Il tira quelques vigoureuses bouffées de son cigare. Mrs Frick fit volte-face et quitta le bureau.

— Nous savons, dit Runciter à G. G., que leurs performances sont bonnes sur le plan individuel. Tout ça est inscrit ici. (Il agita les documents étalés devant lui.) Mais ensemble ? Quelle sera l'étendue du contre-champ polyencéphalique qu'ils émettront une fois réunis ? Posez-vous la question, G. G. Elle est capitale.

— Je suppose que l'avenir nous donnera la réponse, dit G. G. Ashwood.

— Il y a longtemps que je suis dans ce métier, dit Runciter. (Des gens commençaient à entrer un par un dans le bureau.) C'est ma contribution à la civilisation contemporaine.

— Voilà qui est bien dit, fit G. G. Vous êtes un policier qui veille à la sauvegarde de la vie privée des individus.

— Vous savez ce que dit de nous Ray Hollis ? demanda Runciter. Il prétend que nous essayons de faire revenir le temps en arrière.

Il examina les personnes qui pénétraient dans la pièce en se rassemblant les unes auprès des autres, sans parler. Quel assemblage hétéroclite ! songea-t-il avec pessimisme. Une fille maigre comme un haricot vert, avec des lunettes et des cheveux jaunes et raides, qui portait un chapeau de cow-boy, une mantille de dentelle noire et des bermudas ; ce devait être Edie Dorn. Une femme plus âgée, brune, l'air avenant, avec des yeux perçants et un peu détraqués, en sari de soie, obi de nylon et socquettes : Francy quelque chose, une schizophrène cyclique qui s'imaginait de temps en temps que des êtres intelligents venus de

Bételgeuse atterrissaient sur le toit de son immeuble. Un adolescent aux cheveux crépus, drapé dans un air de supériorité et de cynisme orgueilleux ; celui-là, qui était habillé d'un mumu à fleurs et de culottes bouffantes, Runciter ne l'avait jamais vu. Quand tous furent entrés, il compta au total quatre femmes et six hommes. Il manquait quelqu'un.

Suivie de Joe Chip, Patricia Conley, avec son air d'orage en suspens et de feu qui couve sous la cendre, fit son entrée. Elle était la onzième ; le groupe était au complet.

— Vous avez été rapide, Mrs Jackson, dit-il à une femme couleur de sable, masculine d'allure, âgée de la trentaine, qui portait un pantalon de vigogne synthétique et un T-shirt gris où avait été imprimé un portrait maintenant presque effacé de Bertrand Russell. Vous aviez moins de temps que les autres, puisque je vous ai prévenue en dernier.

Tippy Jackson eut un sourire pâle et sans vie.

— Je connais certains d'entre vous, fit Runciter en se levant et en leur faisant à tous signe de s'asseoir et de prendre leurs aises. Vous, Miss Dorn ; vous avez été choisie en premier par Mr Chip et moi en raison de votre remarquable activité vis-à-vis de S. Dole Melipone, dont vous avez perdu la trace sans qu'il y ait la moindre faute professionnelle de votre part.

— Merci, Mr Runciter, répondit Edie Dorn d'un petit filet de voix timide. (Elle rougit et fixa, les yeux écarquillés, le mur d'en face.) Je suis heureuse de participer à une nouvelle entreprise, ajouta-t-elle avec un certain manque de conviction.

— Lequel de vous est Al Hammond ? demanda Runciter en consultant ses papiers.

Un Noir de très grande taille, au dos voûté, avec un

visage allongé à l'expression douce, fit un mouvement pour se désigner.

— Je ne vous avais jamais rencontré, dit Runciter tout en observant le dossier qui concernait Al Hammond. Vous vous classez en tête de nos anti-précogs. Bien sûr, j'aurais dû prendre plus tôt la peine de vous connaître. Combien d'autres sont anti-précogs ? (Trois mains se levèrent.) Tous les quatre, poursuivit Runciter, vous aurez certainement beaucoup de plaisir à travailler avec la plus récente découverte de G. G. Ashwood, qui intervient contre les précogs selon une base nouvelle. Peut-être Miss Conley elle-même nous décrira-t-elle son pouvoir.

Il fit un geste vers Pat... Et se retrouva debout devant l'étalage d'une boutique de pièces de monnaie rares sur la Cinquième Avenue ; il observait un dollar d'or qui n'avait jamais été mis en circulation en se demandant s'il allait l'acheter pour l'ajouter à sa collection.

Quelle collection ? se demanda-t-il avec surprise. Je ne collectionne pas les pièces de monnaie. Qu'est-ce que je fais ici ? Et depuis combien de temps suis-je en train de faire du lèche-vitrines alors que je devrais être dans mon bureau en train de superviser... il ne parvenait pas à se souvenir de ce qu'il supervisait généralement ; une affaire qui employait des gens ayant certaines aptitudes, certaines facultés spéciales. Il ferma les yeux, essayant de focaliser son esprit. Mais non, j'ai abandonné ça, réalisa-t-il. J'ai dû prendre ma retraite à la suite d'un infarctus l'année dernière. Pourtant j'y étais il y a juste un instant, se rappela-t-il. Dans mon bureau. En train de parler à un groupe de gens d'un nouveau projet. Il ferma à nouveau les yeux. Tout a disparu, pensa-t-il dans un brouillard. Tout ce que j'ai édifié.

Quand il rouvrit les yeux il se retrouva dans son bureau, avec en face de lui G. G. Ashwood, Joe Chip et une fille brune intensément séduisante dont le nom lui était inconnu. Il n'y avait personne d'autre dans la pièce, chose qui, pour des raisons qu'il ne s'expliquait pas, lui paraissait étrange.

— Mr Runciter, dit Joe, je vous présente Patricia Conley.

La fille déclara :

— Quel plaisir de faire enfin votre connaissance, Mr Runciter !

Elle se mit à rire, avec dans les yeux une flamme de triomphe. Runciter se demanda pourquoi.

Elle a fait quelque chose, pensa Joe Chip.

— Pat, dit-il à haute voix, je n'arrive pas à mettre le doigt dessus mais les choses sont différentes.

Il regarda autour de lui d'un air étonné ; le bureau avait son aspect habituel : tapis trop tapageur, trop d'objets d'art hétérogènes, trop de tableaux sans mérite artistique aux murs. Glen Runciter n'avait pas changé ; gris et hirsute, le visage plissé et songeur, il rendit à Joe son regard — lui aussi semblait perplexe. Près de la fenêtre G. G. Ashwood, portant comme d'habitude un élégant pantalon écorce-de-bouleau, une ceinture de chanvre, une chemise ajourée et une casquette d'élève ingénieur, haussa les épaules avec indifférence. Visiblement, il ne percevait rien d'anormal.

— Rien n'est différent, dit Pat.

— Si, quelque chose est différent, dit Joe. Vous avez dû remonter dans le temps et nous placer sur une piste différente ; je ne peux pas le prouver et je ne peux pas non plus préciser la nature des changements...

— Pas de querelles de ménage dans mon bureau, dit Runciter en fronçant les sourcils.

— Des querelles de ménage ? fit Joe, pris de court. Il vit alors l'alliance au doigt de Pat : argent et jade ; il se rappelait l'avoir choisie avec elle. Deux jours, pensa-t-il, avant notre mariage. C'était il y a un an, malgré l'état de pénurie financière où j'étais. Bien sûr maintenant ça a changé ; Pat, avec son salaire et sa propension à l'économie, a arrangé tout ça. Pour toujours.

— Bon, continuons, dit Runciter. Il faut que chacun de nous se demande pourquoi Stanton Mick a confié son affaire à un autre organisme de protection que le nôtre. Logiquement, c'est nous qui aurions dû décrocher ce contrat ; nous sommes les meilleurs dans la partie et notre siège social est à New York, où Mick préfère en général traiter. Avez-vous une théorie, Mrs Chip ?

Il regardait avec espoir dans la direction de Pat. Pat demanda :

— Vous voulez vraiment le savoir, Mr Runciter ?

— Oui, fit-il en hochant vigoureusement la tête. J'aimerais énormément.

— C'est moi qui ai tout fait.

— Comment cela ?

— J'ai utilisé mon pouvoir.

Runciter dit :

— Quel pouvoir ? Vous n'avez pas de pouvoir ; vous êtes la femme de Joe Chip, c'est tout.

De la fenêtre G. G. Ashwood dit :

— Et vous êtes venue ici nous retrouver Joe et moi pour le déjeuner.

— Elle a un pouvoir, déclara Joe.

Il essayait de se rappeler, mais déjà cela devenait brumeux ; le souvenir s'effaçait au moment même où il essayait de le ressusciter. Une piste temporelle différente, songea-t-il. Le passé. Il ne pouvait arriver à formuler aucun autre concept ; puis le souvenir disparut. Ma femme, pensa-t-il, est un être unique ; elle peut accomplir quelque chose que personne d'autre sur Terre n'est capable de faire. En ce cas, pourquoi ne travaille-t-elle pas pour Runciter Associates ? *Quelque chose n'est pas normal.*

— Vous l'avez mesuré ? lui demanda Runciter. Après tout c'est votre travail. On dirait que vous l'avez fait ; vous avez l'air sûr de vous.

— Je ne suis pas sûr de moi, dit Joe. (Mais je suis sûr de ma femme, pensa-t-il.) Je vais chercher mon équipement, ajouta-t-il. Nous verrons quelle sorte d'aura elle émet.

— Voyons, Joe, fit Runciter avec mauvaise humeur. Si votre femme possédait un pouvoir ou un anti-pouvoir, vous l'auriez mesuré depuis un an au moins ; vous ne le découvririez pas aujourd'hui. (Il enfonça une des touches de son interphone.) Le service du personnel ? Avons-nous un dossier sur Mrs Chip ? Patricia Chip ?

Au bout d'un instant la voix dans l'interphone répondit :

— Aucun dossier sur Mrs Chip. A son nom de jeune fille, peut-être ?

— Conley, dit Joe. Patricia Conley.

Après une nouvelle pause :

— Nous avons deux documents sur Miss Patricia Conley ; un rapport initial de Mr Ashwood et des résultats de tests effectués par Mr Chip.

De la fente de l'interphone les photocopies des deux documents émergèrent lentement et glissèrent à la surface du bureau. Examinant la feuille de tests, Runciter dit en fronçant les sourcils :

— Joe, jetez plutôt un coup d'œil à ça ; venez ici.

Il posa son index au bas de la feuille et Joe, venu se pencher à côté de lui, vit les deux croix soulignées ; lui et Runciter se dévisagèrent, puis regardèrent Pat.

— Je sais ce qui est inscrit, dit Pat d'un ton neutre. *Pouvoir incroyable. Champ anti-psi à l'étendue inégalée.* (Elle se concentrait, essayant de retrouver les termes exacts.) *Capable vraisemblablement...*

— Nous avons bien obtenu le contrat avec Mick, dit Runciter à Joe Chip. J'avais ici un groupe de onze neutraliseurs et puis j'ai suggéré...

— Qu'elle montre au groupe de quoi elle était capable, acheva Joe. Et c'est ce qu'elle a fait. C'est exactement ce qu'elle a fait. Et mon évaluation était exacte. (Du bout du doigt il traça le symbole du danger, au bas de la feuille.) Ma propre femme, dit-il.

— Je ne suis pas votre femme, dit Pat. J'ai également changé ça. Voulez-vous que les choses reviennent comme elles étaient ? Sans aucun changement, même dans les détails ? Ça n'apprendra pas grand-chose à vos neutraliseurs. D'un autre côté, ils n'ont de toute façon pas conscience de ce qui s'est passé... à moins que certains n'aient conservé une réminiscence comme Joe. Mais, même si c'était le cas, c'est une trace qui ne dure pas.

Runciter dit d'une voix acerbe :

— J'aimerais bien récupérer le contrat avec Mick ; au moins ça.

— Quand je découvre quelqu'un, fit G. G. Ashwood, on peut dire que je mets dans le mille.

Son visage était devenu grisâtre.

— Oui, vous mettez vraiment la main sur des sujets d'élite, dit Runciter.

L'interphone bourdonna et la voix tremblotante de Mrs Frick annonça :

— Un groupe de nos neutraliseurs attend de vous voir, Mr Runciter ; ils disent que vous les avez convoqués pour une mission spéciale. Etes-vous libre pour les recevoir ?

— Faites-les entrer, dit Runciter.

Pat déclara :

— Je garde l'alliance.

Elle exhibait l'anneau d'argent et de jade que, dans une autre trame temporelle, Joe et elle avaient choisi ; elle avait décidé de conserver de ce monde parallèle au moins cette chose. Joe se demanda si elle avait aussi laissé subsister une base légale. Il espérait que non mais préféra ne rien dire.

La porte du bureau s'ouvrit et, deux par deux, les neutraliseurs entrèrent ; après un moment d'hésitation, ils commencèrent à s'asseoir face à Runciter. Celui-ci les observa, puis se mit à compulser les documents rassemblés devant lui ; manifestement, il essayait de voir si Pat avait d'une façon quelconque changé la composition du groupe.

— Edie Dorn, dit Runciter. Oui, vous êtes ici. (Il la regarda, puis passa à l'homme à côté d'elle.) Hammond. Très bien, Hammond. Tippy Jackson.

Il promena à la ronde un regard interrogateur.

— J'ai fait aussi vite que j'ai pu, dit Mrs Jackson. Vous ne m'avez pas laissé beaucoup de temps, Mr Runciter.

— Jon Ild, poursuivit Runciter.

L'adolescent à la tignasse crépue répondit par un grommellement. Son arrogance, nota Joe, semblait avoir décru ; il paraissait maintenant introverti et avait l'air d'avoir les nerfs ébranlés. Il serait intéressant, se dit Joe, de vérifier ce dont il se souvient — ce dont tous, individuellement et collectivement, se souviennent.

— Francesca Spanish, dit Runciter.

Une femme brune, aux yeux lumineux, au physique de gitane, dont toute la personne était raidie et crispée sur elle-même, prit la parole :

— Il y a quelques minutes, Mr Runciter, pendant que nous attendions à côté, j'ai capté des voix mystérieuses qui m'ont dit des choses.

— Vous êtes Francesca Spanish ? lui demanda Runciter patiemment.

Il avait l'air plus fatigué que de coutume.

— Je suis Francesca Spanish ; je l'ai toujours été ; je le serai toujours, fit-elle d'une voix convaincue. Puis-je vous dire ce que mes voix m'ont révélé ?

— Plus tard, peut-être, dit Runciter, passant au nom suivant.

— Il faut que ce soit dit, déclara Miss Spanish d'une voix vibrante.

— D'accord, dit Runciter. Interrompons-nous quelques minutes. (Il ouvrit un tiroir de son bureau, prit une tablette d'amphétamine et l'avala sans eau.) Ecoutons ce que les voix vous ont révélé, Miss Spanish.

Il jeta un coup d'œil à Joe et haussa les épaules.

— Quelqu'un, dit Miss Spanish, nous a tous transportés à l'instant dans un autre monde. Nous y avons habité, nous y avons vécu comme si nous en étions les citoyens, puis une vaste entité spirituelle englobant tout ce qui existe nous a ramenés à ce monde qui est le nôtre.

— C'est Pat, dit Joe Chip. Pat Conley. Qui a été engagée aujourd'hui par la firme.

— Tito Apostos, continua Runciter. Vous êtes ici ?

Il tendait le cou en passant en revue toutes les

personnes assises. Un homme chauve porteur d'une barbiche se désigna. Son pantalon moulant de lamé or était passé de mode mais d'une élégance certaine. Aidé peut-être en cela par les boutons géants, en forme d'œuf, de sa blouse couleur de varech, il dégageait un air de dignité grandiose, une allure hautaine surpassant le commun. Joe se sentit impressionné.

— Don Denny, dit Runciter.

— Ici, monsieur, fit une voix sonore pareille à celle d'un chat siamois.

Elle émanait d'un personnage frêle à la mine grave qui se tenait assis très droit sur son siège, les mains sur les genoux. Il portait un pantalon de cow-boy avec des étoiles d'argent, une tunique de polyester et des sandales, et ses longs cheveux étaient emprisonnés dans une résille.

— Vous êtes un anti-animateur, dit Runciter, lisant le dossier qui le concernait. Le seul que nous ayons choisi. (Il dit à Joe :) Je me demande si nous aurons besoin de lui ; peut-être devrions-nous le remplacer par un anti-télépathe supplémentaire... on n'en a jamais trop.

— Il faut prévoir toutes les éventualités, répondit Joe. Puisque nous ne savons pas à quoi nous aurons à faire face.

— Sans doute, approuva Runciter. Bon, Sammy Mundo.

Un jeune homme au nez aplati, la tête trop petite et le crâne en forme de melon, habillé d'une maxi-jupe, leva le bras d'un geste spasmodique et vacillant, comme s'il était en proie à un tic ; on aurait dit, pensa Joe, que son corps anémique avait accompli le mouvement de sa propre initiative. Cet individu lui était connu. Mundo semblait avoir des années de moins que son âge réel ; le processus de la croissance mentale et physiologique avait cessé pour lui depuis longtemps. Pratiquement, Mundo avait le degré d'intelligence d'un raton laveur ; il pouvait marcher, manger, faire sa toilette et même, tant bien que mal, parler. Ses aptitudes anti-télépathiques n'en étaient pas moins considérables. Une fois, à lui seul, il avait nullifié S. Dole Melipone, et le bulletin de liaison de la firme avait ensuite célébré cet exploit pendant des mois.

— Ah ! bien, dit Runciter. Nous en venons maintenant à Wendy Wright.

Comme chaque fois qu'il en avait l'occasion, Joe jeta un long regard pénétrant sur la fille dont, s'il avait pu se le permettre, il aurait voulu faire sa maîtresse, ou mieux sa femme. Il paraissait impossible que Wendy Wright ait jamais pu être faite de sang et d'organes internes comme les autres humains. A proximité d'elle, il se faisait l'effet d'un singe difforme, graisseux, suant et vulgaire, à l'estomac bruyant et au souffle asthmatique. En sa présence il prenait conscience des mécanismes qui le maintenaient en vie ; à l'intérieur de lui toute une machinerie, des tuyaux, des valves, des compresseurs de gaz, des courroies de transmission ahanaient pour accomplir une besogne inutile, un labeur dont l'issue était condamnée. Quand il voyait son visage, il découvrait que le sien n'était qu'un masque criard ; la vision de son corps lui donnait l'impression d'être un jouet au rabais, usé. Il émanait d'elle des couleurs à la qualité subtile, comme sous un éclairage indirect. Ses yeux, telles des pierres vertes tombées du ciel, observaient impassiblement les choses ; il n'avait jamais lu en eux de peur, ni d'aversion, ni de mépris. Elle acceptait tout ce qu'elle voyait. En général elle semblait calme. Mais elle le frappait surtout par ce qu'elle avait de durable, de limpide et de frais, d'insensible à l'usure, à la fatigue, à la maladie et au déclin. Elle devait avoir vingt-cinq ou vingt-six ans, mais il ne pouvait l'imaginer plus jeune, et certainement elle ne paraîtrait jamais plus vieille. Elle exerçait trop de contrôle sur elle-même et la réalité environnante.

— Je suis ici, dit Wendy avec une douce tranquillité.

Runciter approuva de la tête.

— Bon ; reste Fred Zafsky.

Il fixa les yeux sur un homme flasque, aux grands pieds, entre deux âges, à l'air monstrueux, avec des cheveux laqués, un teint terreux et une pomme d'Adam particulièrement proéminente — habillé, pour cette occasion, d'un fourreau de la couleur d'un derrière de babouin.

— Ce doit être vous.

— Exact, approuva Zafsky en ricanant. Et alors ?

— Grand Dieu, fit Runciter en secouant la tête. Eh bien, il nous fallait un anti-parakinésiste, à titre de sûreté. Et c'est vous qui avez été choisi. (Il reposa les dossiers et chercha son cigare.) Voici le groupe, dit-il à Joe, plus vous et moi. Vous ne voulez faire aucun changement de dernière minute ?

— Je suis satisfait, dit Joe.

— Votre avis est que cette assemblée de neutraliseurs est la meilleure combinaison que nous pouvions réunir ? demanda Runciter en lui lançant un regard scrutateur.

— Oui, fit Joe.

— Et que nous avons là de quoi contrer les Psis de Hollis ?

— Oui, répéta Joe.

Mais il savait qu'il n'en était rien.

C'était une notion qu'il ne pouvait pas définir. Elle n'était évidemment pas rationnelle. Le contre-champ potentiel des onze neutraliseurs devait être considéré comme énorme et pourtant...

— Mr Chip, auriez-vous une seconde à m'accorder ? (Le barbu et chauve Mr Apostos, dont le pantalon de lamé or scintillait, saisit le bras de Joe Chip.) C'est au sujet d'une expérience qui m'est arrivée la nuit dernière. Dans un état hypnagogique il semble que je sois entré en contact avec un, ou peut-être deux, des employés de Mr Hollis — de toute évidence un télépathe opérant en liaison avec un de leurs précogs. Pensez-vous que je doive en parler à Mr Runciter ? Est-ce important ?

Hésitant, Joe Chip se tourna vers Runciter. Assis dans son fauteuil de prix, occupé à rallumer son cigare, Runciter paraissait terriblement fatigué ; il avait les joues pendantes.

— Non, dit Joe. Laissez tomber.

— Mesdames et messieurs, dit Runciter en élevant la voix pour couvrir la rumeur générale. Nous partons maintenant pour la Lune, vous tous, Joe Chip, moi-même et la représentante de notre client, Miss Wirt, ce qui fait quatorze personnes en tout. Nous prendrons notre propre vaisseau. (Il sortit sa montre de gousset en or, ronde et anachronique, et la consulta.) Il est 3 h 30, le *Pratfall II* décollera de la terrasse principale à 4 heures. (Il referma la montre et la remit dans la poche de son gilet de soie.) Eh bien, Joe, fit-il, nous voilà embarqués là-dedans pour le meilleur ou pour le pire. J'aimerais que nous ayons sous la main un précog qui puisse jeter un coup d'œil pour nous dans le futur.

Son visage aussi bien que le ton de sa voix s'affaissaient sous le poids des soucis, sous l'irréversible fardeau de la responsabilité et de l'âge.

Le rasage que nous vous offrons est sans précédent.
N'est-il pas temps que le visage d'un homme ait lui aussi cette incomparable douceur ?
Avec la lame Ubik en acier chromé de fabrication suisse, finis les jours des joues qui grattent.
Essayez Ubik, messieurs, et faites-vous désirer.
Attention : à utiliser exclusivement selon le mode d'emploi. Et avec précaution.

6

— *Bienvenue sur la Lune*, dit allégrement Zoe Wirt dont les yeux joyeux étaient grossis par les verres triangulaires de ses lunettes à monture rouge. Par mon intermédiaire, Mr Howard salue chacun de vous, et plus spécialement Mr Runciter en le remerciant d'avoir mis son organisation à notre service. Cette suite de l'hôtel souterrain où vous vous trouvez, dont la décoration est due aux talents artistiques de la sœur de Mr Howard, Lada, est située juste à trois cents mètres en ligne droite du centre de recherche industrielle où Mr Howard pense qu'ont eu lieu les infiltrations. Votre présence commune dans cette pièce, toutefois, doit déjà commencer à inhiber les facultés psioniques des agents de Hollis, perspective qui nous réconforte tous. (Elle s'interrompit et les observa.) Quelqu'un a-t-il des questions à poser ?

Joe Chip, qui manipulait son matériel à tests, ne lui prêtait pas attention ; en dépit de ce qu'avait stipulé leur client, il avait l'intention de mesurer le champ psionique environnant. Durant le voyage d'une heure qu'ils avaient accompli depuis la Terre, Glen Runciter et lui en avaient décidé ainsi.

— J'ai une question, dit Fred Zafsky en levant la main. (Il gloussa.) Où est la salle de bains ?

— Nous allons vous donner à chacun un plan, dit Zoe Wirt, sur lequel figurera ce genre de détail. (Elle fit signe à une de ses assistantes qui se mit à distribuer à la ronde des plans imprimés en couleurs sur papier glacé.) Cette suite, continua-t-elle, est pourvue d'une cuisine au fonctionnement gratuit, dont les équipements se mettent en marche sans avoir besoin de pièces de monnaie. Des frais inouïs ont été engagés dans la construction de cette unité d'habitation, qui est assez vaste pour accueillir vingt personnes et qui possède des circuits autonomes d'aération, de chauffage et d'eau courante, une réserve de produits alimentaires variés, ainsi qu'une télévision en circuit fermé et une chaîne haute fidélité polyphonique — ces deux dernières installations, néanmoins, contrairement à la cuisine, sont payantes. Pour vous aider à profiter de ces distractions, une machine à faire la monnaie a été installée dans la salle de jeu.

— Mon plan, dit Al Hammond, n'indique que neuf chambres à coucher.

— Chaque chambre à coucher, répondit Miss Wirt, contient deux divans, ce qui permet donc de loger dix-huit personnes. En outre cinq des lits sont à deux places, pour ceux d'entre vous qui voudraient dormir ensemble durant leur séjour ici.

— Il y a un règlement, fit Runciter avec irritation, au sujet de ce genre de choses entre mes employés.

— Est-il pour ou contre ? s'enquit Zoe Wirt.

— Contre. (Runciter froissa son plan et le jeta sur le sol métallique et chauffé.) Je n'ai pas l'habitude qu'on me dise...

— Mais vous ne restez pas ici, Mr Runciter, remarqua Miss Wirt. Vous ne repartez pas sur Terre dès que vos collaborateurs seront au travail ?

Elle lui adressait son sourire professionnel. Runciter demanda à Joe Chip :

— Qu'est-ce que donne la lecture du champ psi ?

— Il faut d'abord, dit Joe, que je mesure le contre-champ émis par nos neutraliseurs.

— Vous auriez pu le faire à bord, dit Runciter.

— Etes-vous en train d'essayer de faire des mesures ? questionna Miss Wirt, l'attention en éveil. Comme je vous l'ai expliqué, Mr Howard s'y est formellement opposé.

— Nous prenons quand même cette précaution, dit Runciter.

— Mr Howard...

— Ça ne regarde pas Stanton Mick, lui dit Runciter.

Miss Wirt dit à son assistante :

— Voulez-vous demander à Mr Mick de descendre ici, je vous prie ? (L'assistante s'éloigna en direction des ascenseurs.) Mr Mick vous le dira lui-même, reprit Miss Wirt à l'intention de Runciter. D'ici là, ne faites rien ; je vous demande d'avoir l'obligeance d'attendre qu'il vienne.

— J'ai maintenant une lecture de notre propre champ, dit Joe à Runciter. Il est très élevé. (Sans doute à cause de Pat, pensa-t-il.) Beaucoup plus élevé que je ne m'y attendais, ajouta-t-il.

Pourquoi tiennent-ils tant à ce que nous ne fassions pas de mesures ? se demanda-t-il. Ce n'est plus une question de perte de temps maintenant. Nos neutraliseurs sont ici à pied d'œuvre.

— Y a-t-il des placards, demanda Tippy Jackson, où nous puissions ranger nos vêtements ? J'aimerais défaire mes bagages.

— Chaque chambre à coucher, dit Miss Wirt, renferme une grande penderie à ouverture payante. Et pour commencer... (Elle exhiba un grand sac de plastique.) Voici une réserve de pièces de monnaie qui vous est offerte gracieusement. (Elle le tendit à Jon Ild.) Voulez-vous les répartir auprès de tout le monde ? Il s'agit là d'un geste de bonne volonté de la part de Mr Mick.

— Y a-t-il ici une infirmière ou un docteur ? demanda Edie Dorn. Il m'arrive d'avoir des éruptions cutanées psychosomatiques quand mon travail m'absorbe trop ; je les soulage d'habitude avec une pommade à base de cortisone mais dans la hâte du départ j'ai oublié d'en emporter.

— Plusieurs médecins sont affectés au centre de recherches qui est près d'ici, répondit Miss Wirt, et il y a aussi une petite infirmerie avec des lits pour les malades.

— Elle est payante ? demanda Sammy Mundo.

— Tous nos soins médicaux, dit Miss Wirt, sont gratuits. Mais c'est au patient qu'il incombe de faire la preuve de la réalité de sa maladie. (Elle ajouta :) Les machines dispensatrices de remèdes, elles, sont commandées par des pièces. Au fait, je dois préciser que vous trouverez dans la salle de jeu de cet appartement un distributeur de tranquillisants. Et, si vous le désirez, nous pouvons aussi vous installer un distributeur de stimulants.

— Et les hallucinogènes ? interrogea Francesca Spanish. Quand je suis au travail, j'obtiens de meilleurs résultats avec une drogue psychédélique ; ça m'aide à voir exactement contre quoi je combats.

— Mr Mick désapprouve l'emploi des drogues hallucinogènes ; il estime qu'elles sont toxiques pour le foie, déclara Miss Wirt. Si vous en avez apporté, vous êtes libre de les utiliser. Mais nous ne vous en fournirons pas, bien que nous en ayons en stock.

— Depuis quand, demanda Don Denny à Francesca Spanish, avez-vous besoin de drogues pour favoriser vos visions ? Votre vie entière doit sombrer dans l'hallucination.

Sans se troubler Francesca dit :

— Il y a deux nuits j'ai été visitée d'une manière particulièrement remarquable.

— Ça ne m'étonne pas, fit Don Denny.

— Une foule de précogs et de télépathes est descendue d'une échelle de corde naturelle jusqu'au balcon de ma fenêtre. Ils ont percé un orifice dans le mur de ma chambre et se sont manifestés autour de mon lit, en m'éveillant avec leurs bavardages. Ils citaient des vers et des passages en prose langoureux extraits des vieux livres, et tout cela me ravissait ; ils semblaient tellement... (Elle chercha le mot.) Etincelants. L'un d'eux, qui s'appelait Bill...

— Attendez, dit Tito Apostos. J'ai fait aussi un rêve comme ça. (Il se tourna vers Joe.) Vous vous souvenez, je vous en ai parlé juste avant qu'on quitte la Terre. (Ses mains tremblaient d'excitation.) C'est bien vrai ?

Le visage assombri et crispé, Runciter dit à Joe :

— Vous auriez dû me mettre au courant.

— A ce moment-là, dit Joe, vous... (Il abandonna.) Vous aviez l'air fatigué. Vous aviez d'autres choses en tête.

Francesca dit d'une voix nette :

— Ce n'était pas un rêve ; c'était une expérience authentique. Je sais faire la différence.

— Mais oui, Francy, sûrement, dit Don Denny en adressant un clin d'œil à Joe.

— J'ai fait également un rêve, annonça Jon Ild. Mais c'était à propos d'hovercars. Je mémorisais leurs plaques minéralogiques. J'en ai mémorisé soixante-cinq, et je me souviens toujours des numéros. Vous voulez que je vous les dise ?

— Je suis désolé, Glen, dit Joe Chip à Runciter. Je pensais que ça n'était arrivé qu'à Apostos ; je ne savais pas pour les autres. Je...

Le bruit d'une porte d'ascenseur en train de s'ouvrir lui coupa la parole ; lui et les autres se détournèrent pour voir qui arrivait. Trapu, les jambes épaisses, l'air d'un pot à tabac, Stanton Mick se propulsait vers eux. Il portait une culotte de golf couleur fuchsia, des chaussons en fourrure de yak rose, un gilet sans manches en peau de serpent et un ruban dans ses cheveux blancs teints qui lui descendaient à la taille. Son nez, songea Joe, ressemblait à la poire en caoutchouc équipant la trompe d'un taxi de New Delhi. Il en avait l'aspect gonflé et mou, et on aurait dit qu'en le pressant on en ferait sortir un son strident.

— Salut à vous tous, les anti-Psis de choc, énonça Stanton Mick en levant les bras en un signe de bienvenue outré. Place aux exterminateurs... c'est de vous que je parle. (Il avait une voix criarde de châtré, perçante et déplaisante, qui faisait penser, se dit Joe, au bourdonnement d'un essaim d'abeilles de métal.) La catastrophe, sous la forme d'une horde de canailles psioniques, s'est abattue sur le monde paisible et pacifique de Stanton Mick. Quelle journée ce fut pour nous à Mickville ! — comme nous appelons l'agréable et délicieuse installation lunaire que nous avons ici. Bien sûr, vous avez déjà entamé votre tâche et je n'en attendais pas moins de vous. Car vous êtes des champions dans votre spécialité, comme on peut s'y attendre quand on a affaire à Runciter Associates. D'ores et déjà je suis enchanté de votre activité, à une seule exception près qui concerne votre testeur que j'aperçois en train de se débattre avec son équipement. Dites-moi, testeur, pourriez-vous me regarder quand je vous parle ?

Joe débrancha son polygraphe et ses appareils de mesure et arrêta le générateur.

— Est-ce que je dispose de votre attention maintenant ? lui demanda Stanton Mick.

— Oui, dit Joe.

— Laissez vos appareils en marche, lui ordonna Runciter. Vous êtes mon employé, pas celui de Mr Mick.

— C'est inutile, répondit Joe. J'ai déjà obtenu une lecture du champ psi émis dans les parages.

Son travail était accompli. Stanton Mick avait mis trop longtemps à venir.

— Leur champ est de quel niveau ? questionna Runciter.

— *Il n'y a pas de champ*, déclara Joe.

— Nos neutraliseurs le nullifient ? Notre contre-champ est supérieur ?

— Non, fit Joe. Comme je viens de le dire, il n'y a pas de champ psi d'aucune sorte à portée de mes instruments. J'ai capté notre champ à nous, ce qui m'a permis de vérifier leur bon fonctionnement. Nous produisons 2 000 unités blr, avec fluctuation jusqu'à 2 100 toutes les deux ou trois minutes. Ce champ augmentera sans doute progressivement ; quand nos neutraliseurs auront travaillé ensemble depuis une douzaine d'heures, il pourra atteindre...

— Je ne comprends pas, dit Runciter.

Tous les neutraliseurs se rassemblaient maintenant autour de Joe Chip ; Don Denny prit l'une des bandes sorties du polygraphe, examina la ligne qui s'y inscrivait sans aucune oscillation, puis tendit la bande à Tippy Jackson. Chacun à tour de rôle, les autres neutraliseurs la regardèrent en silence, avant de se tourner vers Runciter. Celui-ci dit à Stanton Mick :

— Où avez-vous pris l'idée que des Psis s'étaient infiltrés ici ? Et pourquoi ne vouliez-vous pas que nous fassions des tests ? Vous en saviez à l'avance le résultat ?

— Bien sûr qu'il le savait, dit Joe Chip.

C'était pour lui une certitude. Le visage agité de tressaillements, Runciter entreprit de parler à Stanton Mick, puis se ravisa et dit à Joe à voix basse :

— Rentrons sur Terre ; emmenons immédiatement nos neutraliseurs. (A voix haute il dit aux autres :) Réunissez vos affaires ; nous repartons à New York. Je veux tout le monde à bord d'ici un quart d'heure ; les absents resteront sur place. Joe, emportez vos appareils sans les ranger ; je vous aiderai à les porter s'il le faut — en tout cas je ne veux pas qu'ils soient abandonnés ici.

Il se tourna à nouveau dans la direction de Mick, le visage gonflé de colère, et ouvrit la bouche... Il ne put lui adresser la parole. Tout en piaillant de sa voix d'insecte métallique, Stanton Mick flotta jusqu'au plafond, les bras écartés et rigides.

— Mr Runciter, ne laissez pas votre thalamus dominer votre cortex. Cette affaire exige de la prudence et non de la hâte ; calmez vos employés et unissons nos efforts pour nous comprendre mutuellement.

Son corps rond se mit à pivoter sur lui-même en un

lent mouvement de rotation ; il avait maintenant les pieds dirigés vers Runciter.

— J'ai entendu parler de ça ! cria Runciter à Joe. C'est une bombe humanoïde à autodestruction. Tous hors d'ici ! Ils viennent de la mettre en automatique ; c'est pour ça qu'elle s'est mise à monter en l'air.

La bombe explosa.

La fumée qui tournoyait en masses nauséabondes autour des décombres des murs voilait la forme couchée sur le ventre, recroquevillée aux pieds de Joe Chip.

Don Denny hurla à son oreille :

— Ils ont tué Runciter, Mr Chip ! C'est Mr Runciter.

Il bégayait sous le coup de l'affolement.

— Quelles autres victimes ? dit Joe d'une voix épaisse, en essayant de reprendre sa respiration.

L'odeur âcre de la fumée lui contractait la poitrine. Il avait encore la tête douloureuse des suites de la déflagration et, sentant quelque chose de chaud couler sur son cou, il s'aperçut qu'un éclat lui avait lacéré la chair. Wendy Wright, près de lui mais indistincte, dit :

— Je pense que tous les autres sont blessés mais vivants.

Se penchant sur Runciter, Edie Dorn demanda :

— Nous ne pourrions pas obtenir de Ray Hollis un animateur ?

Elle avait le visage meurtri et pâle.

— Non, répondit Joe en se penchant à son tour. Vous vous trompez, dit-il à Don Denny. Il n'est pas mort.

Mais Runciter agonisait rapidement sur le sol fracassé. Dans deux ou trois minutes, l'estimation de Don Denny serait exacte.

— Ecoutez-moi tous, fit Joe en élevant la voix. Puisque Mr Runciter est blessé, c'est moi qui prends la direction des opérations — au moins temporairement, jusqu'à ce que nous soyons revenus sur Terre.

— A supposer, dit Al Hammond, que nous y revenions.

Avec un mouchoir plié il tapotait une entaille profonde au-dessus de son œil droit.

— Combien parmi vous ont des armes manuelles ? interrogea Joe. (Les neutraliseurs continuèrent à tourner en rond sans répondre.) Je sais que c'est contraire aux règlements de la Société, poursuivit Joe. Mais je suis sûr que certains en ont. Oubliez que c'est illégal ; oubliez tout ce qu'on vous a appris sur la détention d'une arme par un neutraliseur au travail.

Après un temps Tippy Jackson déclara :

— La mienne est dans la pièce à côté avec mes affaires.

— Et moi j'en ai une sur moi, ajouta Tito Apostos en montrant dans sa main droite un pistolet vieux modèle.

— Si vous avez des armes dans vos bagages à côté, reprit Joe, allez les chercher.

Six neutraliseurs se dirigèrent vers la porte de communication. Joe dit à Al Hammond et Wendy Wright qui étaient restés sur place :

— Il faut placer Runciter en capsule cryonique.

— Le vaisseau est équipé pour ça, dit Al Hammond.

— Alors on l'y emmène, dit Joe. Hammond, prenez-le par les jambes pendant que je le prends par les bras. Apostos, passez devant et tirez sur tout employé de Hollis qui voudrait nous barrer la route.

Jon Ild, qui revenait de la pièce adjacente avec un tube laser, demanda :

— Vous pensez que Hollis est ici avec Mr Mick ?

— Avec lui, dit Joe, ou peut-être tout seul. Après tout, nous n'avons peut-être jamais eu affaire à Mick ; ce pouvait être Hollis dès le début.

Bizarre, pensa-t-il, que l'explosion de la bombe humanoïde ne nous ait pas tous tués. Il s'interrogeait sur Zoe Wirt. Manifestement, elle avait quitté les lieux avant la catastrophe ; il ne voyait aucune trace d'elle. Je me demande quelle a été sa réaction, se dit-il, en découvrant qu'elle ne travaillait pas pour Stanton Mick, que son employeur — son véritable employeur — a loué nos services et nous a entraînés ici pour nous assassiner. Ils devront sans doute la tuer elle aussi. Simplement par sécurité. Elle ne leur sera plus d'aucune utilité ; elle serait même un témoin des faits qui se sont produits.

En possession de leurs armes, les autres neutraliseurs regagnèrent la pièce ; ils attendirent que Joe leur donne des directives. Eu égard à la situation où ils se trouvaient, les onze neutraliseurs gardaient un sang-froid raisonnable.

— Si on arrive à mettre assez vite Runciter en capsule cryonique, expliqua Joe en transportant en compagnie d'Al Hammond le corps de leur patron en direction des ascenseurs, il pourra continuer à diriger la firme. Comme le fait sa femme. (Il appuya du coude sur le bouton d'appel de l'ascenseur.) En fait il y a peu de chances, dit-il, que l'ascenseur arrive. Ils ont dû couper le courant au moment de l'explosion.

Pourtant la cabine de l'ascenseur apparut. En hâte Al Hammond et Joe y transportèrent Runciter.

— Que trois de ceux qui sont armés, dit Joe, viennent avec nous. Les autres...

— Pas question ! s'exclama Sammy Mundo. Nous ne voulons pas être coincés ici en attendant que l'ascenseur revienne. On ne le reverra peut-être jamais.

Il s'élança en avant, le visage convulsé par la panique. Joe dit d'une voix rude :

— Runciter d'abord. (Il enfonça un bouton et la porte se referma sur lui, Al Hammond, Tito Apostos, Wendy Wright, Don Denny — et Glen Runciter.) On ne pouvait pas faire autrement, dit-il tandis que l'ascenseur commençait à monter. Et de toute manière, si les hommes de Hollis nous attendent, c'est nous qu'ils auront en premier. Sauf qu'ils ne prévoient sans doute pas que nous serons armés.

— Normal, plaça Don Denny. Le règlement.

— Regardez s'il est encore en vie, dit Joe à Tito Apostos.

Apostos se courba vers le corps inerte pour l'examiner.

— Il respire encore, annonça-t-il. Nous avons toujours une chance.

— Oui, dit Joe, une chance.

Il demeurait engourdi physiquement et psychologiquement, comme il l'avait été depuis l'explosion ; il se sentait envahi d'une léthargie glacée, et il lui semblait que ses tympans étaient endommagés. Quand nous serons à bord, réfléchit-il, nous pourrons envoyer un appel à l'aide à New York ; à la firme, à tous les autres organismes de protection. Si nous ne pouvons pas nous échapper, quelqu'un viendra nous chercher.

Mais c'était utopique. Car à l'heure où des sauveteurs envoyés par la Société se poseraient sur la Lune, ils seraient tous morts. La situation était sans espoir. Tito Apostos déclara :

— Vous auriez pu faire monter plus de gens dans l'ascenseur. Emmener au moins les femmes.

Il regardait Joe d'un air accusateur, en agitant les mains.

— Nous sommes plus exposés à un attentat que ceux qui sont restés, rappela Joe. Hollis doit s'attendre à ce que les survivants prennent l'ascenseur. C'est sans doute pour ça qu'ils ont laissé le courant. Ils savent que nous devons rejoindre le vaisseau.

— Vous nous avez déjà dit que nous étions les plus menacés, Joe, remarqua Wendy Wright.

— J'essaie de donner un sens rationnel à ce que je fais, dit-il. Il était logique de les laisser en bas.

— Et le pouvoir de cette nouvelle fille ? demanda Wendy. La fille brune et boudeuse à l'air dédaigneux ; Pat je ne sais qui. Elle aurait pu remonter dans le passé avant l'explosion et empêcher Runciter d'être blessé. Vous avez oublié ses aptitudes ?

— Oui, avoua Joe d'une voix rêche.

Dans le désordre et la confusion qui avaient suivi l'explosion, c'était exactement ce qui s'était produit.

— Redescendons, fit Tito Apostos. Comme vous le disiez, les gens de Hollis peuvent nous attendre à la sortie ; nous serons plus en sûreté en bas.

— Nous sommes arrivés, dit Don Denny. L'ascenseur s'est arrêté.

Blême et raidi, il attendait en s'humectant les lèvres avec appréhension que la porte s'ouvre. En face d'eux, un trottoir roulant menait aux portes à membrane d'air derrière lesquelles ils apercevaient la base de leur vaisseau dressé à la verticale. Dans la position exacte où ils l'avaient laissé. Et sans personne pour leur barrer le passage. Curieux, songea Joe Chip. Etaient-ils donc si sûrs que la bombe humanoïde nous tuerait tous ? On aurait dit que quelque chose n'avait pas tourné rond dans leurs plans — d'abord l'explosion elle-même et la façon dont elle s'était passée, ensuite le fait que le courant était resté branché, et maintenant ce couloir vide.

— Je pense, fit Don Denny tandis qu'Al Hammond et Joe sortaient Runciter de l'ascenseur et le portaient vers le trottoir roulant, que la montée de la bombe au plafond les a pris au dépourvu. On aurait dit un modèle à fragmentation, et la majeure partie de la charge a frappé les murs au-dessus de nos têtes. A mon avis, ils n'imaginaient pas qu'un seul de nous survivrait, c'est pourquoi ils n'ont pas coupé le courant.

— Eh bien, heureusement qu'elle a flotté en l'air, dit Wendy Wright. Grand Dieu, on gèle ici. La bombe a dû arrêter le chauffage.

Elle tremblait de façon visible. Le trottoir roulant les transportait avec une lenteur exaspérante ; Joe eut l'impression qu'ils avaient mis au moins cinq minutes à atteindre les portes. Cette progression au ralenti, en un sens, lui paraissait le pire de tout, comme si Hollis avait combiné la chose exprès.

— Attendez ! fit une voix derrière eux.

Il y eut des bruits de pas, et Tito Apostos se retourna, son revolver brandi, puis rabaissé.

— Ce sont les autres, dit Don Denny à Joe qui ne pouvait pas se détourner. (Al Hammond et lui avaient commencé à engager le corps de Runciter à travers le système compliqué des portes à membrane d'air.) Ça va ; ils sont tous ici. (Avec son arme il leur fit signe de le rejoindre.) Venez !

Le tunnel de jonction en plastique reliait toujours leur vaisseau à l'installation lunaire ; Joe entendit ses pas produire le bruit sourd caractéristique et se demanda : *Est-ce qu'ils vont nous laisser partir ?* Ou, pensa-t-il, est-ce qu'ils nous attendent à bord ? C'est comme si, se dit-il, une force maligne jouait avec nous, en nous laissant détaler et couiner comme des souris décérébrées. Nous l'amusons. Nos efforts la divertissent. Et quand nous voudrons aller trop loin elle refermera son poing sur nous et déposera nos restes déchiquetés, ainsi que ceux de Runciter, sur le trottoir roulant.

— Denny, fit-il, vous passez devant. Vous allez voir s'ils nous attendent dans le vaisseau.

— Et s'ils y sont ? demanda Denny.

— Alors, vous revenez nous avertir, dit Joe d'un ton mordant, et nous nous rendons. Et ils auront notre peau à tous.

— Demandez à cette Pat d'user de sa faculté, dit Wendy Wright. (Sa voix était basse et pressante.) Je vous en prie, Joe.

— Essayons de monter à bord, dit Tito Apostos. Je n'aime pas cette fille ; je me méfie de son pouvoir.

— Vous ne comprenez ni Pat ni son pouvoir, dit Joe. (Il observa le petit et maigre Don Denny qui remontait le tunnel en courant, actionnait le dispositif d'ouverture du vaisseau et disparaissait à l'intérieur.) Il ne reviendra jamais, dit-il d'une voix haletante. (Le poids de Glen Runciter semblait avoir augmenté ; il parvenait à peine à le porter.) Posons-le ici, dit-il à Al Hammond. (Tous deux se baissèrent pour placer Runciter sur le sol du tunnel.) Pour un vieillard il pèse lourd, fit Joe en se redressant. (Et à l'adresse de Wendy :) Je parlerai à Pat. (Les autres les avaient rattrapés maintenant ; tous s'entassaient avec agitation dans le tunnel de jonction.) Quel fiasco ! soupira-t-il. Au lieu de l'action d'éclat que nous attendions. On ne peut jamais savoir. Hollis nous a vraiment eus cette fois-ci.

Il attira Pat vers lui. Elle avait le visage noirci et son corsage synthétique sans manches était déchiré ;

on voyait la bande élastique qui — conformément à la mode — comprimait ses seins : elle était imprimée d'élégantes fleurs de lis rose pâle en relief, et sans raison logique la perception de cette donnée visuelle incongrue, qui n'avait de rapport avec rien, s'inscrivit dans l'esprit de Joe.

— Ecoutez, lui dit-il en posant sa main sur son épaule et en la fixant dans les yeux. (Elle lui rendit calmement son regard.) Pouvez-vous revenir en arrière ? Remonter au moment où la bombe n'a pas encore explosé ? Redonner vie à Glen Runciter ?

— Il est trop tard maintenant, dit Pat.

— Pourquoi ?

— C'est comme ça. Il s'est passé trop de temps. Il aurait fallu que je le fasse tout de suite.

— Pourquoi ne l'avez-vous pas fait ? lui demanda Wendy Wright avec hostilité.

Les yeux de Pat se détournèrent vers elle.

— Vous y avez pensé, vous ? En tout cas vous n'avez rien dit. Personne n'a rien dit.

— Vous n'avez pas senti que vous aviez une responsabilité, continua Wendy. Avec votre pouvoir vous pouviez éviter la mort de Runciter.

Pat se mit à rire.

De retour du vaisseau, Don Denny annonça :

— Il est vide.

— Bon, fit Joe, avec un geste à l'intention d'Al Hammond. Emportons-le à bord et congelons-le.

Al et lui ramassèrent le corps pesant, difficile à manier ; ils pénétrèrent dans le vaisseau avec leur fardeau ; les neutraliseurs se bousculèrent pour les suivre, impatients de trouver un refuge — Joe sentait la pure émanation physique de leur peur, l'aura qui les entourait. La perspective de pouvoir peut-être quitter la Lune sains et saufs ne faisait qu'aviver leur affolement ; leur résignation hébétée avait complètement disparu.

— Où est la clef ? cria Jon Ild dans l'oreille de Joe qui trébuchait avec Al en direction de la chambre de congélation. (Il saisit Joe par le bras.) La clef, Mr Chip.

Al Hammond expliqua :

— La clef de contact. Pour le vaisseau. Runciter doit l'avoir sur lui ; prenez-la avant qu'on le mette à congeler, après nous ne pourrons plus le toucher.

Fouillant dans les poches de Runciter, Joe finit par trouver un porte-clefs de cuir qu'il tendit à Jon Ild.

— Et maintenant on peut enfin le mettre dans sa capsule cryonique ? demanda-t-il avec une rage sauvage. Venez, Hammond ; bon Dieu, aidez-moi à le faire entrer là-dedans.

Mais nous ne sommes pas allés assez vite, se dit-il. C'est fini. Nous avons échoué. Tant pis, pensa-t-il avec lassitude, c'est comme ça.

Les fusées de départ grondèrent et une secousse ébranla le vaisseau. Au pupitre des commandes, quatre neutraliseurs entamaient de façon hésitante la programmation des unités ordinatrices chargées de diriger la trajectoire.

Pourquoi nous ont-ils laissés partir ? se demanda Joe tout en dressant à la verticale, en compagnie d'Al Hammond, le corps apparemment sans vie de Runciter dans la capsule cryonique qui s'élevait du sol au plafond ; des attaches automatiques se refermèrent autour des cuisses et des épaules de Runciter afin de le maintenir debout, et le froid étincelant se mit à remplir la capsule, en aveuglant Joe Chip et Al Hammond.

— Je ne comprends pas, fit-il à haute voix.

— Ils n'avaient qu'une carte dans leur jeu, déclara

Hammond. Ils n'avaient pas prévu de plan en dehors de la bombe. Comme les conspirateurs qui avaient voulu tuer Hitler ; quand ils ont vu l'explosion dans le bunker, ils ont tous cru que...

— Sortons d'ici, dit Joe, avant d'être tués par le froid. (Il poussa Hammond devant lui et tous deux sortirent de la chambre de congélation ; une fois à l'extérieur, ils tournèrent le volant qui en fermait hermétiquement la porte.) Dieu, quelle impression ! reprit-il. Penser qu'une force pareille préserve la vie. En quelque sorte.

Francy Spanish, dont les longues tresses de cheveux étaient roussies, l'arrêta au passage alors qu'il regagnait l'avant du vaisseau.

— Y a-t-il un circuit de communication ? demanda-t-elle. Pouvons-nous consulter Mr Runciter dès maintenant ?

— Impossible, dit Joe en secouant la tête. Il n'y a pas de micro, pas d'écouteur. Pas de protophases. Pas de semi-vie. Rien jusqu'à ce qu'on soit revenus sur Terre et qu'on l'ait mis dans un moratorium.

— Alors comment savoir si on l'a assez congelé ? demanda Don Denny.

— On ne peut pas le savoir, dit Joe.

— Peut-être que son cerveau s'est abîmé, dit Sammy Mundo avec un sourire.

Il se mit à ricaner.

— Exact, fit Joe. Il se peut que nous n'entendions plus jamais la voix ni les pensées de Glen Runciter. Il faudrait continuer la firme sans lui. Nous appuyer sur ce qui reste d'Ella ; peut-être déménager et installer les bureaux à Zurich près du Moratorium des Frères Bien-Aimés.

Il prit un siège d'où il pouvait voir les quatre neutraliseurs qui discutaient sur la meilleure façon d'assurer la trajectoire du vaisseau. Comme un somnambule, le corps envahi d'une douleur sourde, il sortit d'un paquet une cigarette froissée et l'alluma.

La cigarette, desséchée et craquante, se brisa entre ses doigts. Bizarre, pensa-t-il.

— C'est à cause de la bombe, dit Al Hammond qui avait remarqué la chose. La chaleur.

— Et nous, ça nous a fait vieillir ? demanda Wendy qui se tenait derrière Hammond. (Elle s'avança et vint s'asseoir près de Joe.) Je me sens vieille. Je *suis* vieille ; votre paquet de cigarettes est vieux ; nous sommes tous vieux à cause de ce qui s'est passé. C'est un jour comme nous n'en connaîtrons jamais d'autre.

Avec une énergie formidable, le vaisseau décolla de la surface de la Lune, entraînant ridiculement derrière lui le tunnel de jonction en plastique.

Ravivez vos parquets ternis en employant Ubik, le nouveau revêtement plastique miracle, extra-brillant, facile à appliquer, anti-dérapant.
Entièrement inoffensif s'il est utilisé conformément au mode d'emploi.
Inutile d'astiquer vos parquets pendant des heures ; ils vous éblouiront au premier coup d'œil.

7

— Le mieux à faire, dit Joe Chip, est de nous rendre directement à Zurich. (Il prit l'audiophone à micro-ondes dont était muni le vaisseau coûteux, bien équipé, de Runciter et composa le numéro de code régional pour la Suisse.) En le plaçant dans le même moratorium qu'Ella, nous pourrons les consulter tous les deux en même temps ; ils pourront être reliés électroniquement pour fonctionner à l'unisson l'un de l'autre.

— Protophasiquement, corrigea Don Denny.

— Est-ce que quelqu'un connaît le nom du propriétaire du Moratorium des Frères Bien-Aimés ? demanda Joe.

— Herbert je ne sais plus quoi, dit Tippy Jackson. Un nom allemand.

Wendy Wright réfléchit et dit :

— Herbert Schönheit von Vogelsang. Je m'en souviens parce que Mr Runciter m'a raconté une fois que ça voulait dire « Herbert, la beauté du chant des oiseaux ». J'aurais aimé avoir un nom pareil. Je me rappelle avoir pensé ça sur le moment.

— Vous pourriez l'épouser, dit Tito Apostos.

— Je vais épouser Joe Chip, fit Wendy d'une voix grave et songeuse, avec un sérieux enfantin.

— Ah ! fit Pat Conley. (Ses yeux noirs étincelaient comme s'ils étaient en fusion.) Vraiment ?

— Vous pouvez aussi changer ça ? demanda Wendy. Avec votre pouvoir ?

— Je vis avec Joe. Je suis sa maîtresse, déclara Pat. D'après notre accord c'est moi qui paie ses factures. Ce matin j'ai payé sa porte pour le laisser sortir de chez lui. Sans moi il serait encore dans son conapt.

— Et notre voyage sur la Lune, ajouta Al Hammond, n'aurait pu avoir lieu.

Il regarda Pat avec une expression intriguée.

— Peut-être pas aujourd'hui, remarqua Tippy Jackson, mais un autre jour. Quelle différence ? De toute façon, je trouve que c'est très bien pour Joe d'avoir une maîtresse qui lui paye sa porte d'entrée.

Elle donna un coup d'épaule à Joe, avec ce qui parut être à ce dernier un air de connivence grivois. Une sorte de plaisir pris par procuration à ses activités intimes ; il y avait derrière la façade extrovertie de Mrs Jackson l'âme d'une voyeuse.

— Qu'on me passe l'annuaire mondial, dit-il. Je vais prévenir le moratorium pour qu'on nous attende.

Il regarda sa montre. Encore dix minutes de vol.

— Voilà, Mr Chip, dit Jon Ild après avoir fait des recherches.

Il tendit à Joe la grande boîte carrée avec son clavier et son microsondeur.

Joe tapa sur le clavier SUI, puis ZUR, et enfin MOR FRE BNAIM.

— C'est comme de l'hébreu, dit Pat derrière lui. Les condensations sémantiques.

Le microsondeur se déplaça d'avant en arrière, en procédant à des sélections et à des éliminations ; puis le mécanisme finit par éjecter une carte perforée que Joe glissa dans la fente réceptrice de l'audiophone.

L'audiophone dit avec une sonorité métallique : « Ce que vous entendez est un enregistrement. » Il expulsa vigoureusement la carte perforée. « Le numéro que vous demandez n'existe plus. Si vous désirez un renseignement, mettez une carte rouge. »

— De quand date cet annuaire ? demanda Joe à Ild qui le rapportait sur l'étagère où il l'avait pris.

Ild examina la mention à l'arrière de la boîte.

— De 1990. Il remonte à deux ans.

— C'est impossible, dit Edie Dorn. Il y a deux ans ce vaisseau n'existait pas. Tout ce qui est à bord est récent.

— Runciter a peut-être fait quelques économies de bouts de chandelle, déclara Tito Apostos.

— Absolument pas, rétorqua Edie. Il a payé une fortune pour le faire construire. Le *Pratfall II* est sa joie et son orgueil.

— *Etait* sa joie et son orgueil, rectifia Francy Spanish.

— C'est là une idée que je refuse, dit Joe. (Il engagea une carte rouge dans la fente de l'audiophone.) Donnez-moi le numéro actuel du Moratorium des Frères Bien-Aimés, à Zurich en Suisse, demanda-t-il. (Il s'adressa à Francy Spanish :) Ce vaisseau est toujours sa joie et son orgueil parce qu'il existe encore.

Une carte que l'audiophone venait de perforer jaillit de l'orifice ; Joe la transféra dans la fente réceptrice. Cette fois les relais ne protestèrent pas ; sur l'écran se forma un visage jaunâtre à l'air hypocrite, celui de l'onctueux personnage qui dirigeait le Moratorium des Frères Bien-Aimés. Joe se souvint de lui avec répugnance.

— Je suis Herr Herbert Schönheit von Vogelsang. Venez-vous à moi dans le chagrin, monsieur ? Puis-je vous demander votre nom et votre adresse, au cas où nous serions coupés ?

Il redressa le buste.

— Il est arrivé un accident, dit Joe.

— Ce que nous appelons accident, débita von Vogelsang, n'est qu'une manifestation de l'œuvre de Dieu. En un sens, la vie tout entière peut être qualifiée d'accident. Et en fait...

— Je ne tiens pas à engager une discussion théologique, coupa Joe. Pas en ce moment.

— C'est pourtant, de tous les moments, celui où les consolations de la théologie sont les plus apaisantes. Le défunt est-il un de vos parents ?

— C'est notre patron, dit Joe. Glen Runciter, président de Runciter Associates à New York. Sa femme Ella est chez vous. Nous atterrirons dans huit ou neuf minutes ; pouvez-vous nous attendre avec un fourgon réfrigéré ?

— Est-il déjà en état de congélation ?

— Non, fit Joe. Il est en train de se rôtir au soleil sur la plage de Tampa en Floride.

— Je suppose que votre amusante réponse signifie que oui.

— Soyez au spatioport de Zurich avec un véhicule, dit Joe, et il raccrocha. (Dire qu'à partir de maintenant, réfléchit-il, il va falloir supporter ce personnage.) Nous aurons Ray Hollis, dit-il aux neutraliseurs groupés autour de lui.

— Vous voulez dire que c'est lui que nous aurons au lieu de Mr von Vogelsang ? demanda Sammy Mundo.

— Je veux dire que nous aurons sa peau, déclara Joe. Pour avoir causé ça.

Glen Runciter, songea-t-il ; debout et congelé dans un cercueil de plastique transparent orné de roses artificielles. Eveillé à la semi-vie une heure par mois. Se détériorant, s'affaiblissant, s'effaçant peu à peu... Grand Dieu, pensa-t-il sauvagement. De tous les hommes au monde. Un homme pareil. Avec une telle vitalité.

— En tout cas, dit Wendy, il sera plus près d'Ella.

— En un sens, dit Joe, j'espère presque que nous l'avons congelé trop... (Il n'acheva pas sa pensée.) Je n'aime pas les moratoriums, reprit-il. Ni les propriétaires de moratoriums. Je n'aime pas cet Herbert Schönheit von Vogelsang. Pourquoi Runciter préfère-t-il les moratoriums suisses ? Pourquoi pas un à New York ?

— C'est une invention suisse, expliqua Edie Dorn. Et d'après des études impartiales, la durée moyenne de semi-vie d'un individu dans un moratorium suisse est de deux heures plus longue que dans l'un des nôtres. Les Suisses semblent avoir des méthodes spéciales.

— Les Nations unies devraient abolir la semi-vie, dit Joe. C'est une entrave au cycle naturel de la naissance et de la mort.

Ironiquement, Al Hammond dit :

— Si Dieu approuvait la semi-vie, nous naîtrions tous dans un cercueil glacé.

Au pupitre des commandes, Don Denny annonça :

— Nous sommes maintenant sous le contrôle du

transmetteur à micro-ondes de Zurich. C'est lui qui se chargera du reste.

Il s'éloigna des commandes, l'air sombre.

— Consolez-vous, lui dit Edie Dorn. Pour parler brutalement, considérez la chance que nous avons eue ; nous pourrions tous être morts en ce moment. Soit à cause de l'explosion, soit par la suite sous des rayons laser. Une fois sur Terre, vous vous sentirez mieux ; on y est plus en sûreté.

— On aurait dû faire attention en sachant que c'était sur la Lune, dit Joe.

Runciter aurait dû faire attention, réalisa-t-il. A cause de cette entourloupette dans la loi qui réglemente l'autorité civile sur la Lune. Runciter disait toujours : Méfiez-vous d'un boulot qui vous fait quitter la Terre. S'il était vivant, il le dirait encore maintenant. Et ne marchez surtout pas si on veut vous envoyer sur la Lune ; trop d'organismes de protection sont tombés dans le panneau. Voilà ce qu'il disait aussi. S'il revit au moratorium, pensa-t-il, c'est la première chose qu'il dira. Je me suis toujours méfié de la Lune. Mais pas assez méfié. Ce boulot-là était trop tentant ; il n'a pas pu résister. Et c'est comme ça qu'ils l'ont eu, en l'appâtant. Comme il avait toujours su que ça arriverait.

Les rétrofusées du vaisseau, actionnées à distance par le transmetteur à micro-ondes de Zurich, se mirent à gronder ; le vaisseau se cabra.

— Joe, dit Tito Apostos, il va falloir que vous préveniez Ella. Vous vous en rendez compte ?

— J'y pense, répondit Joe, depuis notre départ de là-bas.

Le vaisseau, qui ralentissait radicalement, se préparait à l'atterrissage au moyen de ses divers systèmes de servo-assistance homéostatiques.

— Et en plus, continua Joe, il va falloir que j'avertisse la Société de ce qui s'est produit. Ils vont nous passer à la moulinette ; ils vont déclarer que nous avons marché là-dedans tête baissée comme des moutons à l'abattoir.

— Mais la Société est notre amie, dit Sammy Mundo.

— Personne, dit Al Hammond, après un fiasco pareil, n'est notre ami.

Un aéronef mû par batterie solaire, avec l'enseigne MORATORIUM DES FRÈRES BIEN-AIMÉS, attendait au bord du terrain d'atterrissage à Zurich. A côté se tenait un individu à l'allure de scarabée, vêtu à la mode européenne : toge de tweed, écharpe pourpre, mocassins et bonnet violet en forme d'hélice d'avion. Le propriétaire du moratorium trotta à pas menus vers Joe Chip, tendant sa main gantée, alors que celui-ci parvenait au bas de la rampe de débarquement et prenait pied sur Terre.

— A en juger par votre apparence, votre voyage n'a pas été exactement rempli de joie, fit observer von Vogelsang tandis qu'ils se serraient brièvement la main. Mes employés peuvent-ils monter à bord de votre superbe vaisseau pour commencer la tâche ?

— Oui, fit Joe. Vous pouvez aller le chercher.

Les mains dans les poches, il se dirigea vers la cafétéria de l'astroport, se sentant maussade et morne. A partir de maintenant, songea-t-il, tout rentre dans la routine. Nous sommes revenus sur Terre ; Hollis nous a ratés... nous avons eu de la veine. L'opération lunaire, ce piège à rats sordide, cette horrible expérience, est terminée. Et une nouvelle phase commence, sur laquelle nous n'exerçons aucun contrôle direct.

— Cinq *cents*, s'il vous plaît, dit la porte de la cafétéria en demeurant fermée devant lui.

Il attendit qu'un couple sorte, profita de l'ouverture de la porte pour se frayer un passage, prit un tabouret libre au comptoir et s'y installa. Se penchant, les mains jointes devant lui, il observa la carte.

— Un café, dit-il.

— Crème ou sucre ? questionna le haut-parleur juché sur la tourelle de commande de la cafétéria.

— Les deux.

Une paroi vitrée s'ouvrit ; une tasse de café, deux sachets de sucre en poudre et un petit tube de crème fraîche glissèrent vers lui sur le comptoir.

— Un poscred international, s'il vous plaît, dit le haut-parleur.

— Mettez ça sur le compte de Glen Runciter de la firme Runciter Associates à New York, dit Joe.

— Veuillez insérer la carte de crédit adéquate, dit le haut-parleur.

— Il y a cinq ans que je n'ai plus le droit de détenir une carte de crédit, répondit Joe. Je paye toujours ce que je dois en...

— Un poscred, s'il vous plaît, répéta le haut-parleur. (Il se mit à tictaquer de façon menaçante.) Sinon dans dix secondes j'avertis la police.

Joe donna le poscred. Le tic-tac s'arrêta.

— Nous pouvons nous passer de gens comme vous, dit le haut-parleur.

— Un de ces jours, fit Joe avec colère, les gens comme moi se dresseront pour vous renverser, et la fin de la tyrannie des machines homéostatiques sera arrivée. Le temps de la chaleur humaine et de la compassion reviendra, et quand ça se produira quelqu'un comme moi qui sort d'une rude épreuve et qui a grand besoin d'un café chaud pour se remettre pourra se le faire servir même s'il n'a pas de poscred à donner. (Il voulut verser le tube de crème et le reposa.) Et en plus votre crème est tournée, ou votre lait ou je ne sais quoi.

Le haut-parleur resta silencieux.

— Vous n'avez plus rien à dire ? demanda Joe. Vous étiez plus bavard quand vous réclamiez un poscred.

La porte payante de la cafétéria s'ouvrit et Al Hammond entra ; il se dirigea vers Joe et s'assit à côté de lui.

— Les types du moratorium ont installé Runciter dans l'aéronef. Ils sont prêts à partir et veulent savoir si vous venez.

— Regardez-moi cette crème, dit Joe. (Il souleva le tube transparent ; son contenu était caillé et collait en plaques contre les bords.) Voilà ce qu'on vous offre pour un poscred dans une des villes les plus modernes, les plus avancées technologiquement de la Terre. Je ne partirai pas d'ici avant d'avoir été dédommagé, soit qu'on me rende mon poscred, soit qu'on me donne un autre tube de crème pour que je puisse boire mon café.

Al Hammond posa une main sur l'épaule de Joe et le dévisagea.

— Qu'est-ce qui se passe, Joe ?

— D'abord ma cigarette, fit Joe. Ensuite l'annuaire vieux de deux ans. Et maintenant on me sert une crème tournée depuis des semaines. Je ne pige pas, Al.

— Buvez ce café noir, dit Al. Et sortons d'ici qu'ils puissent emmener Runciter au moratorium. Vous partirez avec eux et nous attendrons votre retour à bord. Ensuite nous irons au bureau de la Société le plus proche pour faire notre rapport.

Joe prit sa tasse et y trouva un café froid, épaissi et décomposé ; une moisissure blanchâtre recouvrait la surface. Il reposa la tasse avec répulsion. Qu'est-ce que c'est que ça ? pensa-t-il. Qu'est-ce qui m'arrive ? Soudain sa répulsion se mua en une panique étrange et nébuleuse.

— Allons, Joe, reprit Al en appuyant plus fermement de la main sur son épaule. Tant pis pour le café ; ça ne compte pas. L'important, c'est de conduire Runciter au...

— Vous savez qui m'a donné ce poscred ? demanda Joe. Pat Conley. Et j'ai fait aussitôt ce que je fais toujours avec l'argent ; je l'ai bousillé pour rien. Pour une tasse de café de l'an dernier. (Il se leva de son tabouret, accompagné dans son mouvement par la main d'Al Hammond.) Si vous veniez avec moi au moratorium ? J'aurai besoin d'être épaulé par quelqu'un, surtout pour conférer avec Ella. Qu'est-ce qu'on va faire, mettre les choses sur le dos de Runciter ? Dire que c'est lui qui a décidé qu'on irait tous sur la Lune ? C'est la vérité. Ou peut-être lui raconter autre chose, prétendre que son vaisseau s'est écrasé ou que sa mort est due à des causes naturelles.

— Mais si Runciter entre en contact avec elle il lui dira la vérité, objecta Al. Impossible de mentir.

Ils quittèrent la cafétéria et se dirigèrent vers l'aéronef du Moratorium des Frères Bien-Aimés.

— Après tout je peux laisser Runciter la mettre au courant, continua Joe tandis qu'ils y montaient. Pourquoi pas ? C'est lui qui a voulu aller sur la Lune ; qu'il lui explique les événements. Et puis il a l'habitude de lui parler.

— Prêts, messieurs ? s'enquit von Vogelsang assis

aux commandes de l'appareil. Nous prenons avec tristesse la direction de la dernière demeure de Mr Runciter ?

Joe grogna son assentiment et regarda par le hublot, fixant les bâtiments du spatioport de Zurich.

— Oui, partons, ajouta Al Hammond.

Au moment où l'engin décollait, le propriétaire du moratorium appuya sur un bouton du tableau de commandes. A travers la cabine, d'une douzaine de sources sonores s'élevèrent les accents de la *Missa Solemnis* de Beethoven, avec les chœurs chantant « *Agnus Dei, qui tollis peccata mundi* », accompagnés par un orchestre symphonique électroniquement augmenté.

— Saviez-vous que Toscanini chantait en même temps que les solistes quand il dirigeait un opéra ? demanda Joe. Dans son enregistrement de *La Traviata*, on l'entend distinctement durant l'aria *Sempre libera*.

— J'ignorais, dit Al.

Il observait les ensembles résidentiels robustes et lisses de Zurich qui défilaient sous eux, en une procession digne et majestueuse que Joe se surprit aussi à examiner.

— *Libera me, Domine*, déclara Joe.

— Qu'est-ce que ça veut dire ?

— Ça veut dire : « Seigneur, délivrez-moi. » Vous ne le saviez pas ? Je pensais que tout le monde le savait.

— Qu'est-ce qui vous y a fait penser ? dit Al.

— La musique, cette saleté de musique. (Joe dit à von Vogelsang :) Vous ne pouvez pas arrêter votre bazar ? Runciter ne peut pas l'écouter. Il n'y a que moi qui l'entends, et je n'en ai pas envie. (Il poursuivit à l'intention d'Al :) Vous non plus, non ?

— Du calme, Joe, dit Al.

— Nous emmenons notre défunt patron à un endroit qui s'appelle le Moratorium des Frères Bien-Aimés, fit Joe, et il dit : *Du calme*. Vous savez, Runciter n'était pas obligé de nous accompagner sur la Lune ; il aurait pu nous envoyer là-bas et rester à New York. Et maintenant l'homme le plus vivant, le plus amoureux de la vie que j'aie jamais rencontré ne serait pas...

— Le conseil que vous donne votre compagnon à peau sombre est bon, intervint le propriétaire du moratorium.

— Quel conseil ? demanda Joe.

— Celui de vous calmer. (Von Vogelsang ouvrit la boîte à gants à droite du tableau de commande et en sortit un étui multicolore qu'il tendit à Joe.) Prenez-en une tablette, Mr Chip.

— Du chewing-gum tranquillisant, dit Joe en acceptant l'étui. (Il l'ouvrit machinalement.) Du chewing-gum tranquillisant parfumé à la pêche. (Il se tourna vers Al.) Il faut que je prenne ça ?

— Vous devriez, dit Al.

— Runciter n'aurait jamais absorbé un tranquillisant dans des circonstances pareilles, dit Joe. Glen Runciter n'a jamais pris un tranquillisant de sa vie. Vous savez ce que je réalise maintenant, Al ? C'est qu'il a donné sa vie pour sauver la nôtre. D'une façon indirecte.

— Très indirecte, dit Al. Nous arrivons, ajouta-t-il. (L'aéronef descendait vers un toit-terrasse en contrebas.) Est-ce que vous arriverez à prendre sur vous ? demanda-t-il à Joe.

— Je prendrai sur moi, fit Joe, quand j'entendrai à nouveau la voix de Runciter. Quand je saurai qu'une certaine forme de vie, de semi-vie, est toujours en lui.

Le propriétaire du moratorium dit avec entrain :

— A votre place je ne m'inquiéterais pas pour ça, Mr Chip. Nous obtenons le plus souvent un flux protophasique suffisant. Tout au moins au début. C'est plus tard, quand la période de semi-vie tire à sa fin, que le cœur se trouve déchiré. Mais, avec les précautions d'usage, on peut retarder cette échéance pendant des années. (Il arrêta le moteur et actionna une manette qui fit glisser latéralement la portière de la cabine.) Bienvenue au Moratorium des Frères Bien-Aimés, continua-t-il en les emmenant avec lui. Miss Beason, ma secrétaire privée, vous accompagnera jusqu'à un salon de consultation ; si vous voulez bien attendre là, en vous abandonnant à l'influence bienfaisante des couleurs et des formes, je vous introduirai auprès de Mr Runciter dès que mes techniciens pourront établir la liaison avec lui.

— Je veux assister à tout, dit Joe. Je veux voir vos techniciens le ramener à la conscience.

Von Vogelsang dit à Al :

— Si vous êtes son ami, vous pourriez peut-être lui faire comprendre...

— Il faut que nous attendions au salon, Joe, fit Al.

Joe le regarda férocement.

— Espèce d'oncle Tom, lâcha-t-il.

— Le règlement est le même dans tous les moratoriums, dit Al. Allons au salon.

— Ça sera long ? demanda Joe à von Vogelsang.

— Nous saurons à quoi nous en tenir au bout d'un quart d'heure. Si à ce moment-là nous n'avons pas obtenu de signal mesurable...

— Vous n'allez essayer qu'un quart d'heure ? questionna Joe. (Il dit à Al :) Ils ne vont essayer qu'un quart d'heure de ramener à la vie un homme plus grand que nous tous réunis. (Il avait envie de pleurer. De sangloter.) Venez, dit-il à Al.

— C'est vous qui venez, dit Al. Au salon.

Joe le suivit dans le salon.

— Une cigarette ? proposa Al en s'asseyant sur une banquette en peau de buffle synthétique ; il offrit son paquet à Joe.

— Elles sont trop vieilles, dit Joe.

Il n'avait pas besoin d'en prendre une, d'en toucher une, pour le savoir.

— Oui, c'est vrai. (Al reposa le paquet.) Comment le saviez-vous ? (Il attendit.) Vous êtes plus facilement découragé que n'importe qui. Nous avons de la chance d'être en vie. C'est nous, nous tous, qui pourrions être congelés là-bas. Et Runciter qui pourrait être assis dans ce salon aux couleurs loufoques.

Il regarda sa montre.

— Toutes les cigarettes du monde sont trop vieilles, reprit Joe. (Il consulta sa montre à son tour.) Moins dix. (Il médita, en proie à trop de pensées moroses, au déroulement anarchique et décousu ; elles nageaient à l'intérieur de lui comme des poissons d'argent. Des peurs, des aversions bénignes, des appréhensions. Et tous les poissons d'argent remontaient à la source pour renaître sous forme de peur.) Si Runciter était vivant, dit-il, s'il était assis dans ce salon à notre place, tout irait bien. Je ne sais pas pourquoi mais c'est comme ça. (Il se demanda ce qui se passait à cet instant entre les techniciens du moratorium et les restes de Glen Runciter.) Vous vous souvenez des dentistes ? demanda-t-il à Al.

— Je ne m'en souviens pas mais je sais ce que c'était.

— Les dents des gens s'abîmaient à l'époque.

— Je sais.

— Mon père me racontait ce qu'on ressentait dans le salon d'attente d'un dentiste. Chaque fois que l'assistante ouvrait la porte on pensait : Ça y est, voilà de quoi j'ai eu peur toute ma vie.

— Et c'est l'impression que vous avez en ce moment ? questionna Al.

— Je suis en train de penser : Bon Dieu, pourquoi est-ce que ce dégénéré minable qui est le patron de cette turne ne s'amène pas pour nous dire ça y est, il est vivant, Runciter est vivant ? Ou bien il ne l'est pas. L'un ou l'autre. Oui ou non.

— C'est presque toujours oui. Comme von Vogelsang l'a dit, les statistiques montrent que...

— Dans notre cas ça sera non.

— Rien ne nous permet de l'affirmer.

— Je me demande si Ray Hollis a une succursale à Zurich, dit Joe.

— Bien sûr que oui. Mais au moment où vous aurez contacté un de leurs précogs, nous serons déjà fixés.

— Je vais vidphoner à un précog, dit Joe. Je vais en avoir un tout de suite au bout du fil. (Il se leva, se demandant où trouver une cabine.) Il me faut une pièce de vingt-cinq *cents*.

Al secoua la tête.

— En un sens, reprit Joe, vous êtes mon employé ; vous devez faire ce que je vous dis, sinon je vous vire. A l'instant de la mort de Runciter j'ai pris la firme en main. Je suis le patron depuis que la bombe a explosé ; c'est moi qui ai décidé de le conduire ici, et c'est moi qui décide de consulter deux minutes un précog. Allez, donnez-moi cette pièce.

Il tendait la main.

— Runciter Associates, fit Al, avec à sa tête un type qui ne peut pas garder cinquante *cents* sur lui.

Voilà la pièce. (Il la sortit de sa poche et la lança à Joe.) Pensez à l'ajouter sur ma prochaine feuille de paye.

Joe quitta le salon et déambula le long d'un corridor, en se frottant le front d'un geste vague. Cet endroit n'est pas normal, pensa-t-il. Il est à mi-chemin de la vie et de la mort. Je *suis* à la tête de Runciter Associates, réalisa-t-il, si on ne tient pas compte d'Ella qui n'est pas en vie et qui ne peut parler que si je viens ici la réactiver. Je sais ce que stipule le testament de Glen Runciter, qui est maintenant automatiquement entré en vigueur ; c'est moi qui assure l'intérim jusqu'à ce qu'Ella, ou Ella et lui s'ils arrivent à le faire revivre, choisisse un successeur. Ils doivent se mettre d'accord ; les deux testaments le spécifient. Peut-être, se dit-il, décideront-ils que je peux rester le patron.

Non, admit-il, ça n'arrivera jamais. Pas quelqu'un qui n'est pas capable de faire face à ses responsabilités fiscales. Autre chose qu'un précog de Hollis saurait, songea-t-il. Je peux apprendre par eux si je serai nommé ou non directeur de la firme. En dehors de tout le reste, ça vaut le coup de savoir ça. Il faut de toute façon que je contacte ce précog.

— Où y a-t-il une cabine de vidphone ? demanda-t-il à un employé en uniforme du moratorium.

L'employé lui indiqua le chemin. « Merci », fit-il en s'éloignant, et au bout d'un moment il finit par trouver le vidphone. Il décrocha le récepteur, attendit la tonalité et inséra la pièce qu'Al lui avait remise.

— Je regrette, monsieur, dit le vidphone, mais je ne peux accepter de pièce hors d'usage.

La pièce de vingt-cinq *cents* sortit du bas de l'appareil et tomba à ses pieds, comme expulsée avec dégoût.

— Je ne comprends pas, dit-il en se baissant avec gaucherie pour la ramasser. On n'accepte plus de pièces de la Confédération Nord-Américaine maintenant ?

— Je regrette, monsieur, répéta le vidphone, cette pièce ne provient pas de la Confédération Nord-Américaine ; c'est un spécimen d'une émission de la Monnaie de Philadelphie au temps des Etats-Unis d'Amérique. Elle est depuis longtemps retirée de la circulation et ne présente plus qu'un intérêt numismatique.

Joe examina la pièce et vit, sur sa surface ternie, le profil en relief de George Washington ainsi que la date. La pièce était vieille de quarante ans. Et, comme l'avait précisé le vidphone, depuis longtemps retirée de la circulation.

— Vous avez des ennuis, monsieur ? demanda un employé du moratorium qui s'approchait aimablement. J'ai vu que l'appareil refusait votre pièce. Vous permettez que je l'examine ? (Il tendit la main et Joe lui donna la pièce.) Je vous l'échange contre une pièce de dix francs suisses que le vidphone acceptera.

— D'accord, dit Joe.

Il fit l'échange, mit la pièce de dix francs dans le vidphone et composa le numéro international détaxé de Hollis.

— Hollis Tous Pouvoirs, énonça une voix féminine sophistiquée à son oreille, tandis que sur l'écran se formait un visage de femme rehaussé par les artifices esthétiques les plus recherchés.

— Oh ! Mr Chip, dit la femme en le reconnaissant. Mr Hollis avait prévenu que vous appelleriez. Nous vous avons attendu tout l'après-midi.

Ces précogs, pensa Joe.

— Mr Hollis, continua la femme, a demandé que

votre appel lui soit directement transmis ; il désire veiller personnellement à vos besoins. Voulez-vous patienter pendant que je relaie la communication ? Juste un instant, Mr Chip ; vous allez maintenant être mis en contact avec Mr Hollis.

Sa figure disparut de l'écran et celui-ci resta vide. Puis un visage bleuté et rébarbatif aux yeux enfoncés devint peu à peu distinct, tête isolée qui semblait flotter mystérieusement sans corps et sans cou. Les yeux ressemblaient à des pierres précieuses présentant un défaut : ils scintillaient mais les facettes étaient irrégulières ; les yeux projetaient des faisceaux lumineux dans des directions disparates. « Bonjour, Mr Chip. »

Ainsi, se dit Joe, voilà de quoi il a l'air. Les photographies ne rendaient pas cette imperfection des plans et des surfaces, comme si tout cet édifice fragile était un jour tombé et s'était réduit en miettes, pour être recollé avec quelques bavures.

— La Société, déclara-t-il, va recevoir un rapport détaillé sur l'assassinat que vous avez commis contre la personne de Glen Runciter. Ils ont des tas de spécialistes juridiques ; vous aurez affaire à la justice pour le restant de vos jours. (Il attendit une réaction, mais le visage ne broncha pas.) Nous savons que c'est vous qui l'avez tué, ajouta-t-il, tout en sentant la futilité, la banalité de ce qu'il disait.

— En ce qui concerne la raison de votre appel, dit Hollis d'une voix glissante qui évoquait pour Joe un grouillement de serpents, je vous précise que Mr Runciter ne va pas...

En tremblant, Joe raccrocha.

Il s'engagea dans le corridor par lequel il était venu et rejoignit le salon où Al Hammond, morose, était occupé à émietter une cigarette desséchée. Il y eut un moment de silence, puis Al leva la tête.

— C'est non, fit Joe.

— Von Vogelsang est venu vous demander, dit Al. Il avait un drôle d'air, et c'était facile de deviner ce qui se passe là-bas. Il n'a rien osé dire, mais il est évident que la réponse n'est pas positive. Alors qu'est-ce qu'on fait maintenant ?

— On règle son compte à Hollis.

— On n'y arrivera pas.

— La Société...

Joe s'interrompit. Le propriétaire du moratorium venait d'entrer, l'air hagard et nerveux sous une façade austère et détachée.

— Nous avons fait notre possible, annonça-t-il. A des températures aussi basses, rien ne peut théoriquement faire obstacle à l'émission du flux encéphalique ; il n'y a pas de résistance perceptible à moins 150°. Nous aurions dû capter un signal net et puissant, mais l'amplificateur ne nous a transmis qu'un bourdonnement continu sur soixante cycles. Rappelez-vous bien, en tout cas, que ce n'est pas nous qui avons supervisé les opérations de congélation initiales. Ne l'oubliez surtout pas.

— Nous ne l'oublions pas, dit Al. (Il se leva avec raideur et fit face à Joe.) Bon, ça règle la question.

— Il faut que je parle à Ella, dit Joe.

— Maintenant ? dit Al. Il vaut mieux attendre demain pour savoir quoi lui dire. Rentrez vous coucher.

— Rentrer me coucher, déclara Joe, c'est le faire avec Pat Conley. Je ne suis pas non plus en état de la supporter.

— Prenez une chambre d'hôtel à Zurich, suggéra Al. Disparaissez de la circulation. Je retournerai au vaisseau, je mettrai les autres au courant et je ferai le rapport pour la Société. Vous n'avez qu'à me déléguer vos pouvoirs par écrit. (Il s'adressa à von Vogelsang :) Donnez-nous du papier et un stylo.

— Vous savez à qui j'aurais envie de parler ? demanda Joe tandis que le propriétaire du moratorium sortait chercher ce qui lui avait été demandé. A Wendy Wright. Elle saurait quoi faire. J'attache de l'importance à son opinion. Pourquoi ça ? Je me le demande. Je la connais à peine.

Il s'aperçut alors qu'un fond sonore musical baignait en sourdine le salon. Il était là depuis le début. Comme dans l'aéronef. « *Dies irae, dies illa* [1], chantaient des chœurs dans un registre grave. *Solvet saeclum in favilla, teste David cum Sibylla.* » Le *Requiem* de Verdi, il le reconnaissait. C'était sans doute von Vogelsang lui-même qui le branchait chaque matin, en arrivant sur les lieux.

— Quand vous serez à l'hôtel, poursuivait Al, je pourrai sans doute persuader Wendy Wright de vous rejoindre dans votre chambre.

— Ce serait immoral, remarqua Joe.

— Comment ? s'étonna Al. A un moment pareil ? Alors que la firme entière menace de sombrer si vous ne vous ressaisissez pas ? Tout ce qui peut vous aider à remonter la pente est souhaitable et même nécessaire. Retournez au vidphone, contactez un hôtel et revenez me dire son nom ainsi que...

— Notre argent est inutilisable, interrompit Joe. Je ne peux pas me servir du vidphone, à moins de trouver un autre collectionneur de monnaie qui m'échange une pièce de dix francs suisses contre la mienne.

---

1. « Jour de colère que ce jour-là, où le monde sera réduit en cendres, selon les oracles de David et de la Sibylle. » (Texte du *Requiem*.)

— Grand Dieu, fit Al.

Il grogna un soupir et secoua la tête.

— Et alors, c'est *ma* faute ? demanda Joe. C'est moi qui ai rendu hors d'usage la pièce que vous m'avez donnée ?

Il sentait la colère l'envahir.

— En un sens bizarre, reconnut Al, oui, c'est votre faute. Mais je ne sais pas comment. Un jour peut-être je trouverai. Bon, nous retournons tous les deux à bord du *Pratfall II*. Vous prendrez Wendy sur place et vous l'emmènerez avec vous à l'hôtel.

« *Quantus tremor est futurus,* chantaient les chœurs, *quando judex est venturus, cuncta stricte discussurus*[1]. »

— Et je paierai l'hôtel comment ? Ils n'accepteront pas plus notre argent que le vidphone.

En jurant entre ses dents, Al sortit son portefeuille et étudia les billets qui s'y trouvaient.

— Ils sont vieux mais toujours en circulation. (Il inspecta la monnaie dans ses poches.) Ces pièces par contre ne sont plus valables. (Il les jeta sur le tapis du salon en s'en débarrassant avec dégoût, comme le vidphone.) Prenez ces billets. (Il les tendit à Joe.) Il y a de quoi payer la chambre pour une nuit, le dîner et quelques verres pour tous les deux. Demain j'enverrai de New York une fusée pour vous chercher.

— Je vous rembourserai, assura Joe. En tant que directeur temporaire de Runciter Associates, je toucherai un salaire plus élevé ; je pourrai payer toutes mes dettes, y compris les arriérés d'impôts avec les pénalités et les amendes que les gens du fisc ont...

— Sans Pat Conley ? Sans son aide ?

---

1. « Quel grand tremblement viendra quand le Juge arrivera pour examiner en détail toutes les actions des hommes ! » *(Ibid.)*

— Je peux la balancer à la minute même, dit Joe.

— J'en doute, fit Al.

— C'est un nouveau départ pour moi. Une nouvelle vie qui commence.

Je peux diriger la firme, se dit-il. Je ne ferai sûrement pas la même erreur que Runciter ; Hollis, se faisant passer pour Stanton Mick, ne m'attirera pas dans un piège ainsi que mes neutraliseurs.

— A mon avis, observa Al d'une voix sourde, vous avez le goût de l'échec. On ne peut rien y changer, même dans les circonstances présentes.

— C'est faux, dit Joe, j'ai la volonté de réussir. Glen Runciter le savait, et c'est pour ça que dans son testament il m'a désigné comme intérimaire, au cas où il mourrait et ne pourrait être réanimé.

Sa confiance en lui augmentait ; il voyait maintenant les multiples possibilités qui l'attendaient, aussi clairement que s'il avait eu des facultés précogs. Puis il se souvint du pouvoir de Pat, de ce qu'elle pouvait faire aux précogs, du sort qu'elle réservait à toute tentative de prévoir le futur.

« *Tuba mirum spargens sonum*, continuaient les chœurs, *per spulchra regionum, coget omnes ante thronum*[1]. »

Al déchiffra son expression et dit :

— Vous ne la balancerez pas. Pas avec ce qu'elle est capable de faire.

— Je vais louer une chambre au Rootes Hotel de Zurich, décida Joe. Pour Wendy, c'est d'accord.

Mais, pensa-t-il, Al a raison. Ça ne collera pas ; Pat, ou même quelque chose de pire, va intervenir et me

1. « La trompette, répandant sa musique éclatante dans les sépulcres de toutes les régions, rabattra tous les ressuscités devant le trône de Dieu. » *(Ibid.)*

détruire. Je suis condamné, au sens classique du terme. Une image s'imposa à son cerveau agité et fatigué : celle d'un oiseau prisonnier d'une toile d'araignée géante. L'image semblait avoir la patine du temps, et il en était effrayé ; cette ancienneté paraissait réelle, au pied de la lettre. Et elle avait en même temps quelque chose de prophétique. Mais il ne pouvait déterminer exactement quoi. Les pièces de monnaie, songea-t-il. Retirées de la circulation, refusées par le vidphone. Des objets de collection. Comme ceux qu'on trouve dans les musées. Est-ce que c'était ça ? Difficile à dire. Il ne pouvait rien savoir en réalité.

« *Mors stupebit et natura,* chantaient les chœurs, *cum resurget creatura, judicanti responsura*[1]. » Et ils continuaient de psalmodier sans trêve.

---

1. « La mort et la nature seront dans la stupeur quand la créature ressuscitera pour répondre à son juge. » (Cette citation du *Requiem* suit exactement les trois précédentes et donne une indication précise sur le rythme de la scène, entièrement commandé par la musique de Verdi.)

Vos problèmes financiers vous préoccupent ?
Visitez la société d'épargne et de crédit Ubik.
Vos dettes cesseront d'être un point noir.
Supposons, par exemple, que vous empruntiez quatre-vingt-quinze poscreds à un taux d'intérêt minimum.
Le total de vos versements se montera à...

8

La lumière du jour pénétrait avec éclat dans l'élégante chambre d'hôtel, révélant aux yeux clignotants de Joe Chip les grands rideaux aux motifs peints à la main qui dépeignaient les étapes de l'ascension de l'homme, depuis les organismes unicellulaires du cambrien jusqu'aux premiers engins volants plus lourds que l'air au début du XXe siècle. Il admira d'un regard mal assuré la splendeur de la pièce, la magnifique commode en pseudo-acajou, les quatre fauteuils de repos multicolores revêtus de cryptochrome... puis il réalisa, avec un frémissement de déception aigu, que Wendy n'était pas venue frapper à sa porte. Ou alors il avait dormi d'un sommeil trop profond pour l'entendre.

Ainsi donc son triomphe s'était englouti avant même d'avoir pris naissance.

Engourdi par une mélancolie qui persistait de la veille, il se leva du vaste lit, rassembla ses vêtements et s'habilla. Il faisait froid, anormalement froid ; il le remarqua et s'interrogea à ce sujet. Puis il décrocha le vidphone avec l'intention de protester auprès de la direction.

« ... lui rendre la pareille dans la mesure du possible, émit le récepteur au moment où il le portait à son oreille. D'abord, bien sûr, il faut établir si Stanton Mick est intervenu en personne contre nous, ou bien s'il s'est agi d'un mannequin homosimulé ; si oui pourquoi, et sinon comment il se fait que... (La voix continua son monologue à l'intention d'elle-même, sans s'adresser à Joe. Elle semblait aussi ignorante de sa présence que s'il n'avait pas eu d'existence.) D'après nos rapports antérieurs, poursuivit-elle, il ne semble pas, en général, que Mick agisse en violant la législation en vigueur à travers le système solaire. En fonction de ce fait... »

Joe raccrocha et resta titubant et pris de vertige, en essayant de s'éclaircir les idées. *La voix de Runciter.* Aucun doute là-dessus. Il décrocha à nouveau et se remit à écouter.

« ... intenter un procès par Mick, qui a l'habitude de ce genre de litige et qui peut s'offrir ce luxe. Nos experts juridiques devront être consultés avant que nous transmettions un compte rendu à la Société. Si la chose était rendue publique, ce serait la diffamation, et il y aurait là matière à une plainte pour... »

— Runciter ! dit Joe à haute voix.

« ... dont il serait impossible bien entendu d'apporter la moindre preuve. »

Joe raccrocha.

Je ne comprends pas, se dit-il.

Il alla dans la salle de bains, s'aspergea la figure d'eau glacée, se peigna à l'aide d'un peigne hygiénique et gratuit de l'hôtel, puis, après avoir médité un moment, se rasa avec le rasoir jetable hygiénique et gratuit de l'hôtel. Il appliqua de l'after-shave hygiénique et gratuit de l'hôtel sur son menton, son cou et ses joues, défit de son emballage le verre hygiénique et gratuit de l'hôtel et y but. Est-ce que le moratorium est finalement arrivé à le faire revivre ? se demanda-t-il. Est-ce qu'ils l'ont branché sur ma ligne vidphonique ? Sitôt conscient, c'est à moi que Runciter voudrait parler avant tout autre. Mais, dans ce cas, pourquoi ne peut-il pas m'entendre ? Pourquoi la transmission est-elle à sens unique ? Est-ce que c'est un simple défaut technique qui peut être arrangé ?

Revenant au vidphone, il prit le récepteur pour demander le Moratorium des Frères Bien-Aimés.

« ... pas l'homme idéal pour diriger la firme ; trop de problèmes personnels qui lui compliquent l'existence, surtout... »

Je ne peux pas appeler, se dit Joe. Il raccrocha. Je ne peux même pas obtenir le standard de l'hôtel.

Dans un coin de la chambre un carillon résonna et une voix mécanique au timbre grêle annonça : « Je suis votre machine à homéojournal gratuite, un service réservé à ses clients par tous les hôtels Rootes partout sur Terre et dans les colonies. Réglez simplement le cadran sur les informations de votre choix, et en quelques secondes je vous fournirai un homéojournal avec les toutes dernières nouvelles dans le domaine qui vous intéresse ; et ceci, je le répète, sans aucun frais ! »

— D'accord, fit Joe, et il traversa la pièce en direction de la machine.

Peut-être, réfléchit-il, la nouvelle du meurtre de Runciter avait-elle maintenant filtré. Les organismes de presse se tenaient au courant, à titre de routine, de toutes les admissions dans les moratoriums. Il actionna le réglage de façon à obtenir *nouvelles interplanétaires*. La machine se mit aussitôt à dégorger une feuille imprimée dont il s'empara.

Aucune mention de Runciter. Trop tôt ? Ou la Société était-elle parvenue à censurer l'information ? A moins que ce ne soit Al, pensa-t-il ; Al avait peut-être glissé quelques poscreds au propriétaire du moratorium. Mais... c'était lui qui détenait la totalité de l'argent d'Al. Celui-ci ne pouvait acheter personne.

On frappa à la porte.

Posant l'homéojournal, Joe s'avança précautionneusement en pensant : C'est sans doute Pat Conley ; elle m'a coincé ici. D'un autre côté, ça pourrait être quelqu'un venu de New York pour me chercher et m'emmener. Théoriquement, conjectura-t-il, ça pourrait même être Wendy. Mais c'est peu probable. Pas maintenant, pas si tard.

C'est peut-être aussi un assassin envoyé par Hollis. Peut-être qu'il veut nous tuer les uns après les autres.

Joe ouvrit la porte.

Tremblant et mal à l'aise, frottant ses mains molles l'une contre l'autre, Herbert Schönheit von Vogelsang se tenait sur le seuil en marmonnant :

— Je n'y comprends rien, Mr Chip. Nous avons travaillé toute la nuit en nous relayant. Nous n'avons pas obtenu un seul signal. Et pourtant l'électroencéphalogramme montre les traces d'une activité cérébrale faible mais indéniable. L'après-vie est donc bien là, mais apparemment nous ne pouvons pas la capter. Nous avons maintenant sondé chaque partie du cortex. Je ne sais pas quoi faire d'autre, monsieur.

— Y a-t-il un métabolisme cérébral mesurable ? questionna Joe.

— Oui. Nous avons fait venir un expert d'un autre moratorium, et il l'a décelé avec ses instruments.

C'est dans la proportion normale. Ce à quoi on peut s'attendre immédiatement après la mort.

— Comment avez-vous su où me trouver ? demanda Joe.

— Nous avons appelé Mr Hammond à New York. Ensuite j'ai essayé de vous joindre ici à votre hôtel, mais votre vidphone a été occupé toute la matinée. C'est pourquoi j'ai jugé bon de venir sur place.

— Il est en dérangement, dit Joe. Le vidphone. Je ne peux pas appeler non plus.

— Mr Hammond a également essayé de vous contacter sans succès, dit von Vogelsang. Il m'a chargé de vous communiquer un message, quelque chose qu'il veut que vous fassiez avant de quitter Zurich pour New York.

— Je sais, dit Joe. Il veut me rappeler de parler à Ella.

— Et de lui apprendre la mort malheureuse et prématurée de son mari.

— Est-ce que je peux vous emprunter quelques poscreds ? demanda Joe. Pour mon petit déjeuner ?

— Mr Hammond m'a prévenu que vous essaieriez de m'emprunter de l'argent. Il m'a informé qu'il vous avait laissé de quoi payer votre chambre ainsi que quelques verres et...

— Al a basé son calcul sur l'hypothèse que je prendrais une chambre plus modeste. Mais il n'y en avait pas d'autre de disponible, et il ne l'avait pas prévu. Vous pouvez mentionner ça dans le rapport que vous présenterez à notre firme à la fin du mois. Comme Al vous l'a sans doute dit, c'est moi qui la dirige maintenant. Vous avez en face de vous un homme puissant à la pensée positive, qui a franchi une à une toutes les étapes jusqu'au sommet. Je pense que vous vous rendez compte que nous pourrions changer d'avis quant au moratorium qui a nos préférences, rien ne nous interdit, par exemple, d'en choisir un à proximité de New York.

D'un air renfrogné, von Vogelsang sortit de sa toge de tweed un portefeuille en ersatz de crocodile dans lequel il fouilla.

— Le monde où nous vivons est sans pitié, dit Joe en acceptant l'argent. La règle est : Les chiens se mangent entre eux.

— Mr Hammond m'a chargé de vous transmettre d'autres informations. La fusée envoyée par vos bureaux de New York arrivera à Zurich d'ici environ deux heures.

— Parfait, déclara Joe.

— Pour vous laisser le temps de vous entretenir avec Ella Runciter, Mr Hammond vous fera prendre par la fusée au moratorium. A cet effet, il suggère que je vous emmène au moratorium avec moi. Mon aéronef est garé sur le toit de l'hôtel.

— Al Hammond a dit ça ? Que je devais retourner au moratorium avec vous ?

— Exact, convint von Vogelsang.

— Un grand Noir aux épaules carrées, âgé de la trentaine ? Avec les dents de devant aurifiées, chacune avec une décoration, celle de gauche un cœur, la suivante un trèfle, celle de droite un carreau ?

— L'homme qui est venu hier avec nous de l'astroport. Celui qui a attendu au moratorium avec vous.

— Il avait bien un pantalon de feutre vert, des socquettes grises, une chemise ouverte jusqu'à l'estomac et des escarpins en cuir verni d'imitation ?

— Je ne sais pas ce qu'il portait. J'ai juste vu sa figure sur l'écran du vidphone.

— Il n'a pas employé de mots convenus pour que vous soyez sûr que c'était lui ?

Irrité, le propriétaire du moratorium répondit :

— Je ne comprends pas votre problème, Mr Chip. L'homme qui m'a parlé de New York au vidphone était celui que j'ai vu hier en votre compagnie.

— Je ne peux pas prendre le risque, dit Joe, de partir avec vous, de monter dans votre aéronef. Vous êtes peut-être envoyé par Ray Hollis. C'est Ray Hollis qui a tué Mr Runciter.

Les yeux pareils à des billes de verre, von Vogelsang demanda :

— Avez-vous informé la Société de Protection ?

— Nous allons le faire en temps voulu. D'ici là nous devons veiller à ce que Hollis ne nous tue pas tous. Il a essayé sur la Lune.

— Vous avez besoin d'être protégé, dit le propriétaire du moratorium. Je vous conseille d'appeler immédiatement la police de Zurich pour demander un garde du corps jusqu'à votre départ. Et quand vous serez arrivé à New York...

— Je vous ai dit que mon vidphone ne fonctionnait pas. Tout ce que j'y entends, c'est la voix de Glen Runciter. C'est pour ça que personne ne peut me joindre.

— Vraiment ? C'est très insolite. (Von Vogelsang s'avança dans la chambre d'une démarche ondulante.) Puis-je essayer ?

Il soulevait le récepteur d'un air interrogateur.

— Donnez-moi un poscred, dit Joe.

Après avoir fouillé dans ses poches, le propriétaire du moratorium tendit de mauvaise grâce à Joe une poignée de monnaie.

— Ce n'est que le prix qu'on demande ici pour une tasse de café, précisa Joe. Ça vaut bien ça.

En y pensant, il se rendit compte qu'il n'avait pas pris de breakfast et allait devoir affronter Ella à jeun.

Il pourrait prendre un comprimé d'amphétamine à la place, l'hôtel devait aussi fournir ça gracieusement à ses clients. Le récepteur appliqué à l'oreille, von Vogelsang déclara :

— Je n'entends rien. Pas même la tonalité. Simplement des grésillements très faibles qui semblent venir de très loin.

Il tendit le récepteur à Joe qui le prit et écouta à son tour. Il entendit lui aussi la friture. A des milliers de kilomètres de distance, semblait-il. Bizarre, pensa-t-il. Aussi déconcertant en un sens que la voix de Runciter — si toutefois c'était bien elle qu'il avait perçue.

— Je vous rends votre poscred, fit-il en raccrochant.

— Laissez, je vous en prie, dit von Vogelsang.

— Mais vous n'avez pas entendu la voix !

— Allons au moratorium. Comme l'a suggéré Mr Hammond.

— Al Hammond est mon employé, dit Joe. C'est moi qui prends les décisions. Je pense que je vais rentrer à New York avant de parler à Ella ; à mon avis, il est plus important de préparer notre rapport à l'intention de la Société. Al Hammond vous a-t-il dit si tous les neutraliseurs ont quitté Zurich avec lui ?

— Tous sauf la jeune femme qui a passé la nuit avec vous à l'hôtel. (Perplexe, le propriétaire du moratorium regarda autour de lui, cherchant des yeux celle dont il parlait.) Elle n'est pas ici ? ajouta-t-il d'un air inquiet.

— Quelle jeune femme était-ce ? interrogea Joe.

Son moral, qui était déjà bas, accomplit une chute jusqu'au tréfonds de son esprit.

— Mr Hammond ne l'a pas dit. Il a présumé que vous étiez au courant. Vu les circonstances, il eût été indiscret de sa part de me révéler son nom. Mais elle n'est pas... ?

— Personne n'est venu.

De qui s'agissait-il ? De Pat Conley ? Ou de Wendy ? Il se mit à faire les cent pas dans la pièce, en se débarrassant par réflexe de la peur qui l'envahissait. Je souhaite, pensa-t-il, que ce soit Pat.

— La penderie, dit von Vogelsang.

— Quoi ?

Il s'arrêta de marcher.

— Si vous y regardiez ? Dans ces chambres de luxe, les penderies sont très grandes.

Joe toucha le bouton de la porte de la penderie ; elle s'ouvrit d'un seul coup sous l'effet d'un mécanisme à ressort.

A l'intérieur un tas recroquevillé, déshydraté, presque momifié, gisait roulé en boule par terre. Les lambeaux décomposés de ce qui semblait avoir été autrefois du tissu en recouvraient la plus grande partie, comme si, graduellement, durant un long laps de temps, la chose s'était ratatinée dans ce qui subsistait de ses vêtements. Se penchant, Joe la retourna. Elle ne pesait que quelques kilos ; sous la pression de sa main les membres se déployèrent, réduits à de fines extensions osseuses qui bruissaient comme du papier. La chevelure paraissait immense ; raide et emmêlée, elle voilait la face comme un nuage noir. Il s'accroupit sans faire un autre geste, ne voulant pas voir ce que c'était. Von Vogelsang grinça d'une voix étranglée :

— Mais c'est vieux ! Complètement desséché. Comme si c'était là depuis des siècles. Je descends avertir la direction.

— Ça ne peut pas être une femme adulte, dit Joe. (Cette dépouille ne pouvait être que celle d'une enfant ; elle était trop petite.) Ce n'est ni Pat ni

Wendy, ajouta-t-il, et il souleva la chevelure pour dévoiler le visage. On dirait que ç'a été passé au four, à une température énorme, pendant très longtemps.

L'explosion, songea-t-il. La chaleur dégagée par la bombe. Il contempla alors en silence la petite figure noircie et ridée. Et il sut qui c'était. Avec difficulté il la reconnut.

Wendy Wright.

A un moment quelconque de la nuit, réfléchit-il, elle était entrée dans la chambre, et quelque chose avait ensuite commencé à lui arriver. Elle l'avait senti, elle avait rampé jusqu'à la penderie pour s'y cacher, pour qu'il ne sache pas ; durant les dernières heures de sa vie — ou les dernières minutes, il espérait que ce n'avait été que des minutes — elle avait subi ce phénomène, mais elle n'avait pas crié. Elle ne l'avait pas réveillé. Ou bien, pensa-t-il, elle a essayé et n'a pas pu, elle n'est pas parvenue à attirer mon attention. C'est peut-être après ça, après avoir tenté de m'éveiller sans y parvenir, qu'elle s'est réfugiée dans la penderie.

Je prie Dieu, se dit-il, pour qu'elle soit morte rapidement.

— Vous ne pouvez rien faire pour elle ? demanda-t-il à von Vogelsang. A votre moratorium ?

— Il est trop tard. Il ne peut pas rester de semi-vie, pas avec cette détérioration complète. C'est elle la... jeune femme ?

— Oui, fit Joe en hochant la tête.

— Vous feriez mieux de quitter cet hôtel. Tout de suite. Pour votre sécurité. Hollis — c'est bien Hollis, n'est-ce pas ? — vous fera la même chose qu'à elle.

— Mes cigarettes, dit Joe. Sèches comme du bois. L'annuaire vieux de deux ans à bord du vaisseau. La crème tournée et le café moisi. Les pièces de monnaie antiques. (Un dénominateur commun : le vieillissement.) Elle l'a dit sur la Lune, juste avant qu'on décolle ; elle a dit : je me sens vieille.

Il médita, en essayant de dominer sa peur ; elle commençait maintenant à se muer en terreur. Mais la voix au vidphone, songea-t-il. La voix de Runciter. Ça signifie quoi ? Il ne voyait pas de trame en filigrane, pas de sens caché. Il ne pouvait imaginer ni bâtir aucune théorie expliquant cette histoire de voix au vidphone.

— Les radiations, dit von Vogelsang. On a l'impression qu'elle a été exposée à une radioactivité intense, sans doute peu avant de mourir. A une dose inouïe, en fait.

— Je suppose qu'elle est morte des suites de l'explosion, dit Joe. L'explosion de la bombe qui a tué Runciter.

Des particules de cobalt, se dit-il. Un nuage radioactif qui s'est déposé sur elle et qu'elle a respiré. Mais alors nous allons tous mourir de la même façon ; nous y avons tous été exposés. Je l'ai en ce moment dans les poumons ; et Al aussi ; et tous les autres neutraliseurs. Il n'y a plus rien à faire. C'est trop tard. Nous n'avions pas pensé à ça, réalisa-t-il. Il ne nous est pas venu à l'idée que l'explosion était une réaction nucléaire à l'échelon micronique. Pas étonnant que Hollis nous ait laissés partir. Et pourtant... Cela expliquait bien la mort de Wendy ainsi que les cigarettes desséchées. Mais pas l'annuaire, ni les pièces de monnaie, ni la putréfaction de la crème et du café.

Cela n'expliquait pas non plus la voix de Runciter, ce monologue ininterrompu qui ne s'arrêtait que quand von Vogelsang décrochait le récepteur. Quand quelqu'un d'autre que lui, conclut-il, essayait d'écouter. Il faut que je rentre à New York, se dit-il. Il faut que tous ensemble nous cherchions le moyen de nous en tirer. Avant de mourir les uns après les autres, comme Wendy. Ou d'une mort encore pire.

— Demandez à l'hôtel qu'on m'apporte un sac en polyéthylène, dit-il au propriétaire du moratorium. Je vais la mettre dedans et l'emmener avec moi à New York.

— Mais ça ne concerne pas la police ? Un meurtre aussi horrible, ils devraient être informés.

— Faites-moi simplement monter le sac, répondit Joe.

— Entendu. C'est votre employée.

Von Vogelsang se dirigea vers la sortie.

— Elle l'était, rectifia Joe. Elle ne l'est plus.

Il a fallu que ce soit elle la première, se dit-il. Mais c'est peut-être mieux en un sens. Wendy, songea-t-il, je te ramène avec moi, je te ramène chez moi. Mais pas comme il en avait fait le projet.

Rompant brusquement le silence général, Al Hammond dit aux autres neutraliseurs assis autour de la table de conférences en chêne massif véritable :

— Joe ne devrait pas tarder.

Il regarda sa montre pour s'assurer de l'heure. Apparemment elle était arrêtée.

— En attendant, dit Pat Conley, nous pourrions peut-être regarder les informations télévisées pour voir si Hollis a laissé la nouvelle de la mort de Runciter s'ébruiter.

— Il n'y a rien dans le journal, fit Edie Dorn.

— Avec la TV nous aurons des nouvelles plus récentes, rétorqua Pat.

Elle tendit à Al une pièce de cinquante *cents* pour

mettre en marche le récepteur TV installé derrière des rideaux à l'extrémité de la pièce, un système perfectionné en couleurs et relief avec son polyphonique qui avait fait l'orgueil de Runciter.

— Vous voulez que j'aille mettre la pièce à votre place, Mr Hammond ? demanda Sammy Mundo avec empressement.

— D'accord, répondit Al.

L'air sombre, il lança la pièce à Mundo qui l'attrapa au vol et se précipita vers la télévision.

Walter W. Wayles, l'avoué de Runciter, s'agitait nerveusement sur son siège, en tripotant de ses mains aristocratiques et finement veinées la fermeture de son porte-documents.

— Vous n'auriez pas dû, dit-il, laisser Mr Chip à Zurich. Nous ne pouvons rien faire jusqu'à son arrivée, et il est d'une importance vitale de régler toutes les questions ayant trait à Mr Runciter.

— Vous avez lu le testament, déclara Al. Et Joe Chip aussi. Nous savons qui Runciter voulait à la tête de la firme.

— Mais d'un point de vue légal... commença Wayles.

— Il n'y en a pas pour longtemps, fit Al d'un ton rude.

Il traça avec son stylo des fioritures sur les bords de la liste qu'il avait inscrite sur une feuille ; quand il l'eut entièrement entourée de festons, il la relut d'un air préoccupé.

Cigarettes desséchées
annuaire périmé
monnaie démodée
denrées putréfiées
annonce sur la pochette d'allumettes

— Je vais une fois de plus faire passer cette liste autour de la table, dit-il en haussant le ton. Que chacun essaie encore de chercher un lien entre ces cinq incidents... si c'est le terme qui convient. Ces cinq choses qui sont...

Il fit un geste.

— Anormales, compléta Jon Ild.

— Les quatre premières ont un lien évident, dit Pat Conley. Mais la pochette d'allumettes ne cadre pas avec le reste.

— Faites-la-moi voir encore une fois, demanda Al en tendant la main.

Pat lui donna la pochette et, à nouveau, il lut le texte qui figurait au dos.

DOUBLEZ VOS REVENUS SANS PEINE !

Mr Glen Runciter, du Moratorium des Frères Bien-Aimés de Zurich, en Suisse, a doublé son chiffre d'affaires une semaine après avoir reçu notre panoplie de chaussures gratuite, avec la méthode détaillée qui vous permettra, à vous aussi, de vendre nos véritables mocassins en imitation cuir à vos amis, vos parents, vos collègues de travail. Bien que congelé dans sa capsule cryonique, Mr Runciter est arrivé à gagner quatre cents poscreds au bout de

Al s'arrêta de lire ; il réfléchit, en faisant claquer l'ongle de son pouce sur une dent de sa mâchoire inférieure. Oui, pensa-t-il, cette annonce, c'est différent. Les autres trucs, c'est le vieillissement et la pourriture. Ça, c'est autre chose.

— Je me demande, dit-il, ce qui arriverait si nous répondions à cette publicité. L'adresse est une boîte postale à Des Moines, dans l'Iowa.

— On recevrait une panoplie de chaussures gratuite, dit Pat Conley. Avec la méthode détaillée qui nous permettra à nous aussi de...

— Peut-être, interrompit Al, serions-nous mis en contact avec Glen Runciter. (Tout le monde autour de la table, y compris Walter W. Wayles, le fixa du regard.) Je parle sérieusement, continua-t-il. Tenez. (Il tendit la pochette d'allumettes à Tippy Jackson.) Ecrivez-leur par courrier urgent.

— Pour leur dire quoi ? questionna Tippy Jackson.

— Remplissez simplement le coupon-réponse, répondit Al. (Il demanda à Edie Dorn :) Vous êtes absolument sûre que vous aviez cette pochette dans votre sac depuis la semaine dernière ? Vous ne l'avez pas ramassée quelque part aujourd'hui ?

— J'en avais mis plusieurs dans mon sac mercredi dernier, déclara Edie Dorn. Comme je vous l'ai dit, c'est ce matin que j'ai remarqué celle-ci, en allumant une cigarette avant d'arriver ici. Mais elle était déjà dans mon sac avant qu'on parte pour la Lune, je suis formelle. Et elle y était depuis plusieurs jours.

— Avec cette annonce publicitaire ? demanda Jon Ild.

— Je ne regarde jamais ce genre de choses ; je l'ai remarquée aujourd'hui par hasard. Avant, je ne peux rien dire. Ni moi ni personne.

— Non, personne, fit Don Denny. Qu'est-ce que vous en pensez, Al ? Un gag forgé par Runciter ? Il aurait fait imprimer ça avant sa mort ? Ou alors ça vient de Hollis ? Une sinistre plaisanterie, alors qu'il savait déjà qu'il allait le tuer ? Et qu'au moment où nous lirions ça Runciter serait congelé à Zurich, exactement comme le dit l'annonce ?

Tito Apostos intervint :

— Comment Hollis pouvait-il être sûr que nous le

placerions à Zurich ? Même un précog ne voit pas forcément...

— A cause d'Ella, répondit Don Denny.

A l'autre bout de la pièce, Sammy Mundo examinait en silence la pièce de cinquante *cents* qu'Al lui avait remise. Des rides de perplexité barraient son front pâle.

— Qu'est-ce qu'il y a, Sam ? interrogea Al.

Il éprouvait une tension interne, comme s'il pressentait la venue d'un autre événement.

— Ce n'est pas la tête de Walt Disney qu'il y a sur les pièces de cinquante *cents* ? demanda Sammy.

— Celle de Disney, dit Al, ou si c'est un modèle plus ancien celle de Fidel Castro. Faites voir.

— Une autre pièce hors d'usage, dit Pat Conley pendant que Sammy la rapportait pour la montrer.

— Non, déclara Al en la regardant de près. Elle est de l'année dernière ; au point de vue date, elle est parfaitement normale. Toutes les machines du monde l'accepteraient.

— Alors qu'est-ce qu'elle a ? questionna Edie Dorn timidement.

— Exactement ce que Sam a dit, fit Al. La tête qu'il y a dessus n'est pas la bonne. (Il se leva, porta la pièce à Edie, la déposa dans la paume moite de celle-ci.) Ça ressemble à qui à votre avis ?

Après un moment d'hésitation Edie répondit :

— Je... je ne sais pas.

— Si, vous le savez, insista Al.

— Oui, dit Edie avec répugnance, d'une voix crispée.

Elle repoussa la pièce vers lui, comme pour s'en débarrasser avec un frisson d'aversion.

— *C'est Runciter*, annonça Al à tous ceux qui étaient assis autour de la vaste table.

Au bout d'un instant Tippy Jackson dit :

— Vous pouvez ajouter ça à votre liste.

Sa voix était à peine audible.

— Je vois deux phénomènes en cours, remarqua Pat tandis qu'Al se rasseyait pour faire l'ajout à sa liste. D'abord un processus de détérioration qui est manifeste ; nous sommes tous d'accord là-dessus.

Al leva la tête vers elle.

— Et l'autre ?

— Je n'ai pas de certitude. (Elle hésita.) Quelque chose qui a trait à Runciter. Nous devrions tous regarder nos pièces de monnaie. Et les billets aussi. Attendez que je réfléchisse encore.

Un par un, ils sortirent leurs portefeuilles, fouillèrent dans leurs sacs ou leurs poches.

— J'ai un billet de cinq poscreds, dit Jon Ild, avec un superbe portrait de Mr Runciter. Les autres... (Il observa attentivement la liasse qu'il tenait.) Ils sont normaux. Vous voulez voir celui de cinq poscreds, Mr Hammond ?

— J'en ai déjà deux. Qui d'autre ? répondit Hal.

Il regarda autour de la table. Six bras se levèrent.

— Nous sommes donc huit, poursuivit-il, à posséder en partie ce que nous pourrions appeler la monnaie Runciter. Je pense qu'à la fin de la journée toute la monnaie en circulation sera de la monnaie Runciter. Ou d'ici deux jours. De toute façon la monnaie Runciter sera valable ; elle mettra les machines en marche et nous permettra de payer ce que nous devons.

— Pas sûr, observa Don Denny. Qu'est-ce qui vous le fait supposer ? Cet argent est bidon ; ce n'est pas le gouvernement qui l'a émis. Pourquoi est-ce que les banques l'accepteraient ?

— D'accord, fit Al d'un ton conciliant. Peut-être

que les banques le refuseront. Mais la vraie question n'est pas là.

— La vraie question, dit Pat Conley, c'est de savoir la nature de ce second phénomène : ces manifestations de Runciter.

— C'est le mot qui convient, approuva Don Denny. Des manifestations de Runciter. Une partie de la monnaie devient démodée, l'autre s'orne du portrait de Runciter. Ce sont deux processus qui vont dans des directions opposées. D'un côté un éloignement, quelque chose qui cesse d'exister. De l'autre l'apparition d'une chose qui n'existait pas auparavant.

— L'accomplissement d'un souhait, murmura Edie Dorn.

— Comment ça ? demanda Al.

— C'est peut-être ce que souhaitait Runciter, expliqua Edie. Avoir son portrait partout sur les billets de banque et les pièces de monnaie. Un rêve grandiose.

— Oui, mais les pochettes d'allumettes ? observa Tito Apostos.

— Ça n'est pas très grandiose, reconnut Edie.

— La maison a déjà fait de la publicité sur les pochettes d'allumettes, dit Don Denny. Et à la télévision, et dans les journaux, et par circulaires. Mais ce n'était pas le genre de chose dont Runciter se préoccupait beaucoup, surtout en ce qui concerne les pochettes d'allumettes. Si son moi devait se matérialiser quelque part, ce serait à la télévision plutôt qu'ailleurs.

— Mais peut-être est-il à la télévision, dit Al.

— Exact, fit Pat Conley. Nous n'avons pas essayé. Aucun de nous n'a eu le temps de la regarder.

— Sammy, dit Al en lui rendant la pièce de cinquante *cents*, allez mettre le récepteur en marche.

— Je me demande si j'ai envie de regarder, déclara Edie tandis que Sammy Mundo insérait la pièce dans la fente du récepteur et se déplaçait sur le côté pour manipuler les boutons de réglage.

La porte s'ouvrit. Joe Chip était sur le seuil ; Al vit son visage.

— Fermez la télévision, dit-il en se levant. (Il se dirigea vers Joe ; chacun observait la scène.) Qu'est-ce qui est arrivé, Joe ? demanda-t-il. (Il attendit. Joe ne répondit rien.) Qu'est-ce qui se passe ?

— J'ai loué une fusée pour rentrer, dit Joe d'une voix enrouée.

— Avec Wendy ?

Joe continua :

— Il faut payer la fusée. Elle est sur le toit. Je n'ai pas assez d'argent sur moi.

Al demanda à Walter W. Wayles :

— Vous pouvez débloquer des fonds ?

— Dans un cas pareil, oui. Je vais m'occuper de cette fusée.

Wayles quitta la pièce en emportant son porte-documents. Joe restait sur le seuil, à nouveau silencieux. Depuis la dernière fois qu'Al l'avait vu, il semblait avoir vieilli de cent ans.

— Dans mon bureau. (Joe se détourna, battit des paupières, hésita.) Je... je pense qu'il vaudrait mieux que vous ne regardiez pas. Le type du moratorium était avec moi quand je l'ai vue. Il a dit qu'il ne pouvait rien faire ; ça remontait à trop longtemps. Des années.

— Des années ? répéta Al, pétrifié.

— Allons à mon bureau, dit Joe. (Il fit sortir Al de la salle de conférences et l'emmena avec lui jusqu'à l'ascenseur.) Pendant le trajet la fusée m'a donné des tranquillisants. C'est compté sur la facture. On peut dire que je me sens mieux. En fait je ne sens rien du tout. C'est l'effet des tranquillisants. Après, tout me reviendra.

L'ascenseur survint. Ils descendirent ensemble sans rien dire jusqu'au troisième étage où se trouvait le bureau de Joe.

— Ne regardez pas, je vous le conseille. (Joe déverrouilla la porte et fit entrer Al dans son bureau.) Mais c'est à vous de décider. Si je l'ai supporté, vous y arriverez aussi sans doute.

Il alluma le plafonnier.

— Grand Dieu, fit Al après un moment de silence.

— N'ouvrez pas le sac, dit Joe.

— Je n'y tiens pas. Ce que je vois au travers suffit. Cette nuit ou ce matin ?

— Sans doute tôt dans la soirée, avant même qu'elle arrive à ma chambre. Nous avons trouvé — le propriétaire du moratorium et moi — des lambeaux de vêtements dans le couloir. En direction de ma porte. Mais elle devait être encore dans un état normal, ou à peu près normal, quand elle est passée à la réception. D'ailleurs le fait qu'elle soit allée jusqu'à ma chambre...

— Oui, ça prouve qu'elle était au moins capable de marcher. En tout cas c'est probable.

— Je pense à nous tous, dit Joe.

— Comment ça ?

— La même chose. Ça va nous arriver.

— Mais c'est impossible !

— Et pour elle, ça ne l'était pas ? C'est à cause de l'explosion. Nous allons tous mourir de la même façon, à tour de rôle. Un par un. Jusqu'à ce qu'il n'y ait plus personne. Jusqu'à ce que chacun de nous soit une dépouille dans un sac, quelques kilos d'os, de peau et de cheveux.

— Bon, dit Al. Il y a une force à l'œuvre qui produit un vieillissement accéléré. Son effet se fait sentir depuis l'explosion sur la Lune. Ça, nous le savions déjà. Mais nous savons aussi, ou nous croyons savoir, qu'une autre force agit en sens contraire, en faisant évoluer les choses dans une direction opposée. Quelque chose qui est lié à Runciter. Son portrait commence à apparaître sur notre monnaie. Et il y a une pochette d'allumettes...

— Il était au vidphone, dit Joe. A mon hôtel.

— Au vidphone ? Comment ?

— Je ne sais pas ; il y était, c'est tout. Pas son image, pas sur l'écran. Mais on entendait sa voix.

— Il disait quoi ?

— Rien de spécial.

Al observa Joe.

— Vous avez pu lui parler ? demanda-t-il enfin.

— Non. J'ai essayé. Mais c'était à sens unique ; je pouvais l'écouter, rien d'autre.

— C'est pour ça que je ne suis pas arrivé à vous joindre.

— C'est pour ça, approuva Joe.

— Tout à l'heure quand vous êtes entré nous allions mettre la télévision. Vous vous rendez compte qu'il n'y a rien eu dans les journaux sur la mort de Runciter ? Quelle histoire !

Il n'aimait pas l'aspect de Joe Chip. Celui-ci avait l'air vieux, tassé et fatigué. Est-ce ainsi que ça commence ? se demanda-t-il. Il faut absolument que nous établissions le contact avec Runciter, se dit-il. Arriver à l'entendre ne suffit pas ; il est évident qu'il essaie de nous atteindre mais... Si nous voulons avoir une chance de nous en sortir, il faut que ce soit nous qui arrivions à le joindre.

— Même si on le capte à la TV, ça ne servira à

rien, dit Joe. Ce sera comme au vidphone. A moins qu'il puisse nous dire comment communiquer avec lui. Après tout peut-être qu'il peut nous le dire ; peut-être qu'il le sait. Il a peut-être compris ce qui s'est passé.

— Il faudrait qu'il ait compris ce qui lui est arrivé à lui. Car c'est ça que nous ne savons pas. (En un sens, réfléchit Al, il est sûrement encore vivant, bien qu'on n'ait pas pu le réveiller au moratorium. Et pourtant ils ont certainement fait tout ce qu'ils ont pu, avec un client de cette importance.) Est-ce que von Vogelsang l'a entendu au vidphone ? demanda-t-il à Joe.

— Il a essayé. Mais il n'y avait plus rien qu'une friture qui semblait venir de très loin. Je l'ai écoutée aussi. Un bruit très bizarre. Comme l'équivalent sonore du néant.

— Tout ça ne me plaît pas, dit Al. (Il ne savait pas avec certitude pourquoi.) J'aimerais mieux que von Vogelsang ait aussi entendu sa voix. Au moins on serait sûrs qu'elle était bien là, que ce n'était pas une hallucination de votre part.

Mais, pensa-t-il, il faudrait dire aussi de notre part à tous. Si on prend le cas de la pochette d'allumettes. De toute façon certains événements ne pouvaient avoir été des hallucinations ; des machines avaient refusé des pièces de monnaie qui n'avaient plus cours — des machines objectives, réglées pour ne réagir qu'aux propriétés physiques. Aucun élément psychologique ne pouvait intervenir ici. Les machines n'ont pas d'imagination.

— Je vais partir d'ici pour quelque temps, dit Al. Citez-moi un nom de ville au hasard, une ville à laquelle rien ne nous rattache et où nous ne sommes jamais allés.

— Baltimore, fit Joe.

— Bon, je pars pour Baltimore. Je vais voir si un magasin choisi au hasard acceptera la monnaie Runciter.

— Achetez-moi de nouvelles cigarettes, dit Joe.

— D'accord. Et je verrai si ces cigarettes sont affectées elles aussi. Je vérifierai d'autres produits en faisant des achats au petit bonheur. Vous venez avec moi ou vous montez les mettre au courant de la mort de Wendy ?

— Je viens avec vous, répondit Joe.

— Peut-être qu'il vaudrait mieux ne jamais le leur dire.

— Je ne crois pas, dit Joe. Puisque ça va se reproduire. Ça peut arriver avant que nous revenions. C'est peut-être en train de se passer en ce moment.

— Alors faisons ce trajet jusqu'à Baltimore le plus vite possible.

Al sortit du bureau et Joe Chip le suivit.

Mes cheveux sont secs et cassants, ils sont incoiffables.
En pareil cas que peut faire une femme ?
C'est très simple : appliquez-leur la crème Ubik revitalisante.
En cinq jours votre chevelure redeviendra soyeuse et robuste.
Et pour vous coiffer la laque Ubik, utilisée selon le mode d'emploi, est absolument sans danger.

9

Ils choisirent le Supermarché des Gens Heureux à la périphérie de Baltimore.

Au comptoir Al dit au contrôleur autonome à circuits intégrés :

— Donnez-moi un paquet de Pall Mall.

— Les Wings sont moins chères, fit observer Joe.

Irrité, Al rétorqua :

— On ne fabrique plus de Wings. Elles ont disparu depuis des années.

— Si, elles existent toujours, dit Joe, mais elles ne font pas de publicité. C'est une cigarette honnête qui ne prétend à rien. (Il dit au contrôleur :) Donnez-nous des Wings à la place des Pall Mall.

Le paquet de cigarettes glissa le long d'un toboggan et atterrit sur le comptoir.

— Quatre-vingt-quinze *cents*, annonça le contrôleur.

— Voici un billet de dix poscreds.

Al inséra le billet dans la fente du contrôleur dont les circuits se mirent à ronronner tandis qu'il le vérifiait.

— Votre monnaie, monsieur, dit la machine en déposant devant Al un assortiment de billets et de pièces. Vous pouvez partir.

Ainsi la monnaie Runciter est valable, se dit Al en s'éloignant avec Joe pour laisser la place à la cliente suivante, une vieille dame corpulente avec un ciré bleu vif, qui avait à la main un sac à provisions en corde tressée. Avec précaution il ouvrit le paquet de cigarettes.

Les cigarettes s'émiettèrent entre ses doigts.

— Ça prouverait quelque chose, remarqua Al, si c'était des Pall Mall. Je retourne dans la file.

Il s'apprêtait à le faire quand il s'aperçut que la vieille dame corpulente avait engagé une violente discussion avec le contrôleur autonome.

— Elle était morte, affirmait-elle d'une voix stridente, quand je l'ai rapportée chez moi. Tenez, vous pouvez la reprendre.

Elle posa sur le comptoir un pot qui contenait, d'après ce que vit Al, une plante desséchée, peut-être une azalée — mais dans son état moribond elle n'était guère reconnaissable.

— Je ne peux pas vous rembourser, répondit le contrôleur. Nos plantes en pot sont vendues sans garantie. Vous devez les examiner en les achetant. Veuillez laisser la place à la personne suivante.

— Et le *Saturday Evening Post* que j'ai pris au stand des journaux, reprit la vieille dame, il datait de l'année dernière. Qu'est-ce qui ne va pas chez vous ? Et le plat de vers de terre martiens...

— Au client suivant, dit la machine en l'ignorant.

Al s'éloigna de la file. Il déambula parmi les rayons jusqu'à ce qu'il arrive à celui où s'entassaient, sur plus de deux mètres de hauteur, des cartouches de toutes les marques possibles de cigarettes.

— Prenez une cartouche, dit-il à Joe.

— Des Dominoes, dit Joe. Elles sont au même prix que les Wings.

— Bon sang, pas de marque qui ne se vende plus ; prenez quelque chose comme des Winston ou des Kool. (Il sortit lui-même une cartouche d'une pile.) Elle est vide. (Il la secoua.) Ça se voit au poids.

Pourtant il y avait quelque chose à l'intérieur, quelque chose de petit et de léger qu'on entendait rebondir contre les parois de carton ; il ouvrit la cartouche pour regarder. C'était un billet griffonné à la main. L'écriture leur était familière. Al le prit et ils le lurent tous deux.

Indispensable que je vous contacte. Situation sérieuse qui ne peut qu'empirer. Il y a plusieurs explications possibles, dont il faut que je discute avec vous. En tout cas, ne laissez pas tomber. Je suis désolé pour Wendy Wright ; à son sujet nous avons fait ce que nous avons pu.

G. R.

— Donc il sait pour Wendy, dit Al. Ça signifie peut-être qu'il ne nous arrivera pas la même chose.

— Une cartouche de cigarettes au hasard, déclara Joe, dans un magasin au hasard d'une ville au hasard. Et nous y trouvons un message que nous adresse Glen Runciter. Qu'est-ce qu'il y a dans les autres cartouches ? Le même billet ?

Il s'empara d'une cartouche de L&M, la secoua, l'ouvrit. Une rangée de dix paquets de cigarettes et une autre au-dessous ; absolument normal. Oui, mais est-ce que ça l'est vraiment ? se demanda Al. Joe saisit l'un des paquets.

— Il n'y a rien qui cloche, annonça-t-il. (Il sortit une autre cartouche du milieu d'une pile.) Elle est pleine aussi.

Sans l'ouvrir, il en prit une autre. Puis encore une autre. Toutes étaient remplies de paquets de cigarettes. Et toutes ces cigarettes s'éparpillaient en fragments entre les doigts d'Al.

— Comment pouvait-il savoir qu'on viendrait ici, dit Al, et qu'on choisirait spécialement cette cartouche ?

C'était dépourvu de sens. Et pourtant, là aussi, on voyait à l'œuvre les deux forces opposées. D'un côté la putréfaction et la décrépitude, de l'autre Runciter, se dit Al. Dans le monde entier. Peut-être dans tout l'univers. Peut-être le soleil va-t-il disparaître, conjectura-t-il, et Glen Runciter en mettra-t-il un autre à la place. S'il en est capable. Oui, songea-t-il, c'est là qu'est la question. Quelle est l'étendue des pouvoirs de Runciter ? Et à l'inverse jusqu'où peut aller le processus de dégénérescence ?

— Essayons autre chose, dit Al. (Il marcha dans les travées, entre les rangées de paquets et de boîtes de conserve, jusqu'au rayon de l'équipement au centre du magasin. D'un mouvement spontané il prit le spécimen en démonstration d'un coûteux magnétophone allemand.) Il a l'air normal, dit-il à Joe qui l'avait suivi. (Il en prit un autre encore dans son emballage.) Achetons celui-ci et rapportons-le à New York.

— Vous ne voulez pas l'ouvrir ? demanda Joe. L'essayer avant de l'acheter ?

— Je crois que je sais déjà ce que nous trouverons, répondit Al. Et c'est quelque chose que nous ne pouvons pas contrôler ici.

Il emporta le magnétophone vers les caisses.

De retour à New York, aux bureaux de Runciter Associates, ils remirent le magnétophone à l'atelier de la firme.

Un quart d'heure plus tard le chef d'atelier, après avoir démonté l'appareil, fit son rapport.

— Toutes les pièces servant au défilement de la bande sont usées. Les bords du galet d'entraînement en caoutchouc sont aplatis ; il y a du caoutchouc pulvérisé partout à l'intérieur. Les tambours de bobinage et rebobinage rapides sont pratiquement morts. Tout a besoin d'être nettoyé et graissé ; c'est un appareil qui a beaucoup servi — en fait, il faudrait faire une révision complète et changer entièrement les courroies.

— Il a servi des années ? demanda Al.

— Sûrement. Vous l'avez depuis quand ?

— Je l'ai acheté aujourd'hui, dit Al.

— Impossible, affirma le chef d'atelier. Ou alors on vous a vendu un...

— Je sais ce qu'on m'a vendu, déclara Al. Je le savais en le prenant, avant d'ouvrir l'emballage. (Il dit à Joe :) Un magnétophone tout neuf, entièrement esquinté. Payé avec de l'argent bidon que le magasin accepte. Fric sans valeur, objet sans valeur... il y a là une certaine logique.

— Aujourd'hui, ça n'est pas mon jour, dit le chef d'atelier. Ce matin quand je me suis levé mon perroquet était mort.

— Mort de quoi ? demanda Joe.

— Je ne sais pas. Il était là raide comme un pieu, c'est tout. (Le chef d'atelier agita vers Al un index osseux.) Pour votre magnétophone, je vais vous dire encore autre chose. Il n'est pas seulement déglingué ; c'est un vieux machin comme on les construisait il y a quarante ans. Les galets de caoutchouc et les courroies de transmission, ça ne se fait plus. Vous ne trouverez jamais de pièces détachées pour ce truc, sauf si on vous les fabrique spécialement. Et ça ne vaudrait pas le coup ; ce zinzin est une antiquité. Mettez-le à la ferraille. Laissez tomber.

— Vous avez raison, fit Al. Je ne savais pas. (Il sortit avec Joe de l'atelier et ils s'arrêtèrent dans le corridor.) Là, il n'est plus question de dégénérescence ; c'est quelque chose de tout à fait différent. Nous allons avoir du mal à trouver de la nourriture bonne à manger, où que ce soit. Dans les denrées vendues par les supermarchés, qu'est-ce qui serait encore bon après tant d'années ?

— Les conserves, dit Joe. Et j'en ai vu beaucoup à ce supermarché de Baltimore.

— Maintenant nous savons pourquoi, dit Al. Il y a quarante ans les supermarchés vendaient bien plus de conserves que d'aliments surgelés. Il se peut qu'elles deviennent notre seule source d'alimentation. (Il réfléchit.) Mais en un jour c'est passé de deux à quarante ans ; à ce compte-là demain ça peut aussi bien être un siècle. Et rien ne se conserve aussi longtemps, même en boîte.

— Les œufs dans la cuisine chinoise, dit Joe. Ils les enterrent pendant des centaines d'années avant de les manger.

— Et il n'y a pas que nous, poursuivit Al. Cette

vieille femme à Baltimore ; son azalée avait subi le même sort.

Est-ce que le monde entier va se mettre à mourir de faim à cause de l'explosion d'une bombe sur la Lune ? se demanda-t-il. *Pourquoi est-ce que tout le monde est touché et pas seulement nous ?*

— Voilà le... dit Joe.

— Taisez-vous une seconde, coupa Al. Je pense à quelque chose. Peut-être que Baltimore n'est là que quand l'un de nous y va. Et le Supermarché des Gens Heureux aussi ; dès que nous l'avons quitté, il a cessé d'exister. En ce cas nous serions bien les seuls à expérimenter le phénomène.

— Problème philosophique sans importance ni signification, remarqua Joe. Et impossible à prouver d'une manière ou d'une autre.

— Il serait peut-être important pour la vieille dame en ciré bleu. Et pour tous les autres gens, dit ironiquement Al.

— Voilà le chef d'atelier qui revient, dit Joe.

— Je viens de regarder le mode d'emploi qui était joint à votre magnétophone, annonça le chef d'atelier. (Il tendait la brochure à Al, avec une expression complexe.) Lisez ça. (Brusquement il la lui reprit.) Je vais vous éviter la peine de lire ; regardez ici, à la dernière page, là où on voit qui a fabriqué ce foutu machin et où il faut l'envoyer pour les réparations.

— Fabriqué par Runciter à Zurich, lut Al à haute voix. Et il y a un service d'entretien dans la Confédération Nord-Américaine... à Des Moines. La même ville que sur la pochette d'allumettes. (Il passa la brochure à Joe et continua :) Nous allons à Des Moines. Cette brochure est le premier signe d'un lien entre les deux endroits. (Pourquoi Des Moines, je me le demande ? s'interrogea-t-il.) Vous ne vous rappelez pas, dit-il à Joe, si, du vivant de Runciter, il y avait une liaison quelconque entre lui et la ville de Des Moines ?

— C'est là que Runciter est né. Il y a vécu jusqu'à l'âge de quinze ans. Il le mentionnait chaque fois qu'il en avait l'occasion, répondit Joe.

— Et maintenant, après sa mort, il y est retourné. Tout au moins d'une certaine manière.

Runciter est à Zurich, pensa-t-il, et aussi à Des Moines. A Zurich il a un métabolisme cérébral mesurable ; son corps est maintenu en état de semi-vie dans une capsule réfrigérée au Moratorium des Frères Bien-Aimés, et pourtant on ne peut pas le joindre. A Des Moines il n'a aucune existence physique et pourtant, de façon évidente, le contact peut être établi — en fait, par des intermédiaires tels que cette brochure, il a *été* établi, au moins dans une direction : de lui jusqu'à nous. Et pendant ce temps, songea-t-il, notre monde se désagrège, se replie sur lui-même, en ramenant à la surface des phases de réalité anciennes. A la fin de la semaine peut-être qu'on se réveillera en trouvant des vieux tramways ferraillants en train de descendre la Cinquième Avenue. Les Trolley Dodgers, pensa-t-il, en se demandant ce que ça voulait dire. Un terme verbal abandonné, qui surgissait du passé ; une émanation brumeuse et lointaine, dans son esprit, qui annulait la réalité en cours... Cette perception, même indistincte et subjective, le mettait mal à l'aise ; elle était déjà devenue trop réelle, alors qu'il n'en avait jamais eu conscience avant cette minute.

— Les Trolley Dodgers, fit-il à haute voix.

Il y avait au moins cent ans de ça. De façon obsessionnelle, le terme demeurait logé à l'intérieur de sa conscience ; impossible de l'oublier.

— Comment connaissez-vous ça ? questionna le

chef d'atelier. Plus personne ne le sait ; c'est le vieux nom qu'on donnait aux Brooklyn Dodgers.

Il fixait sur Al un regard soupçonneux.

— Il vaut mieux que nous remontions. Avant de partir pour Des Moines, allons voir s'ils vont tous bien, dit Joe.

— Si on ne part pas immédiatement là-bas, dit Al, ça va peut-être faire un voyage d'un jour ou deux.

Les moyens de transport aussi vont régresser, se dit-il. De la fusée à l'avion à réaction, puis à hélice, pour en arriver à la locomotion par voie terrestre, avec les trains à vapeur, puis les voitures à cheval... mais ça ne pourrait pas remonter aussi loin, pensa-t-il. Et pourtant nous avons déjà entre les mains un magnétophone vieux de quarante ans, avec un galet de caoutchouc et des courroies. Alors peut-être que ça pourrait vraiment arriver.

Joe et lui marchèrent rapidement vers l'ascenseur ; Joe appuya sur le bouton et ils attendirent, tous deux crispés, sans rien dire ; chacun plongé dans ses pensées. L'ascenseur surgit avec fracas ; le vacarme tira Al de sa songerie. Machinalement il poussa de côté la grille de sécurité extérieure. Et il se trouva face à une cabine ouverte avec des garnitures de cuivre poli, suspendue à un câble. Un liftier en uniforme, l'œil vague, était assis sur un strapontin d'où il manœuvrait le levier ; il les observa avec indifférence. Ce n'était pas de l'indifférence, toutefois, qu'éprouvait Al.

— Ne montez pas, dit-il à Joe en le retenant. Regardez-le et réfléchissez ; essayez de vous souvenir de l'ascenseur que nous avons pris tout à l'heure... propulsion hydraulique, cabine fermée, fonctionnement automatique, déplacement absolument silencieux...

Il se tut. En effet l'ascenseur désuet et ferraillant

s'était estompé et, à sa place, la cabine habituelle revenait à l'existence. Et pourtant il sentait la présence du vieil ascenseur ; il était tapi à la périphérie de son champ visuel, comme prêt à surgir à nouveau dès que lui et Joe relâcheraient leur attention. Il veut revenir, réalisa-t-il. Il compte revenir. Nous pouvons l'arrêter momentanément : quelques heures tout au plus, sans doute. La vitesse acquise de la force rétrograde augmente ; les formes archaïques tendent à prendre le dessus plus vite que nous ne le pensions. Maintenant une seule oscillation du balancier nous transporte de cent ans en arrière. L'ascenseur que nous venons de voir devait bien avoir cent ans d'âge.

Et néanmoins, songea-t-il, nous avons pu exercer un contrôle sur lui. Nous avons ramené de force à la réalité l'ascenseur actuel. Si nous restons tous liés, si nous opérons, non plus à deux, mais à douze esprits fondus en une seule entité...

— Qu'est-ce que vous avez vu ? lui disait Joe. Pourquoi vouliez-vous m'empêcher d'entrer dans l'ascenseur ?

— Vous n'avez pas vu le vieil ascenseur ? Une cage ouverte, des garnitures de cuivre, comme dans les années 1910 ? Avec le liftier assis sur son strapontin ?

— Non, dit Joe.

— Vous n'avez *rien* vu ?

— J'ai vu ça. (Joe fit un geste du bras.) L'ascenseur normal où je monte tous les jours en venant ici. J'ai vu ce que je vois toujours, ce que je vois maintenant.

Il pénétra dans l'ascenseur et fit demi-tour, se tenant debout face à Al. Alors nos perceptions commencent à différer, se dit Al. Il se demanda ce que cela signifiait. Il y avait là quelque chose de menaçant ; quelque chose qui ne lui plaisait pas du tout. A sa façon lugubre et sombre, ce phénomène lui paraissait le changement le plus mortel survenu depuis la mort de Runciter. Ils ne régressaient plus tous selon les mêmes normes, et il avait intuitivement la certitude que Wendy Wright était arrivée exactement à la même constatation avant de mourir.

Combien de temps lui restait-il à lui-même ?

Il prenait maintenant conscience d'une sensation de froid insidieuse, suintante, qui avait commencé à l'envahir auparavant sans qu'il se souvienne à quel moment — à le submerger en même temps que le monde alentour. Cela lui rappelait leurs dernières minutes sur la Lune. Le froid altérait la surface des objets ; il les déformait, s'amoncelait sur eux en provoquant une explosion de bulles qui chuintaient avant d'éclater. Et, aspiré à travers les trous béants de ces crevaisons, il s'insinuait jusqu'au cœur des choses, jusqu'au noyau qui leur donnait la vie. Al avait maintenant sous les yeux un désert de glace hérissé de roches dénudées. Un vent soufflait sur cette plaine gelée en quoi s'était transformée la réalité ; le vent accentuait la glaciation, et la plupart des roches se mettaient à disparaître. Et, aux angles de sa vision, s'amassaient des ténèbres qu'il ne faisait qu'entr'apercevoir.

Mais, pensa-t-il, tout cela est une projection de ma part. Ce n'est pas l'univers qui est enseveli sous des linceuls de vent, de froid, de ténèbres et de glace ; tout se passe à l'intérieur de moi, et pourtant il me semble que je le vois de l'extérieur. Etrange, pensa-t-il. Le monde entier est-il contenu en moi ? Est-il englobé par mon corps ? Quand cela s'est-il produit ? Ce doit être le signe que je vais mourir, se dit-il. Cette sensation d'incertitude, ce ralentissement dû à l'entropie...

c'est le déroulement habituel, et la glace que j'aperçois marque le succès de ce déroulement. Si je ferme les yeux, songea-t-il, l'univers dans sa totalité va disparaître. Mais où sont les diverses lumières que je devrais apercevoir, les accès à des matrices nouvelles ? Où est notamment la lumière rouge fumeuse des couples en train de forniquer ? Et la lumière sombre et terne qui indique la gloutonnerie bestiale ? Tout ce que je perçois, c'est l'obscurité grandissante et la déperdition complète de la chaleur — une plaine qui se refroidit, abandonnée de son soleil.

Ça ne peut pas être la mort normale, se dit-il. Ce n'est pas naturel ; le processus régulier de la dissolution a été remplacé par un autre facteur imposé, une pression arbitraire et forcée.

Je pourrai peut-être comprendre, pensa-t-il, si je peux m'allonger et me reposer, si je parviens à rassembler suffisamment d'énergie pour réfléchir.

— Qu'est-ce qu'il y a ? demanda Joe tandis que l'ascenseur les emportait.

— Rien, répondit Al sèchement.

Ils y arriveront peut-être, pensa-t-il, mais moi pas. Joe et lui continuèrent leur ascension dans un silence vide.

En entrant dans la salle de conférences, Joe se rendit compte qu'Al n'était plus avec lui. Se retournant, il examina le corridor ; il aperçut Al resté seul en arrière, immobile.

— Qu'est-ce qu'il y a ? questionna-t-il à nouveau. (Al ne bougea pas.) Vous vous sentez bien ? demanda Joe en revenant vers lui.

— Je suis fatigué, dit Al.

— Vous n'avez pas l'air en forme, observa Joe, avec un sentiment de malaise profond.

— Je vais aux toilettes pour hommes, reprit Al. Allez devant et rejoignez les autres ; assurez-vous qu'ils vont bien. Je vous suis. (Il fit un vague mouvement pour s'éloigner ; il semblait, maintenant, saisi de stupeur.) Ce n'est rien, dit-il.

Il se mit en marche dans le corridor en trébuchant, comme s'il avait de la difficulté à distinguer son chemin.

— Je vais avec vous, dit Joe. Pour être sûr que vous y arrivez.

— Peut-être que si je me passe le visage à l'eau chaude... dit Al.

Il s'arrêta devant la porte gratuite des toilettes pour hommes et, avec l'aide de Joe, l'ouvrit pour disparaître à l'intérieur. Joe resta dans le corridor. Il a quelque chose qui ne va pas, se disait-il. C'est la vision de ce vieil ascenseur qui a causé un changement en lui. Il se demandait pourquoi.

Al réapparut.

— Qu'est-ce que c'est ? fit Joe en voyant l'expression qu'il avait.

— Regardez ça, dit Al. (Il conduisit Joe à l'intérieur et lui montra le mur du bout.) Des graffiti. Des mots griffonnés, comme on en trouve toujours dans les toilettes. Lisez ça.

Les mots, tracés au crayon à bille rouge, formaient l'inscription :

SAUTEZ DANS L'URINOIR POUR Y CHERCHER DE L'OR.
JE SUIS VIVANT ET VOUS ÊTES MORTS.

— C'est l'écriture de Runciter ? questionna Al. Vous la reconnaissez ?

— Oui, fit Joe. C'est son écriture.

— Alors maintenant nous savons la vérité, dit Al.

— Est-ce bien la vérité ?

— Bien sûr. C'est l'évidence, répondit Al.

— Quelle fichue façon de l'apprendre ! Sur les murs des toilettes.

Plus qu'autre chose il éprouvait une amère rancœur.

— Les graffiti, c'est toujours comme ça : brutal et direct. On aurait pu regarder la TV, écouter le vidphone, lire les journaux pendant des mois — peut-être toujours — sans être fixés. Sans qu'on nous mette d'un seul coup les points sur les *i*.

— Mais nous ne sommes pas morts. Il n'y a que Wendy, dit Joe.

— Nous sommes en semi-vie. Sans doute toujours à bord du *Pratfall II* ; nous revenons probablement de la Lune à la Terre, après l'explosion qui nous a tués — qui *nous* a tués, et pas Runciter. Et il essaie de capter le flux de nos protophases. Jusqu'à maintenant il a échoué ; nous ne passons pas de notre monde au sien. Mais il est arrivé à nous contacter. Nous le recevons partout, même à des endroits où nous sommes par hasard. Sa présence nous envahit de tous les côtés, lui et personne d'autre, parce que c'est qu'il est le seul à essayer de...

— Parce qu'il est, interrompit Joe. Pas : *parce que c'est qu'il est*. Vous avez dit...

— Je suis malade, fit Al. (Il laissa couler de l'eau dans le lavabo, s'en aspergea la figure. Mais ce n'était pas de l'eau chaude, constata Joe ; elle contenait des fragments de glace qui se fendillaient et se réduisaient en paillettes.) Retournez à la salle de conférences. Je vous rejoindrai quand ça ira mieux, s'il est dit que ça doit aller mieux.

— Je pense qu'il faudrait que je reste ici avec vous, dit Joe.

— Non, bon Dieu... fichez le camp ! (Le visage grisâtre et empli de panique, Al poussa Joe vers la porte et le propulsa dans le corridor.) Allez-y, voyez s'ils vont bien !

Al battit en retraite dans les toilettes, les mains crispées contre ses yeux ; courbé en deux, il fut caché par la porte qui se refermait. Joe hésita.

— Bon, dit-il, je vais avec eux dans la salle de conférences. (Il attendit, écouta ; il n'entendait rien.) Al ? (Mon Dieu, pensa-t-il. C'est affreux. Il a vraiment quelque chose.) Je veux voir de mes yeux, dit-il en rouvrant la porte, si vous allez bien.

D'une voix calme et basse Al répondit :

— C'est trop tard, Joe. Ne regardez pas. (Il faisait noir dans les toilettes ; Al avait manifestement eu la force d'éteindre la lumière.) Vous ne pouvez rien pour moi, continua-t-il d'une voix faible mais ferme. Nous n'aurions pas dû nous séparer des autres ; c'est pour ça que c'est arrivé à Wendy. Vous pouvez rester en vie au moins quelque temps si vous allez les retrouver *et si vous ne les quittez pas*. Dites-leur ; faites-leur comprendre à tous. Vous comprenez ?

Joe tendit la main vers le commutateur. Un coup, faible et mou, heurta son poignet dans l'obscurité ; terrifié, il retira la main, effaré par l'affaiblissement des gestes d'Al. Il en savait assez. Il n'avait plus besoin de voir.

— Je vais rejoindre les autres, dit-il. Oui, je comprends. Est-ce que ça fait très mal ?

Un silence, puis une voix apathique murmura :

— Non, ça ne fait pas très mal. Je suis juste...

La voix s'estompa. De nouveau ce fut le silence.

— Je vous reverrai peut-être bientôt, fit Joe. (Il

savait que ce n'était pas la chose à dire — il était horrifié de s'entendre débiter une pareille insanité. Mais il ne pouvait rien trouver de mieux.) Je voulais dire autre chose, reprit-il, mais il savait qu'Al ne pouvait plus l'entendre. J'espère que vous êtes moins fatigué, poursuivit-il. Je reviendrai voir comment ça va quand je leur aurai parlé de l'inscription sur le mur. Je leur dirai de ne pas venir ici pour ne pas... (Il essaya de trouver le mot juste.) Ne pas vous déranger, acheva-t-il.

Pas de réponse.

— Bon, à tout à l'heure, dit-il, et il abandonna l'obscurité des toilettes pour hommes.

Il s'engagea d'un pas hésitant dans le corridor, jusqu'à la salle de conférences ; il s'arrêta un instant pour prendre une inspiration profonde et entrecoupée, puis il poussa la porte pour l'ouvrir. Le récepteur TV installé à l'extrémité de la salle était en marche et diffusait un spot publicitaire consacré à une marque de lessive ; sur le grand écran une image en relief et en couleurs montrait une ménagère examinant d'un œil critique une serviette de toilette en peau de loutre synthétique, avant de déclarer d'une voix perçante qu'elle était trop mal lavée pour occuper une place dans sa salle de bains. L'écran révéla la salle de bains, en laissant apercevoir en même temps une inscription sur le mur. La même écriture familière, qui cette fois avait rédigé :

PLONGEZ DANS LA BAIGNOIRE
POUR VOIR D'OÙ VIENT LE VENT.
VOUS ÊTES TOUS MORTS, JE SUIS VIVANT.

Mais il n'y avait qu'une seule personne dans la vaste salle de conférences pour voir l'image. Joe se trouvait seul dans une pièce vide. Les autres, le groupe entier, avaient disparu.

Il se demanda où ils étaient. Et s'il vivrait assez longtemps pour les retrouver. Cela semblait peu probable.

Vous êtes sujet aux odeurs de transpiration ?
Ubik déodorant, spray ou stick, vous évitera tout inconvénient, et grâce à lui dorénavant vous n'aurez plus peur d'aller en société.
Sans danger si l'on se conforme au mode d'emploi dans un programme rigoureux d'hygiène corporelle.

10

Le speaker de la télévision annonça :

— Et maintenant revenons aux informations, présentées par Jim Hunter.

Sur l'écran, le visage glabre et jovial du journaliste apparut.

— Glen Runciter a regagné aujourd'hui le lieu où il est né, mais ce retour n'est pas de ceux qui réjouissent le cœur. Hier la tragédie s'est abattue sur Runciter Associates, l'organisme de protection sans doute le plus connu mondialement. Au cours d'un attentat terroriste dans une installation souterraine à l'emplacement inconnu sur la Lune, Glen Runciter a été mortellement blessé et il est mort avant que son corps ait pu être transféré en capsule cryonique. Au Moratorium des Frères Bien-Aimés à Zurich, où on l'avait emmené, tous les efforts ont été faits pour ramener Runciter à la semi-vie, mais en vain. Face à cet échec, ces efforts ont maintenant cessé, et le corps de Glen

Runciter a été transporté ici à Des Moines, où il reposera dans la Maison Mortuaire du Simple Berger.

L'écran montra un édifice de bois blanc, à l'ancienne mode, avec de nombreuses personnes se pressant alentour.

Je me demande qui a autorisé le transfert à Des Moines, se dit Joe Chip.

— C'est à la suite de la décision attristée, mais dictée inexorablement par le sort, de la femme de Glen Runciter, poursuivit la voix du commentateur, que se déroule ce chapitre final auquel nous assistons actuellement. Mrs Ella Runciter, elle-même en semi-vie, et dont on avait espéré qu'elle serait rejointe par son mari, a été réveillée ce matin pour apprendre la catastrophe. Mise au courant du coup du destin qui s'est abattu sur son mari, elle a résolu de renoncer à susciter une tardive semi-vie chez l'homme avec qui elle avait espéré se trouver réunie, espoir déçu par la réalité. (Une photo d'Ella, prise de son vivant, apparut brièvement sur l'écran de télévision.) En un rite solennel, continua le commentateur, les employés en deuil de Runciter Associates se sont assemblés dans la chapelle de la Maison Mortuaire du Simple Berger, pour rendre leurs derniers hommages au défunt.

L'écran montrait maintenant le toit-terrasse du bâtiment où venait de se poser un aéronef. Le panneau de descente s'ouvrit, livrant passage à un groupe d'hommes et de femmes. Un micro tendu par les reporters les arrêta.

— Dites-moi, monsieur, fit la voix d'un reporter, outre le fait d'avoir travaillé pour lui, vous et vos collègues avez-vous connu personnellement Glen Runciter ? Connu en tant qu'homme et non en tant que patron ?

Clignant des yeux comme un hibou aveuglé par la

lumière, Don Denny déclara dans le micro qu'on lui présentait :

— Nous connaissions tous Glen Runciter en tant qu'homme. C'était un individu de grande valeur, un citoyen sur lequel on pouvait compter. Je sais que je me fais le porte-parole de tous en disant ceci.

— Est-ce que tous les collaborateurs de Mr Runciter sont ici présents, Mr Denny ?

— Nous sommes nombreux à être venus, répondit Don Denny. Mr Len Niggelman, président de la Société de Protection, nous a contactés à New York pour nous dire qu'il avait appris la mort de Glen Runciter. Il nous a informés que le corps du défunt allait être transporté ici à Des Moines et a dit que nous devrions y aller ; nous avons été d'accord, et il nous a amenés dans son aéronef que voici. (Denny désigna l'appareil d'où les autres et lui venaient de sortir.) Nous lui sommes reconnaissants de nous avoir avertis de ce transfert, il y a toutefois plusieurs absents, qui n'étaient pas dans les bureaux de la firme à New York ; notamment les neutraliseurs Al Hammond et Wendy Wright ainsi que le testeur de champ de notre maison, Mr Chip. Nous ignorons où ils se trouvent tous trois, mais peut-être que pendant la...

— Oui, fit le reporter qui tenait le micro. Peut-être verront-ils cette émission, qui est relayée par satellite sur toute la Terre, et auront-ils le temps de venir à Des Moines pour cette tragique occasion, comme je suis sûr — et vous aussi certainement — que l'auraient souhaité Mr Runciter ainsi que sa femme. Et maintenant nous rendons l'antenne à Jim Hunter dans nos studios.

Jim Hunter, réapparaissant sur l'écran, déclara :

— Ray Hollis, dont les collaborateurs dotés de pouvoirs psioniques sont la cible principale des organismes de protection, a dit aujourd'hui dans un communiqué diffusé par ses bureaux qu'il déplorait la mort accidentelle de Glen Runciter et assisterait s'il le pouvait à la cérémonie funèbre à Des Moines. Mais il se peut que Len Niggelman, au nom de la Société de Protection, demande qu'il en soit empêché ; selon plusieurs porte-parole des organismes de protection, Ray Hollis aurait en effet accueilli initialement la nouvelle de la mort de Runciter avec une satisfaction non dissimulée. (Hunter s'interrompit, prit une feuille de papier et continua :) Maintenant une autre information...

Du pied Joe Chip actionna la pédale qui commandait le récepteur ; l'image s'éteignit et le son fit place au silence.

Ça ne cadre pas avec les inscriptions sur les murs, réfléchit Joe. Runciter est peut-être bien mort, après tout. C'est ce que pensent les gens de la télévision. C'est aussi ce que pense Ray Hollis. Et Len Niggelman. Ils le considèrent tous comme mort, et comme preuve du contraire nous n'avons que deux distiques rimés que n'importe qui aurait pu tracer — malgré ce que pensait Al.

L'écran de la télévision se ralluma. A sa grande surprise car il n'avait pas libéré la pédale. Et en plus l'appareil se mit à changer de chaînes : des images d'émissions diverses défilèrent les unes après les autres, jusqu'à ce que l'auteur mystérieux de cette opération obtienne celle qu'il voulait. Une image demeura finalement sur l'écran.

Le visage de Glen Runciter.

— Vous êtes fatigué des nourritures douteuses ? dit Runciter de sa voix familière et graillonneuse. Le goût du chou bouilli a envahi le monde de vos aliments ? Il y a toujours cette vieille odeur moisie et rance quel que soit le nombre de pièces de monnaie que vous mettez dans votre cuisinière ? Ubik va changer tout ça ; Ubik réveille la saveur des aliments, rétablit leur arôme et restaure leur senteur. (Sur l'écran l'image d'un atomiseur de couleurs vives remplaça celle de Glen Runciter.) Une pulvérisation invisible d'Ubik (modèle économique), et vous bannirez la crainte obsédante, irrésistible, de voir le monde entier se transformer en lait tourné, en magnétophones usés et en ascenseurs démodés, sans parler d'autres manifestations de décrépitude non encore advenues. Voyez-vous, de telles détériorations de type régressif constituent une expérience normale pour beaucoup de semi-vivants, spécialement dans les premiers stades, quand les liens avec la réalité sont encore très forts. Une sorte d'univers rémanent est retenu par la mémoire comme une charge résiduelle, tout en étant expérimenté comme un pseudo-environnement de nature instable. Ceci est particulièrement valable dans les cas où plusieurs systèmes mémoriels sont en fusion, comme votre groupe en est un exemple. Mais avec Ubik nouvelle formule, plus actif que jamais, tout est changé !

Ahuri, Joe s'installa sur un siège, le regard toujours fixé sur l'écran ; une fée de dessin animé se mit à voltiger en spirale, tout en répandant partout des bouffées d'Ubik.

Une ménagère aux grandes dents et au menton chevalin remplaça la fée ; elle beugla d'une voix tonitruante :

— J'ai choisi Ubik après avoir essayé d'autres supports de réalité inefficaces et démodés. Mes casseroles et mes poêles se transformaient en tas de rouille. Les fleurs mouraient dans mon conapt. Le pied de mon mari passait à travers le parquet de la chambre à coucher. Mais maintenant je me sers d'Ubik nouvelle formule, ultra-puissant, et j'obtiens des résultats merveilleux. Regardez ce réfrigérateur. (L'écran montra un antique réfrigérateur General Electric surmonté d'une tourelle de ventilation.) Eh bien, il a régressé de quatre-vingts ans.

— De soixante-deux ans, rectifia Joe machinalement.

— Mais regardez-le maintenant, continua la ménagère en braquant vers le vieux réfrigérateur sa bombe Ubik.

Des étincelles jaillirent et formèrent une auréole lumineuse autour du vieil engin, lequel fut remplacé en un clin d'œil par un réfrigérateur moderne payant à six portes, dans toute sa splendeur.

— Oui, reprit la voix grave de Runciter, grâce à l'usage des techniques les plus avancées de la science actuelle, la réversion de la matière à des formes primitives peut être inversée, et ceci à un prix à la portée de tout possesseur de conapt. Ubik est vendu dans les principaux magasins d'arts ménagers de la Terre. Ne pas avaler. Ne pas utiliser près d'une flamme. Respecter scrupuleusement le mode d'emploi indiqué. Alors, Joe, qu'attendez-vous ? Ne restez pas assis là ; allez acheter une bombe Ubik et faites des pulvérisations autour de vous jour et nuit.

Se levant, Joe dit d'une voix forte :

— Vous savez que je suis ici. Est-ce que ça signifie que vous pouvez me voir et m'entendre ?

— Bien sûr, je ne peux ni vous voir ni vous entendre. Ce spot publicitaire a été enregistré par magnétoscope il y a deux semaines ; exactement douze jours avant ma mort. Je savais que l'explosion de la bombe allait se produire ; ceci grâce aux pouvoirs d'un précog.

— Alors vous êtes vraiment mort.

— Evidemment, je suis mort. Vous n'avez pas regardé le reportage réalisé à Des Moines ? Je sais que si, car mon précog l'avait vu aussi.

— Et les inscriptions sur les murs ?

— Un autre phénomène de détérioration. Allez vous acheter une bombe Ubik et ça ne vous arrivera plus ; toutes ces choses s'arrêteront.

— Al pense que nous sommes morts, dit Joe.

— Al se détériore. (Runciter eut un éclat de rire vibrant dont l'écho résonna dans la salle.) Ecoutez, Joe, j'ai enregistré cette saloperie de séquence télévisée pour vous aider, pour vous guider — vous spécialement parce que nous avons toujours été amis. Je savais que vous seriez déboussolé, et c'est ce que vous êtes en ce moment, complètement déboussolé. Il n'y a rien de drôle à ça, vu la situation où vous êtes. Mais essayez de ne pas perdre les pédales ; peut-être qu'en allant à Des Moines et en voyant mon cadavre vous réagirez.

— Qu'est-ce que c'est que cet Ubik ? demanda Joe.

— Je pense en tout cas qu'il est trop tard pour aider Al.

— Ubik est fait avec quoi ? Comment est-ce que ça marche ? dit Joe.

— En fait il est probable que c'est Al qui a déterminé l'inscription sur le mur des toilettes. Vous ne l'auriez pas vue s'il n'avait pas été là.

— C'est réellement une émission sur vidéocassette, hein ? dit Joe. Vous ne m'entendez pas. C'est bien vrai.

Runciter dit :

— Et en plus Al...

— La barbe, dit Joe avec dégoût et lassitude.

Ça ne servait à rien. Il abandonna. La ménagère à la mâchoire chevaline reparut sur l'écran, remplaçant l'image de Runciter ; d'une voix devenue plus douce, elle roucoula :

— Si votre fournisseur habituel n'a pas encore Ubik en vente, rentrez à votre conapt, Mr Chip, et vous y trouverez un échantillon gratuit expédié par la poste, un échantillon gratuit à titre d'essai, Mr Chip, que vous pourrez utiliser en attendant d'acheter le modèle régulier.

Puis son image s'effaça. Le récepteur redevint opaque et silencieux. Le phénomène qui l'avait mis en marche venait maintenant de l'arrêter.

Ainsi ce serait Al le responsable, songea Joe. L'idée ne lui disait rien ; sa logique semblait un peu tirée par les cheveux, orientée peut-être délibérément dans le mauvais sens. Al le bouc émissaire, Al servant à tout expliquer. Absurde, se dit-il. Autre chose : Runciter avait-il pu l'entendre ? *Avait-il fait semblant d'apparaître en différé ?* Durant quelque temps, Runciter avait paru en mesure de répondre à ses questions ; c'était seulement à la fin que ses répliques étaient tombées à côté. Il se sentit tout d'un coup pareil à une phalène impuissante, voletant contre la vitre qui la sépare de la réalité tout en ne voyant que confusément celle-ci de l'extérieur.

Une nouvelle pensée le frappa, une idée étrange. Peut-être Runciter avait-il enregistré sa séquence en supposant, à la suite d'une information précog inexacte, qu'il mourrait dans l'explosion et que les autres en réchapperaient. En ce cas il s'agissait bien d'une transmission différée mais son contenu était erroné ; ce n'était pas Runciter qui était mort : c'était *eux tous*, comme l'avaient dit les graffiti, et Runciter, lui, était bien vivant. Avant l'explosion de la bombe il avait donné des instructions pour que la séquence soit diffusée à ce moment précis, et la chaîne émettrice les avait exécutées, Runciter n'étant plus là pour donner le contrordre. Ce qui permettait d'expliquer la différence entre les propos télévisés de Runciter et les graffiti ; ce qui en fait expliquait les uns et les autres. Mieux, à sa connaissance, que toute autre hypothèse.

A moins que Runciter ne joue avec eux un jeu sardonique, en les menant en bateau, tantôt dans une direction, tantôt dans une autre. Une force gigantesque et contre nature, hantant leur existence. Se manifestant soit dans le monde vivant, soit dans celui de la semi-vie ; ou, pensa-t-il subitement, peut-être dans les deux. En tout cas exerçant un contrôle sur tout ce qui leur arrivait, ou du moins sur la plus grande partie. Peut-être pas sur la régression des objets, réfléchit-il. Pas ça. *Mais pourquoi pas ?* Oui, pensa-t-il, peut-être ça aussi. Mais Runciter ne l'avouerait pas. Runciter et Ubik. *L'ubiquité*, réalisa-t-il soudain ; c'est de là que dérive ce nom forgé, le nom du prétendu atomiseur de Runciter. Ce produit qui sans doute n'existe même pas. Sans doute était-ce un bobard supplémentaire, pour les désorienter encore plus.

Et en outre, si Runciter était vivant, alors il n'existait pas un seul mais *deux* Runciter : le vrai dans le monde réel qui s'efforçait d'entrer en contact avec eux, et le Runciter fantasmagorique qui était réduit à l'état de cadavre gisant à Des Moines dans ce monde de la semi-vie. Et, pour suivre la logique de l'idée jusqu'au bout, d'autres personnes, telles que Ray Hollis et Len Niggelman, étaient aussi des fantasmes ici — tandis que leurs homologues authentiques continuaient d'exister dans le monde des vivants.

Extrêmement troublant, se dit Joe Chip. Et pas du

tout séduisant comme perspective. D'accord, il y avait là une certaine symétrie qui en soi était satisfaisante pour l'esprit, mais à part ça c'était plutôt confus et embrouillé.

Je retourne à mon conapt, décida-t-il, pour chercher cet échantillon d'Ubik, et ensuite je file à Des Moines. Après tout c'est ce qu'on m'a dit de faire à la télévision. Et je serai plus en sûreté si j'ai cette dose d'Ubik sur moi, comme on me l'a intelligemment suggéré.

Il faut faire attention à de tels avertissements, admit-il, si on veut rester en vie — ou en semi-vie.

Que ce soit l'un ou l'autre.

Le taxi le déposa sur le toit-terrasse de son immeuble ; il emprunta une rampe de descente et arriva devant sa porte. A l'aide d'une pièce que quelqu'un lui avait donnée — Al ou Pat, il ne savait plus qui — il l'ouvrit et entra chez lui.

Le living-room sentait légèrement la graisse cuite, une odeur qu'il n'avait plus retrouvée depuis son enfance. Se rendant à la cuisine il en découvrit l'origine. Sa cuisinière avait régressé. Elle s'était transformée en un ancien modèle à gaz avec des brûleurs obstrués et une porte de four incrustée de noir qui ne fermait pas entièrement. Il regarda stupidement la vieille cuisinière qui témoignait d'un long usage — puis il se rendit compte que les autres accessoires de la cuisine avaient subi de semblables métamorphoses. La machine à homéojournal avait entièrement disparu. Le grille-pain s'était réduit à une antique camelote non automatique à l'allure bizarre. Pas même de système d'éjection, constata-t-il en manipulant tristement l'objet. Le réfrigérateur qui s'offrait à sa vue était un énorme modèle hydraulique, une relique surgie de Dieu sait quel lointain passé ; il était même encore plus archaïque que le General Electric à tourelle qu'il avait vu à la télévision dans le spot publicitaire. C'était la cafetière qui avait été le moins modifiée ; en fait, par un côté, elle avait même été améliorée — elle ne possédait plus de fente destinée à la monnaie et son fonctionnement de toute évidence était gratuit. Ce détail était d'ailleurs valable pour tous les autres accessoires, il s'en aperçut. Tout au moins les accessoires qui restaient. Comme la machine à homéojournal, le broyeur d'ordures avait disparu. Il essaya de se rappeler quels autres appareils il avait eus, mais déjà ses souvenirs devenaient vagues ; il renonça et regagna le living.

La télévision avait accompli un long trajet en arrière ; face à lui se trouvait une vieille radio à modulation d'amplitude dans un coffret de bois sombre, avec antenne adjacente et fils reliés au secteur. Grand Dieu, se dit-il, consterné.

Mais pourquoi la télévision ne s'était-elle pas plutôt transformée en bouts de métal et de plastique ? Après tout c'était là ses constituants ; c'était avec ça qu'elle avait été construite, pas avec une antique radio. C'était peut-être la vérification assez épouvantable d'une ancienne philosophie mise au rancart, la théorie des idées chez Platon, des archétypes qui, pour chaque catégorie d'objets, sont la seule réalité. La forme *récepteur TV* avait été une identité imposée succédant à d'autres identités qui se suivaient en chaîne, comme une procession de silhouettes dans une photo montrant la décomposition du mouvement. Les formes premières, songea-t-il, doivent continuer une vie invisible et résiduelle à l'intérieur de chaque objet. Le passé est latent, il est submergé mais toujours là, capable de remonter à la surface si les identifications ultérieures, par malheur et contrairement à l'expérience naturelle, disparaissent. L'homme contient, non pas l'enfant, mais tous les autres hommes antérieurs, pensa-t-il. L'histoire a commencé il y a bien longtemps.

Les restes racornis de Wendy. L'enchaînement de formes qui normalement se déroule... cet enchaînement a été interrompu. Et la forme dernière s'est consumée, sans rien pour lui succéder : sans forme nouvelle, sans stade suivant dans le cours d'une maturation, pour prendre sa place. Ce doit être ce que nous expérimentons avec la vieillesse ; c'est de cette absence que proviennent la dégénérescence et la sénilité. Mais dans ce cas c'est arrivé d'un seul coup — en l'espace de quelques heures.

Mais cette vieille théorie... est-ce que Platon ne pensait pas que quelque chose survivait au déclin, quelque chose d'interne qui ne pouvait se corrompre ? Le vieux dualisme : le corps séparé de l'âme. Le corps finissant comme l'a fait Wendy, et l'âme... hors de son nid comme un oiseau qui s'envole ailleurs. Peut-être, oui, pensa-t-il. Pour renaître à nouveau, comme il est dit dans le *Livre des morts tibétain*. C'est la vérité. Mon Dieu, j'espère que oui. Parce qu'en ce cas nous nous rencontrerons tous à nouveau. Comme dans *Winnie l'Ourson*, dans un autre coin de la forêt, où il y aura toujours un petit garçon et son ours en train de jouer... Impérissables. Comme nous tous. Nous finirons tous dans un lieu plus clair et plus durable, un lieu nouveau.

Par curiosité il alluma le récepteur radio préhistorique ; le cadran de celluloïd jaune s'éclaira, le haut-parleur émit un vrombissement sur la fréquence des soixante cycles, puis, au milieu des parasites et des grincements, une station se fit entendre.

— Et voici le moment venu de retrouver Pepper Young et sa famille, annonça le speaker sur un gargouillement de musique d'orgue mécanique. Cette émission vous est offerte par Camay, le savon de beauté de toutes les femmes. Hier Pepper a découvert que le labeur des mois écoulés a abouti à une conclusion inattendue, à cause de...

Joe éteignit la radio. Un feuilleton d'avant la Deuxième Guerre mondiale, se dit-il avec étonnement. Mais après tout, c'était dans la logique des régressions de forme que subissait ce semi-monde à mi-chemin de la mort — si c'était là le nom qui lui convenait.

Promenant son regard à travers le living il découvrit une table à café à la surface de verre, aux pieds baroques, sur laquelle était posé un exemplaire du magazine *Liberty.* Lui aussi datait d'avant la Deuxième Guerre mondiale ; le numéro contenait un roman à suivre intitulé *Eclair dans la nuit*, une fiction futuriste supposant qu'une guerre atomique avait éclaté. Il tourna les pages avec des doigts gourds, puis étudia l'ensemble de la pièce, en s'efforçant d'identifier d'autres changements.

Le sol tout d'une pièce, à la couleur neutre, s'était transformé en parquet aux larges lattes ; au centre était posé un tapis d'Orient aux couleurs passées, imprégné depuis des années par la poussière.

Un seul tableau restait au mur, un sous-verre encadré ; c'était une gravure monochrome représentant un Indien à cheval en train de mourir. Il ne l'avait jamais vue. Elle n'éveillait aucun souvenir en lui. Et elle lui était parfaitement indifférente.

A la place du vidphone il y avait un téléphone noir, de forme verticale, au récepteur posé sur une fourche. Sans cadran. Il décrocha et entendit une voix de femme lui dire : « Quel numéro demandez-vous, s'il vous plaît ? » Il se hâta de raccrocher.

Le système de chauffage contrôlé par thermostat avait évidemment disparu. A une des extrémités du living il distinguait un radiateur à gaz, avec un large tuyau de fer-blanc qui montait le long du mur presque jusqu'au plafond.

Se rendant à la chambre à coucher, il ouvrit la penderie, y fouilla et finit par assembler les éléments d'une tenue : richelieus noirs, chaussettes de laine, pantalon, chemise de coton bleu ciel, pardessus de sport en poil de chameau et casquette de golf. Pour une tenue plus habillée il étendit sur le lit un costume rayé bleu foncé avec veston croisé, des bretelles, une large cravate à motifs imprimés et une chemise blanche avec le col en celluloïd. Bon sang ! se dit-il avec ahurissement en découvrant encore, dans la penderie, un sac de golf avec un assortiment de clubs. Quelle relique !

Il se rendit à nouveau dans le living. Cette fois ses yeux se portèrent vers l'endroit où étaient auparavant disposés les éléments de sa chaîne haute fidélité polyphonique. Le tuner FM multiplex, la table de lecture à hystérésis élevée avec bras à la pression quasi nulle, les haut-parleurs, les tweeters, l'amplificateur multipistes, tous ces appareils s'étaient volatilisés. Ils étaient remplacés par un grand coffret de bois jaune foncé ; il vit la manivelle qui en sortait et n'eut pas besoin de soulever le couvercle pour savoir en quoi consistait désormais son appareillage sonore. Il y avait un sachet d'aiguilles à phono en bambou sur l'étagère à côté du Victrola. Ainsi qu'un 78 tours 25 centimètres Victor à étiquette noire : l'orchestre de Ray Noble jouant *Turkish Delight*. Autant pour sa collection de microsillons et de cassettes.

Et demain, si ça se trouvait, il se verrait à la tête d'un phonographe à cylindre entraîné par roue hélicoïdale. Avec, pour jouer dessus, une récitation de la Prière du Seigneur.

Un journal à l'aspect neuf posé sur le bord du sofa rembourré attira son attention. Il le prit et regarda la date : mardi 12 septembre 1939. Il observa les gros titres.

LES FRANÇAIS ANNONCENT DES BRÈCHES
DANS LA LIGNE SIEGFRIED
ET DES GAINS DE TERRAIN
DANS LA RÉGION DE SARREBRUCK
Importante bataille en vue sur le front de l'Ouest

Intéressant, se dit-il. La Deuxième Guerre mondiale venait juste de commencer. Et les Français s'imaginaient qu'ils étaient en train de la gagner. Il lut un autre titre.

LES POLONAIS DÉCLARENT AVOIR STOPPÉ
L'ASSAUT DES ARMÉES ALLEMANDES
Malgré l'engagement de nouvelles forces
dans la bataille,
l'envahisseur n'a pas remporté de gains.

Le journal avait coûté trois *cents*. Autre détail qui l'intéressait. Qu'est-ce qu'on peut obtenir maintenant pour trois *cents* ? se demanda-t-il. Il reposa le quotidien, s'émerveillant une fois encore de son aspect fraîchement sorti des presses. Il remonte à un jour ou deux, pas plus, évalua-t-il. Ainsi j'ai maintenant un point de repère chronologique ; je sais avec précision jusqu'où est allée la régression.

Errant dans le conapt à la recherche d'autres changements, il finit par se trouver devant une commode dans la chambre. Plusieurs photos sous verre y étaient installées.

Elles étaient toutes de Runciter. *Mais pas le Runciter qu'il connaissait*. Elles représentaient un bébé, un petit garçon, puis un jeune homme. Runciter tel qu'il avait été, mais néanmoins reconnaissable.

Sortant son portefeuille, il n'y trouva que des instantanés de Runciter, aucun de sa famille ni de ses amis. Runciter partout ! Il remit le portefeuille dans sa poche, puis réalisa avec un sursaut qu'il était en cuir naturel, pas en plastique. Evidemment c'était normal. A cette époque le cuir organique était encore disponible. Et alors ? se dit-il. Ressortant le portefeuille, il l'examina d'un air sombre ; il frotta le cuir du bout des doigts et éprouva une sensation tactile nouvelle et agréable. Infiniment supérieur au plastique, admit-il.

Revenu dans le living, il se mit en quête de la case courrier, la cavité dans le mur qui aurait dû contenir les envois du jour. Elle n'existait plus. Il réfléchit, essayant de se souvenir des pratiques postales de jadis. Sur le palier de l'autre côté de la porte d'entrée ? Non. Dans une sorte de boîte ; il se rappelait le terme *boîte aux lettres*. C'est ça, ce devait être dans une boîte aux lettres, mais où donc étaient situées les boîtes aux lettres ? Dans l'entrée principale de l'immeuble ? Vaguement, il lui semblait que c'était le cas. Il fallait qu'il sorte du conapt. Il trouverait son courrier au rez-de-chaussée, vingt étages plus bas.

« Cinq *cents*, s'il vous plaît », lui dit la porte d'entrée quand il voulut l'ouvrir. Une chose au moins n'avait pas changé. La porte payante avait gardé son entêtement obtus ; elle le conserverait sans doute plus longtemps que tout le reste. Jusqu'à ce que tout sauf elle ait régressé de longue date, peut-être dans la ville entière... sinon sur toute la surface de la Terre.

Il glissa dans la porte une pièce et courut jusqu'à la rampe de descente qu'il avait prise quelques instants plus tôt. Mais la rampe avait maintenant cédé la place à un escalier immobile aux marches de béton. Vingt étages à descendre, réfléchit-il. Marche après marche. Impossible ; personne ne pouvait descendre autant d'étages à pied. L'ascenseur. Il se dirigea vers lui puis se souvint de ce qui était arrivé à Al. *Et si cette fois je vois la même chose que lui ?* se demanda-t-il. Une vieille cabine métallique attachée à un câble, avec un liftier sénile porteur d'un uniforme. Une vision non de 1939 mais de 1909, une régression plus importante que toutes celles que je viens de rencontrer.

Autant ne pas courir le risque. Il vaut mieux prendre l'escalier.

Résigné, il entama la descente.

Il était presque à mi-chemin quand une pensée menaçante lui vint à l'esprit. Il n'avait aucun moyen de remonter — soit jusqu'au conapt, soit jusqu'à la terrasse où le taxi l'attendait. Une fois au rez-de-chaussée il serait confiné là, peut-être à jamais. A moins que la bombe Ubik ne soit assez puissante pour rétablir l'ascenseur ou la rampe de montée. Le déplacement au ras du sol, songea-t-il. Et ce sera par quel moyen, quand je serai arrivé en bas ? Le train ? Des voitures à cheval ?

En sautant deux marches à la fois, il continua sa descente d'un esprit morose. Trop tard maintenant pour changer d'avis.

En arrivant au rez-de-chaussée il se retrouva dans un grand vestibule avec une table en marbre porteuse de deux vases de fleurs — des iris. Quatre larges marches descendaient vers la porte, masquée d'un rideau, qui menait à la rue ; il tourna la poignée de verre taillé et ouvrit la porte.

Encore des marches. Et, sur la droite, une rangée de boîtes aux lettres en cuivre fermées par des serrures, chacune avec un nom, chacune nécessitant une clef pour être ouverte. Il ne s'était pas trompé ; c'était ici qu'était déposé le courrier. Il identifia sa boîte grâce à l'étiquette qui s'y trouvait apposée : JOSEPH CHIP — 2075, à côté d'un bouton qui, si l'on y appuyait, sonnait vraisemblablement dans son conapt.

La clef. Il n'avait pas de clef. A moins que... ? Fouillant dans ses poches, il en sortit un anneau auquel étaient attachées des clefs de métal de formes diverses ; perplexe, il les observa, s'interrogeant sur leur usage. La serrure de la boîte aux lettres avait l'air particulièrement petite ; il lui fallait évidemment une clef de même taille. Choisissant la moins grosse du lot, il l'inséra dans la serrure et la tourna. La boîte aux lettres s'ouvrit d'elle-même. Il regarda à l'intérieur.

Il vit deux lettres et un petit paquet carré enveloppé de papier brun et fermé avec du ruban adhésif marron. Des timbres violets à trois *cents* avec le portrait de George Washington ; il prit le temps d'admirer ces vestiges inhabituels du passé, puis, se désintéressant des lettres, il déchira le papier qui entourait le paquet, dont le poids laissait supposer un échantillon important. Mais, songea-t-il subitement, ce n'est pas la forme qui convient pour un atomiseur ; ce n'est pas assez haut. La peur le saisit. Et si ce n'était pas une dose d'Ubik ? Il fallait que ça le soit ; il le fallait absolument. Sinon... encore le souvenir d'Al. *Mors certa et hora certa*, se dit-il en retirant l'emballage et en examinant la boîte de carton qu'il y avait à l'intérieur.

BAUME UBIK POUR LE FOIE ET LES REINS

Dans la boîte il trouva un bocal de verre bleu avec un large couvercle. L'étiquette était ainsi rédigée :

MODE D'EMPLOI. Cette préparation analgésique unique en son genre, mise au point pendant une durée de quarante ans par le Dr Edward Sonderbar, est souveraine contre les inconvénients nocturnes. Pour la première fois vous connaîtrez un repos total et un sommeil paisible. Faites simplement dissoudre une cuillerée à café de BAUME UBIK POUR LE FOIE ET LES REINS dans un verre d'eau chaude et buvez immédiatement, une demi-heure avant le coucher. Si la douleur ou l'irritation persiste, augmenter la dose jusqu'à une cuillerée à soupe. Ne pas administrer aux enfants. Composition : feuilles de laurier-rose, spécialement traitées, salpêtre, huile de menthe poivrée, N-acétyl-p-aminophénol, oxyde de zinc, charbon, chlorure de cobalt, caféine, extrait de digitale, stéroïdes à l'état de traces, citrate de sodium, acide ascorbique, colorant et parfum artificiels. Le BAUME UBIK POUR LE FOIE ET LES REINS est puissant et efficace s'il est utilisé conformément aux instructions. Produit inflammable. Se servir de gants de caoutchouc. Ne pas laisser pénétrer dans les yeux. Ne pas appliquer sur la peau. Ne pas inhaler longuement. Attention : tout emploi prolongé ou excessif peut provoquer une accoutumance.

C'est démentiel, se dit Joe. Il relut la liste des ingrédients avec une confusion et une colère croissantes. Et aussi avec une sensation d'impuissance qui s'enracinait en lui et se répandait à travers tout son corps. Je suis fichu, pensa-t-il. Cette mixture n'a rien à voir avec le produit dont a parlé Runciter à la TV ; c'est une espèce de combinaison barbare de spécialités pharmaceutiques de l'ancien temps, d'onguent pour la peau, d'anti-douleurs, de poisons, de substances inactives — avec pour couronner le tout de la cortisone. Drogue qui n'existait pas avant la Deuxième Guerre mondiale. Il est évident qu'Ubik, tel que le décrivait la TV, a régressé — en tout cas cet échantillon. Ça va un peu loin comme ironie : la substance qui doit inverser le processus de régression y est elle-même soumise. J'aurais dû comprendre rien qu'en voyant ces vieux timbres à trois *cents*.

Il regarda la rue de part et d'autre. Et il vit, rangée le long du trottoir, une voiture de type classique, une pièce de musée. Une LaSalle.

Est-ce que je peux atteindre Des Moines à bord d'une automobile de 1939 ? se demanda-t-il. C'est possible en une semaine, si sa forme reste stable. Mais d'ici là ça ne servira plus à rien. Et puis de toute façon la voiture ne restera pas telle qu'elle est. Rien ne subsistera — sauf peut-être ma porte d'entrée.

Il marcha pourtant vers l'automobile pour la regarder de près. Elle est peut-être à moi, se dit-il ; peut-être qu'une de mes clefs sert à mettre le contact. Est-ce que ce n'est pas comme ça que marchaient ces véhicules de surface ? D'un autre côté, comment la conduire ? Je n'ai aucune idée de la façon de piloter une vieille voiture, surtout si elle a — comment appelaient-ils ça déjà ? — des transmissions manuelles. Il ouvrit la portière et s'assit au volant ; puis il resta là, en se tripotant machinalement la lèvre inférieure et en s'efforçant de réfléchir à la situation.

Je devrais peut-être avaler une cuillerée à soupe de baume Ubik pour le foie et les reins, se dit-il sinistrement. Avec des ingrédients pareils je ne tarderai pas à passer l'arme à gauche. Mais il n'avait pas l'impression que c'était un genre de mort réconfortant. Le chlorure de cobalt le ferait agoniser lentement dans des douleurs horribles, à moins que la digitale ne vienne à bout de lui en premier. Sans parler, bien sûr, des feuilles de laurier-rose qu'il ne fallait pas oublier.

L'ensemble lui réduirait les os en gélatine. Centimètre par centimètre.

J'y pense, se dit-il. Le transport aérien existait en 1939. Si j'arrivais jusqu'à l'aéroport de New York avec cette voiture, je pourrais louer un avion. Un trimoteur Ford avec son pilote. Il m'emmènerait à Des Moines.

Il essaya plusieurs clefs et finit par en trouver une qui mettait le moteur en marche. Après le crissement de l'allumage, le ronronnement régulier qui s'installait lui fit un effet agréable. Comme le portefeuille en cuir véritable, cette régression lui paraissait apporter une amélioration ; les moyens de transport de son époque, avec leur silence total, manquaient de cette touche palpable de robuste réalisme.

Maintenant la pédale d'embrayage, se dit-il. Il la localisa sous son pied gauche. Il l'enfonça au plancher, puis prit le levier de vitesses pour passer en première. Au premier essai il obtint un affreux grincement de métal heurté. Il fit une nouvelle tentative, cette fois satisfaisante.

La voiture se mit en route en cahotant ; elle trépidait, vibrait, mais elle se déplaçait. Elle remonta la rue mollement, de façon mal assurée, et il sentit renaître en lui un optimisme modéré. Bon, voyons maintenant si j'arrive à trouver ce bon Dieu d'aéroport, se dit-il. Avant que ce soit trop tard, avant qu'on soit revenus au temps des coucous avec leurs cylindres à l'extérieur et leur lubrifiant à base d'huile de castor. Tout juste bons à faire des sauts de puce de quatre-vingts kilomètres à une vitesse de cent vingt à l'heure.

Une heure plus tard il arriva à l'aéroport, gara sa voiture et passa en revue les hangars, la manche à air, les vieux biplans avec leurs grosses hélices de bois. Quel spectacle ! médita-t-il. Une page indistincte surgie de l'histoire. Les restes recréés d'un autre millénaire, sans aucun lien avec le monde réel et familier. Un fantasme momentanément visualisé et destiné à s'effacer bientôt : il ne survivrait pas plus que ne l'avaient fait les objets de cette époque. Le processus de l'évolution à rebours balaierait cela comme tout le reste.

Il descendit de voiture en chancelant, en proie à une nausée due aux secousses, et marcha d'un pas lourd vers les bâtiments de l'aéroport.

— Qu'est-ce que je peux louer avec ça ? questionna-t-il en étalant tout son argent disponible devant le premier responsable qu'il aperçut à un guichet. Je veux aller à Des Moines le plus vite possible. Je veux m'envoler immédiatement.

Le fonctionnaire de l'aéroport, un homme chauve à la moustache cirée, avec de petites lunettes rondes cerclées d'or, examina les billets de banque en silence.

— Hé, Sam, appela-t-il en détournant sa tête ronde comme une pomme. Viens un peu voir cet argent.

Un de ses collègues, qui portait une chemise rayée aux manches larges, un pantalon de crépon et des chaussures de toile, s'approcha.

— Ce sont de faux billets, fit-il après avoir jeté un coup d'œil. C'est de la monnaie fantaisiste. Il n'y a ni la tête de Washington ni celle d'Alexander Hamilton.

Les deux hommes dévisagèrent Joe. Celui-ci déclara :

— J'ai une LaSalle 1939 dans le parking. Je la laisse en échange d'un voyage direct à Des Moines à bord de l'avion qui pourra m'amener là-bas.

L'employé aux lunettes cerclées d'or dit d'une voix songeuse :

— Ça pourrait peut-être intéresser Oggie Brent.

— Brent ? fit l'autre, les sourcils levés. Son Jenny a au moins vingt ans d'âge. Il n'irait même pas à Philadelphie.

— Alors McGee ?

— Oui, mais il est à Newark.

— Alors peut-être Sandy Jespersen. Son Curtiss-Wright devrait être capable d'aller jusque dans l'Iowa. (L'employé s'adressa à Joe :) Voyez dans le hangar trois et cherchez un biplan Curtiss rouge et blanc. Il y aura sans doute un petit bonhomme à côté en train de le bichonner. S'il ne vous prend pas, personne ne le pourra, sauf si vous attendez qu'Ike McGee rentre demain avec son trimoteur Fokker.

— Merci, dit Joe avant de quitter le bâtiment.

Il se dirigea rapidement vers le hangar trois, apercevant déjà à l'intérieur ce qui paraissait être un biplan Curtiss-Wright rouge et blanc. Au moins je ne ferai pas le trajet dans un avion-école JN de la Grande Guerre, se dit-il. Puis il pensa : *Mais comment est-ce que je peux savoir que « Jenny » est le surnom d'un avion-école JN ?* Bon Dieu, réfléchit-il. On dirait que les éléments de cette époque développent des coordonnées correspondantes dans mon esprit. Pas étonnant que j'aie su conduire la voiture ; je commence pour de bon à entrer mentalement en phase avec ce continuum temporel !

Un petit homme corpulent aux cheveux roux frottait avec un chiffon graisseux les roues du biplan ; il leva les yeux en voyant Joe approcher.

— Vous êtes Mr Jespersen ? demanda Joe.

— Oui, c'est moi. (L'homme l'observait, apparemment intrigué par ses vêtements qui, eux, n'avaient pas régressé.) Qu'est-ce que je peux faire pour vous ?

Joe le lui dit.

— Vous voulez échanger une LaSalle, une LaSalle neuve, contre un voyage à Des Moines ? (Jespersen médita, les sourcils froncés.) Bon, allons voir l'allure qu'elle a. Mais je ne vous promets rien ; je n'ai pas encore décidé.

Ils se rendirent ensemble au parking.

— Je ne vois pas de LaSalle 39, dit Jespersen d'un air soupçonneux.

Il avait raison. La LaSalle avait disparu. A sa place Joe vit un coupé Ford au toit entoilé, un petit tas de ferraille à l'aspect très vieux — qui devait remonter au moins à 1929, supposa-t-il. Oui, une Ford Modèle A noire de 1929. Pratiquement sans valeur ; il s'en doutait devant l'expression de Jespersen.

Cette fois la situation était sans espoir. Jamais il ne gagnerait Des Moines. Et, comme Runciter l'avait précisé à la télévision, cela signifiait pour lui la mort — la même mort que celle dont Wendy et Al avaient été victimes.

Ce n'était qu'une question de temps.

Plutôt mourir autrement, pensa-t-il. Avec Ubik, se dit-il. Il ouvrit la portière de sa Ford et y monta.

Sur le siège à côté de lui reposait le bocal qu'il avait reçu par la poste. Il le prit...

Et il découvrit sans grande surprise que le bocal, comme la voiture, avait régressé. C'était maintenant un flacon plat et strié, sans raccord apparent, le genre de bouteille coulée d'une pièce dans un moule en bois. Sans nul doute très ancien ; le capuchon d'étain qui le recouvrait, du type bouchon fileté, était fait à la main et datait de la deuxième moitié du XIXe siècle.

L'étiquette aussi avait changé ; il leva le flacon pour la lire.

ÉLIXIR D'UBIQUE, RESTAURE LA VIRILITÉ PERDUE, BANNIT LES VAPEURS DE TOUT ORDRE ET GUÉRIT LES MALADIES SECRÈTES CHEZ L'HOMME ET CHEZ LA FEMME. ACTION BIENFAISANTE GARANTIE SI L'ON SE CONFORME ASSIDÛMENT AUX INDICATIONS.

En caractères plus petits, il y avait au-dessous une autre mention ; il dut cligner les yeux pour lire les lettres cursives minuscules et à demi effacées.

Ne le faites pas, Joe. Il y a un autre moyen.
Essayez encore. Vous trouverez. Bonne chance.

Runciter, songea-t-il. Qui poursuit son jeu sadique avec nous comme le chat avec la souris. Qui nous incite à continuer encore, pour retarder la fin le plus possible. Dieu sait pourquoi. Peut-être Runciter se réjouit-il de nos tourments. Mais ça ne lui ressemble pas ; ce n'est pas le Glen Runciter que j'ai connu.

Joe abandonna cependant le flacon d'élixir d'Ubique, renonçant à l'idée de s'en servir.

Et il se demanda en quoi consistait cet autre moyen auquel Runciter faisait vaguement allusion.

Absorbé conformément au mode d'emploi, Ubik procure un sommeil ininterrompu garanti sans torpeur matinale. Vous vous réveillerez frais et dispos, prêt à affronter tous vos problèmes.
Ne pas dépasser la dose prescrite.

11

— Dites-moi, ce flacon que vous avez là, fit Jespersen. (Il se penchait pour regarder dans la voiture et sa voix avait une intonation inhabituelle.) Je peux le voir ?

Sans un mot Joe Chip tendit à l'aviateur la fiole d'élixir d'Ubique.

— Ma grand-mère parlait de ce truc, continua Jespersen en l'examinant. Où l'avez-vous eu ? On n'en fabrique plus depuis le temps de la guerre de Sécession.

— Je l'ai obtenu par héritage, dit Joe.

— Ça ne m'étonne pas. Des flacons pareils, faits à la main, ça ne se voit plus. D'ailleurs la maison qui les fabriquait n'en a pas sorti beaucoup. Ce remède a été inventé à San Francisco vers 1850. Il n'a jamais été vendu en pharmacie ; les clients le faisaient venir sur commande. Il existait en trois dosages. Celui que vous avez là est le plus fort. (Il scruta Joe.) Vous savez ce qu'il y a dedans ?

— Bien sûr, dit Joe. De l'huile de menthe poivrée, de l'oxyde de zinc, du citrate de soude, du charbon...

— Vous parlez, interrompit Jespersen. (Il fronçait les sourcils et semblait réfléchir intensément. Puis son expression se modifia. Il avait pris sa décision.) Je vous emmène à Des Moines en échange de ce flacon d'élixir d'Ubique. Allons-y ; je tiens à faire le plus de distance possible avant la nuit.

Il s'éloigna de la Ford 1929 en emportant le flacon. Dix minutes plus tard le plein du Curtiss-Wright était fait, son hélice mise en route à la main, et, avec Joe Chip et Jespersen à son bord, le biplan entama une course cahotante sur le terrain, quitta le sol, puis le rejoignit à nouveau en s'affaissant. Joe Chip serra les dents et se cramponna.

— Nous avons trop de poids, dit Jespersen sans émotion.

Il n'avait pas l'air de s'affoler.

L'avion finit par décoller en ballottant, laissant la piste au-dessous de ses roues. Il s'éleva par-dessus les toits des bâtiments en bourdonnant bruyamment et prit la direction de l'ouest.

— Combien de temps pour y arriver ? hurla Joe.

— Ça dépend du vent. C'est difficile à dire. Il faudra sans doute compter demain midi si on a de la chance.

— Alors, cria Joe, si vous me disiez ce qu'il y a dans le flacon ?

— Des flocons d'or en suspension dans une base composée principalement d'huile minérale ! cria le pilote en réponse.

— Quelle quantité d'or ? Beaucoup ?

Jespersen tourna la tête en souriant sans répondre. Il n'avait pas besoin de parler ; la réponse s'imposait.

Le Curtiss-Wright continua sa course vrombissante en direction de l'Iowa.

A 3 heures de l'après-midi le lendemain ils atteignaient le terrain d'aviation de Des Moines. Après avoir atterri, le pilote s'en alla en flânant vers des lieux indéterminés, en emportant sa fiole de flocons d'or. Le corps endolori par des crampes, Joe descendit d'avion, frotta un moment ses jambes engourdies, puis se dirigea d'un pas raide vers les bureaux de l'aérodrome, qui étaient réduits à la plus simple expression.

— Je peux téléphoner ? demanda-t-il à un employé à l'allure campagnarde qui était occupé à étudier une carte météo.

— Si vous avez une pièce de vingt-cinq *cents*, répondit l'employé en indiquant le téléphone public d'un mouvement de sa tête bovine.

Joe tria sa monnaie, en éliminant toutes les pièces frappées du profil de Runciter ; il finit par mettre la main sur une pièce authentique de l'époque, avec l'image d'un bison, et la déposa devant l'employé.

— Hmm, grogna l'homme sans lever la tête.

Apercevant l'annuaire local, Joe le consulta et y trouva le numéro de la Maison Mortuaire du Simple Berger. Il donna le numéro à la téléphoniste et ne tarda pas à obtenir une réponse.

— Ici la Maison Mortuaire du Simple Berger. Mr Bliss à l'appareil.

— Je suis ici pour assister à la cérémonie à la mémoire de Glen Runciter, dit Joe. Est-ce que je suis trop en retard ?

Il formula silencieusement des vœux pour que ce ne soit pas le cas.

— La cérémonie pour Mr Runciter est actuellement en cours, répondit Mr Bliss. Où êtes-vous, monsieur ? Voulez-vous que nous envoyions un véhicule vous chercher ?

Il prenait un air important et désapprobateur.

— Je suis à l'aérodrome, précisa Joe.

— Vous auriez dû être là plus tôt, lui reprocha Mr Bliss. Je doute que vous puissiez assister même à la fin de la cérémonie. Toutefois le corps de Mr Runciter restera exposé jusqu'à demain matin. Si vous voulez bien attendre notre voiture, Mr...

— Chip, dit Joe.

— En effet, vous étiez attendu. Plusieurs des personnes présentes ont demandé que nous maintenions un service d'accueil pour vous ainsi que pour Mr Hammond et... (Il hésita un instant.) Miss Wright. Sont-ils avec vous ?

— Non, dit Joe.

Il raccrocha, puis s'assit sur un banc à un endroit d'où il pouvait voir arriver les voitures. En tout cas, se dit-il, je suis ici à temps pour rejoindre les autres. Ils ne sont pas encore partis, c'est ce qui compte.

L'employé l'appela :

— Monsieur, vous voulez venir ?

Se levant, Joe traversa la pièce.

— Qu'est-ce qui se passe ?

— Cette pièce que vous m'avez donnée.

L'homme n'avait pas cessé de la détailler.

— Eh bien ? dit Joe. Il y a un bison gravé. Ce n'est pas celle qui convient ?

— Elle est datée de 1940, dit l'employé en le fixant d'un regard qui ne cillait pas.

Avec un soupir Joe sortit de sa poche les pièces qui lui restaient ; il finit par en trouver une de 1938 et la tendit à l'employé.

— Gardez les deux, dit-il en allant se rasseoir sur le banc.

— La fausse monnaie, ça court les rues, dit l'employé.

Joe ne répondit rien ; il observait le meuble radio Audiola qui marchait dans un coin de la salle d'attente. Le speaker faisait de la publicité pour un dentifrice nommé Ipana. Je me demande combien de temps je vais attendre, se dit Joe. Cela le rendait nerveux, maintenant qu'il était si près des neutraliseurs. Ça serait moche d'être arrivé aussi loin, pensa-t-il, à peine à quelques kilomètres, et puis de... Il stoppa le cours de ses pensées et s'efforça au calme.

Une demi-heure plus tard une Willys-Knight 87 de 1930 pénétra en bringuebalant dans le parking du terrain d'aviation ; un individu en costume noir, style croque-mort, en descendit et s'abrita les yeux du plat de la main pour distinguer l'intérieur de la salle d'attente. Joe sortit et s'approcha de lui.

— Vous êtes Mr Bliss ? questionna-t-il.

— Certainement, c'est moi. (Bliss lui serra brièvement la main, tout en dégageant une forte odeur de Sen-sen, puis il remonta aussitôt dans la Willys-Knight et remit le moteur en route.) Venez, Mr Chip. Ne perdons pas de temps. Nous serons peut-être là-bas avant la fin de la cérémonie. Le père Abernathy prononce généralement un sermon assez long en de telles occasions importantes.

Joe s'installa devant à côté de Mr Bliss. Un moment après ils roulaient en ferraillant sur la route qui menait au centre de Des Moines, en atteignant parfois une vitesse de soixante-cinq kilomètres à l'heure.

— Vous êtes un collaborateur de Mr Runciter ? demanda Bliss.

— Exact, fit Joe.

— C'était une curieuse profession que la sienne. Je ne suis pas sûr d'avoir très bien compris de quoi il retournait. (Bliss corna à l'intention d'un setter roux qui s'était engagé sur la chaussée ; le chien s'écarta, cédant la place à la Willys-Knight qui passa fièrement.) Que signifie au juste le mot *psionique* ? Je l'ai entendu dans la bouche de plusieurs de vos collègues.

— Ça désigne les pouvoirs parapsychologiques, expliqua Joe. La force mentale opérant directement, sans l'intervention d'aucun intermédiaire physique.

— Vous voulez parler des pouvoirs mystiques ? Comme celui de prédire l'avenir ? Si je vous pose cette question, c'est parce que certains de vos collègues parlaient du futur comme s'il existait déjà. Pas à moi ; ils n'en parlaient qu'entre eux, mais je les ai entendus... vous savez ce que c'est. Est-ce que vous êtes, comme on dit, des médiums ?

— En un sens, oui.

— Et quelles sont vos prédictions pour la guerre en Europe ?

— L'Allemagne et le Japon perdront, répondit Joe. Les Etats-Unis entreront en guerre le 7 décembre 1941.

Il se tut, n'ayant plus envie de discuter ; ses propres problèmes suffisaient à l'absorber.

— Je suis moi-même un adepte des sciences occultes, dit Bliss.

Qu'éprouvent les autres ? se demanda Joe. La même réalité que moi ? Les Etats-Unis de 1939 ? Ou bien, au moment où je les rejoindrai, ma régression sera-t-elle inversée vers une période ultérieure ? C'était une bonne question. Parce qu'ils auraient à parcourir collectivement cinquante-trois années à rebours, pour retrouver les formes raisonnables et naturelles de leur temps contemporain, non régressé. Si l'ensemble du groupe avait expérimenté la même régression que lui, alors le fait de les rejoindre n'aurait d'utilité pour personne, ni pour eux ni pour lui... sauf à un seul égard : l'épreuve de voir se poursuivre autour de lui cette dégénérescence universelle lui serait épargnée. D'un autre côté, cette réalité de 1939 semblait relativement stable ; au cours des dernières vingt-quatre heures elle était parvenue à demeurer à peu près constante. Mais, réfléchit-il, c'est peut-être dû au fait que je me rapprochais du groupe.

Néanmoins, le bocal de baume Ubik pour le foie et les reins de 1939 avait franchi un bond supplémentaire de quatre-vingts ans en arrière : voilà une forme qui était passée, en quelques heures, de l'atomiseur au bocal puis au flacon antique. Comme la cage d'ascenseur style 1900 qu'Al était le seul à avoir vue...

Mais ce n'était pas pareil. Sandy Jespersen, le petit pilote corpulent, avait vu lui aussi la fiole d'élixir d'Ubique dans son état final. *Ce n'est pas une vision qui m'est personnelle ; en fait c'est même à la suite de ça que j'ai pu venir à Des Moines*. Et le pilote avait également été témoin de la régression de la LaSalle... C'était apparemment quelque chose d'entièrement différent qui était arrivé à Al. Du moins il l'espérait. Il priait pour que ce soit le cas.

Et si nous ne pouvons pas inverser notre régression ? se dit-il. Si nous demeurons ici pour le reste de notre vie ? *Est-ce que ce serait si terrible ?* Nous pouvons nous habituer aux vieux meubles radio Philco à neuf tubes avec valves à grille blindée, et d'ailleurs ce n'est peut-être même pas la peine étant donné que le circuit superhétérodyne a déjà été inventé — bien que je n'en aie pas rencontré jusqu'à présent. Nous pouvons apprendre à conduire les voitures Austin américaines vendues 445 dollars — une somme qui venait de surgir dans son esprit, apparemment au hasard, mais dont il avait l'intuition qu'elle était exacte. Une fois que nous aurons trouvé du travail et commencé à gagner de l'argent de cette époque, se dit-il, nous n'aurons plus besoin de voyager à bord d'antiques biplans Curtiss-Wright ; après tout il y a quatre ans, en 1935, la liaison touristique régulière trans-Pacifique par quadrimoteurs China a été inaugurée. Le trimoteur Ford est à l'heure actuelle un engin déjà vieux de onze ans ; pour ces gens c'est une relique, et le biplan que j'ai pris pour venir ici — même à leurs yeux — est une pièce de musée. Cette LaSalle que je possédais, avant sa régression, c'était une superbe mécanique ; en la conduisant je ressentais une réelle satisfaction.

— Et la Russie ? demandait Mr Bliss. Je veux dire dans cette guerre. Ces Rouges, est-ce que nous allons les liquider ? Est-ce que vous voyez une chose comme ça ?

— La Russie combattra du même côté que les Etats-Unis, répondit Joe.

Il y a des points qui poseront des problèmes, continua-t-il de réfléchir. La médecine sera un inconvénient majeur ; en ce moment ils n'en sont qu'aux remèdes à base de sulfamides. Ça sera sérieux pour nous quand nous tomberons malades. Et... la chirurgie dentaire ne sera pas non plus une partie de plaisir ; ils opèrent encore avec des fraises à chaud et de la novocaïne. Les dentifrices au fluor n'existent même pas encore ; ils sont à vingt ans dans l'avenir.

— De notre côté ? bredouilla Bliss. Les communistes ? C'est impossible ; ils ont signé ce pacte avec les nazis.

— L'Allemagne le violera, dit Joe. Hitler attaquera l'Union soviétique en juin 1941.

— Et il la liquidera, j'espère.

Arraché à ses préoccupations, Joe tourna la tête pour regarder attentivement Mr Bliss qui conduisait sa Willys-Knight vieille de neuf ans. Bliss continua :

— Ce sont les communistes le vrai danger, pas les Allemands. Prenez le sort des Juifs. Qui est-ce qui en fait tout un plat ? Les Juifs de ce pays, dont la plupart ne sont pas des citoyens américains mais des réfugiés qui vivent sur le dos de la communauté. Je pense effectivement que les nazis ont parfois été un peu loin dans leur façon de traiter les Juifs, mais il est certain que la question juive existe depuis longtemps, et qu'il faut bien lui trouver une solution, même si ça ne doit pas être aussi radical que ces camps de concentration. Nous avons un problème identique ici aux Etats-Unis, à la fois avec les Juifs et avec les nègres. Il se peut que nous soyons forcés de faire quelque chose pour les deux.

— Je n'avais jamais vraiment entendu employer le terme de *nègre*, dit Joe.

Il s'aperçut soudain que son appréciation de cette époque commençait légèrement à se modifier. J'avais oublié tout ça, réalisa-t-il.

— Lindbergh est l'homme qui a raison à propos de l'Allemagne, poursuivit Bliss. Vous n'avez jamais entendu un de ses discours ? Pas ce qu'impriment les journaux, mais en y assistant réellement. (Il freina et stoppa devant un signal stop à l'allure de sémaphore.) C'est comme le sénateur Borah et le sénateur Nye. S'ils n'étaient pas là, Roosevelt serait déjà en train de vendre des munitions à l'Angleterre et de nous entraîner dans une guerre qui n'est pas la nôtre. Roosevelt ne pense qu'à une chose, c'est à abroger la clause d'embargo sur les armes qui figure dans le décret de neutralité ; il veut nous plonger dans la guerre. Mais le peuple américain ne le soutiendra pas. Le peuple américain n'a pas envie de faire la guerre de l'Angleterre ni la guerre de n'importe qui d'autre.

Un sémaphore vert prit la place du rouge. Bliss démarra et la Willys-Knight avança en vrombissant, en se mêlant à la circulation qui emplissait le centre de Des Moines au milieu de l'après-midi.

— Dans les cinq années qui viennent, vous n'allez pas vous amuser, dit Joe.

— Pourquoi ça ? L'Etat de l'Iowa tout entier partage mes convictions. Vous savez ce que je pense de vous autres, les collaborateurs de Mr Runciter ? D'après ce que vous avez dit et ce que d'autres ont dit, et que j'ai entendu, je pense que vous êtes des agitateurs professionnels.

Bliss regarda Joe d'un air de bravade. Sans répondre, Joe observa les vieux bâtiments de briques, de bois et de ciment qui défilaient par la vitre, les voitures archaïques dont la plupart étaient noires, et il se demanda s'il était le seul du groupe à avoir été confronté avec cet aspect particulier du monde de 1939. A New York, se dit-il, ce sera différent ; ici c'est la zone de la Bible, le Middle West isolationniste. Nous n'habiterons pas dans cette région ; nous nous fixerons sur la côte Est ou la côte Ouest.

Mais il sentait d'instinct qu'un problème capital pour eux tous venait d'être posé. Nous en savons trop, réalisa-t-il, pour vivre commodément dans ce segment temporel. Si nous n'avions régressé que de vingt ans, ou de trente, nous aurions probablement pu effectuer la transition psychologique ; c'est peut-être sans intérêt de revivre encore une fois les lancements des capsules Gemini et les premiers vols Apollo, mais à tout le moins c'est possible. Tandis qu'à ce niveau du passé...

Ils écoutent encore *Two Black Crows* en 78 tours 25 centimètres. Et Joe Penner. Et *Mert and Marge*. La Dépression n'est pas encore finie. A notre époque nous avons des colonies sur Mars, sur la Lune ; nous achevons de mettre au point le voyage interstellaire. Ces gens n'ont même pas été capables de venir à bout du Dust Bowl en Oklahoma.

Il pensa : Il nous est impossible de nous adapter à leur point de vue, à leur environnement moral, politique et sociologique. A leurs yeux nous sommes des agitateurs professionnels, plus étrangers que les nazis, plus dangereux sans doute que les communistes. Nous sommes les plus redoutables agitateurs que cette époque ait connus. Bliss a entièrement raison.

— D'où venez-vous tous autant que vous êtes ? demandait Bliss. Vous n'êtes pas des Etats-Unis, n'est-ce pas ?

— Exact, dit Joe. Nous sommes de la Confédération Nord-Américaine. (Il sortit de sa poche une pièce frappée du profil de Runciter et la tendit à Bliss.) Voilà un petit cadeau, fit-il.

Après un coup d'œil à la pièce, Bliss avala sa salive et chevrota :

— Mais c'est le profil du défunt ! C'est Mr Runciter ! (Il y jeta un autre coup d'œil et blêmit.) Et la date... 1990.

— Ne dépensez pas tout en une fois, dit Joe.

Quand la Willys-Knight atteignit la Maison Mortuaire du Simple Berger, le service avait déjà pris fin. Sur les larges marches blanches en bois menant à l'entrée de l'édifice à deux étages, se tenait un groupe que

Joe reconnut. Ils étaient tous là : Edie Dorn, Tippy Jackson, Jon Ild, Francy Spanish, Tito Apostos, Don Denny, Sammy Mundo, Fred Zafsky et... Pat. Ma femme, se dit-il, une fois de plus frappé en la voyant par sa dramatique chevelure sombre, la coloration intense de ses yeux et de sa peau, les puissants contrastes qui irradiaient d'elle.

— Non, fit-il à haute voix en descendant de voiture. Ce n'est pas ma femme ; elle a effacé ça.

Mais, se souvint-il, elle a gardé l'alliance. L'anneau d'argent et de jade qu'elle et moi avons choisi ensemble... c'est tout ce qui reste. Mais quel choc de la revoir ! De réendosser, pour un instant, le linceul de ce fantôme de mariage qui a été aboli. Qui en fait n'a jamais existé — sauf si on considère cette alliance. Et, si elle en a envie, elle peut à tout moment effacer aussi l'alliance.

— Salut, Joe Chip, dit-elle de sa voix froide et presque moqueuse.

Ses yeux perçants étaient fixés sur lui comme pour le jauger.

— Salut, répondit-il gauchement.

Les autres également lui disaient bonjour, mais cela ne semblait plus si important ; Pat avait monopolisé son attention.

— Al Hammond n'est pas là ? demanda Don Denny.

— Al est mort, dit Joe. Wendy Wright est morte.

— Nous savons pour Wendy, fit Pat, d'un ton calme.

— Non, nous ne savions pas, intervint Don Denny. Nous supposions mais nous n'étions pas sûrs. *Moi* je n'étais pas sûr. (Il demanda à Joe :) Qu'est-ce qui leur est arrivé ? Qu'est-ce qui les a tués ?

— Ils se sont consumés, dit Joe.

— Pourquoi ? questionna Tito Apostos d'une voix rauque en s'introduisant dans le cercle qui entourait Joe.

Pat Conley déclara :

— La dernière chose que vous nous avez dite, Joe Chip, à votre retour à New York, avant que vous partiez avec Hammond...

— Je sais ce que j'ai dit, fit Joe.

— Vous avez dit quelque chose en parlant d'années, continua Pat. Ça *remontait à trop longtemps*, avez-vous dit. Qu'est-ce que ça signifiait ? C'était une allusion à l'écoulement du temps.

— Mr Chip, déclara Edie Dorn avec agitation, depuis notre arrivée ici, cet endroit, cette ville, a radicalement changé. Aucun de nous ne comprend. Voyez-vous ce que je vois ?

De la main elle désignait la maison mortuaire, puis la rue avoisinante et les immeubles qui la bordaient.

— Je ne suis pas sûr, dit Joe, de ce que vous voyez.

— Allons, Chip, coupa Tito Apostos avec colère. N'en rajoutez pas ; dites-nous simplement ce que vous voyez, bon Dieu ! Ce véhicule. (Il indiqua la Willys-Knight.) Vous êtes arrivé avec. Dites-nous ce que c'est ; dites-nous dans quoi vous êtes arrivé.

Ils attendirent tous la réponse de Joe en l'observant attentivement.

— Mr Chip, balbutia Sammy Mundo, c'est une vraie voiture ancienne, c'est bien ça ? (Il eut un ricanement.) Elle est vieille de combien exactement ?

Après un temps de silence Joe dit :

— Soixante-deux ans.

— Ça fait 1930, dit Tippy Jackson à Don Denny. C'est assez proche de ce que nous avions calculé.

— Nous avions calculé que c'était 1939, dit Don Denny à Joe d'une voix égale.

Une voix grave, mûre, modérée, détachée. Sans émotion excessive. Même dans ces circonstances. Joe répondit :

— C'est facile de le savoir exactement. J'ai regardé un journal dans mon conapt à New York. Il était du 12 septembre. Nous sommes donc aujourd'hui le 13 septembre 1939. Les Français pensent qu'ils ont enfoncé la ligne Siegfried.

— Ce qui en soi, fit Jon Ild, est un gag.

— J'espérais, dit Joe, que votre groupe aurait affaire à une réalité postérieure. Enfin, c'est comme ça.

— Si c'est 1939, c'est 1939, déclara Fred Zafsky d'une voix criarde et haut perchée. Bien sûr que c'est là que nous sommes ; pourquoi est-ce qu'on serait ailleurs ?

Il agitait énergiquement ses longs bras en sollicitant l'approbation des autres.

— Ferme-la, Zafsky, dit Tito Apostos avec agacement.

Joe Chip demanda à Pat :

— Qu'est-ce que vous pensez de ça ?

Elle haussa les épaules.

— Ne haussez pas les épaules, dit-il. Répondez.

— Nous sommes revenus en arrière dans le temps, fit Pat.

— Pas vraiment, dit Joe.

— Alors quoi ? déclara Pat. Nous sommes allés en avant ? Dans le futur ?

— Nous ne sommes allés nulle part, dit Joe. Nous sommes là où nous avons toujours été. Mais pour une certaine raison — une parmi plusieurs possibles — la réalité a reculé ; elle a perdu son support, son assise, et elle a reflué vers des formes antérieures. Les formes qu'elle avait il y a cinquante-trois ans. Il se peut qu'elle régresse encore plus. Mais ce qui m'intéresse le plus, en ce moment, c'est de savoir si Runciter s'est manifesté à vous.

— Runciter, dit Don Denny, cette fois avec une émotion excessive, est couché dans son cercueil derrière ces murs, aussi mort qu'un hareng dans sa boîte. C'est la seule manifestation que nous ayons eue de lui, et nous n'en aurons pas d'autre.

— Est-ce que le mot *Ubik* a une signification pour vous, Mr Chip ? demanda Francesca Spanish.

Il lui fallut un certain temps pour pénétrer le sens de ce qu'elle venait de dire.

— Grand Dieu ! s'exclama-t-il enfin. Vous êtes donc incapables d'identifier les manifestations de... ?

— Francy fait des rêves, dit Tippy Jackson. Elle en a toujours fait. Racontez-lui votre rêve Ubik, Francy. (Elle dit à Joe :) Francy va vous raconter son rêve Ubik, c'est comme ça qu'elle l'appelle. Elle l'a fait la nuit dernière.

— Je lui donne ce nom parce qu'il n'y en a pas d'autre, déclara Francesca Spanish avec véhémence. (Elle crispa ses mains l'une contre l'autre en un spasme agité.) Ecoutez, Mr Chip, c'est un rêve comme je n'en ai encore jamais fait. Une grande main est descendue du ciel, pareille au bras et à la main de Dieu. Enorme, de la taille d'une montagne. Et je savais à quel point c'était important ; la main était fermée, comme un poing de pierre, et je savais qu'elle renfermait un objet si précieux que ma vie et celle de tous les habitants de la Terre en dépendaient. Alors j'attendais que le poing s'ouvre, et il s'est ouvert. Et j'ai vu ce qu'il y avait dedans.

— Un atomiseur à aérosol, dit sèchement Don Denny.

— Sur l'atomiseur, continua Francesca Spanish, il

y avait un seul mot, en grandes lettres d'or étincelantes ; des lettres comme des flammes dorées, et le mot était UBIK. Rien d'autre. Rien que ce mot bizarre. Alors la main s'est refermée sur l'atomiseur et elle a disparu dans un ciel obscurci. Aujourd'hui avant le service funèbre j'ai consulté un dictionnaire et j'ai appelé la bibliothèque publique, mais personne ne savait quel était ce mot ni à quelle langue il appartenait, et il n'est pas dans le dictionnaire. Le bibliothécaire m'a dit qu'il existe un mot latin qui lui ressemble : *ubique*. Cela veut dire...

— Partout, énonça Joe.

Francesca Spanish approuva :

— Oui, c'est ce sens. Mais ce n'est pas Ubik, ce n'est pas la même orthographe que dans mon rêve.

— C'est le même mot, dit Joe, sous deux orthographes différentes.

— Qu'est-ce que vous en savez ? demanda Pat Conley malicieusement.

— Runciter m'est apparu hier, dit Joe. Dans un spot TV qu'il avait enregistré avant sa mort.

Il ne donna pas de détails ; c'était trop difficile à expliquer, surtout en ce moment.

— Espèce de pauvre imbécile, lui dit Pat Conley.

— Pourquoi ? demanda-t-il.

— C'est ça votre idée des manifestations d'un mort ? Pendant que vous y êtes, appelez aussi « manifestations » les lettres qu'il a écrites avant de mourir. Ou bien les mémos qu'il a rédigés à son bureau pendant des années. Ou encore...

— Je vais à l'intérieur voir Runciter une dernière fois, dit Joe.

Il quitta le groupe et, après avoir monté les marches, pénétra dans la maison mortuaire sombre et fraîche. Tout était vide. Il ne vit personne. Il y avait une grande salle avec des rangées de bancs alignés comme dans une église et, au fond, un cercueil entouré de fleurs. Dans une petite salle adjacente se trouvaient un vieil harmonium et des chaises de bois pliantes. La maison mortuaire sentait l'odeur de la poussière et des fleurs, un mélange douceâtre et renfermé qui lui donnait la nausée. Penser à tous les habitants de l'Iowa, se dit-il, qui ont accompli leur passage dans l'éternité à travers cet endroit lugubre. Parquets vernis, mouchoirs sortis, lourds vêtements de deuil... tout cela sous leurs yeux morts. Et l'harmonium jouant des petits cantiques placides.

Il s'avança vers le cercueil, eut une hésitation, puis abaissa son regard.

Un tas d'ossements roussis et desséchés gisait dans un coin du cercueil, surmonté par un crâne couleur de parchemin qui le fixait d'un regard torve, entre les orbites creuses où les yeux s'enfonçaient comme des grains de raisin ratatinés. Des lambeaux de vêtements couverts d'un duvet hérissé s'entassaient près de la minuscule dépouille, comme rassemblés là par le vent. Comme si le corps s'en était délesté au fil de ses dernières respirations sifflantes et parcimonieuses. La mystérieuse métamorphose qui avait causé la dégradation de Wendy Wright et d'Al était évidemment arrivée ici aussi à son terme, depuis très longtemps. Depuis des années, songea-t-il en se souvenant de Wendy.

Est-ce que les autres avaient vu ça ? Ou était-ce arrivé depuis la cérémonie ? Joe allongea le bras, saisit le couvercle de chêne du cercueil et le referma ; le heurt sourd du bois contre le bois résonna à travers la maison mortuaire vide, mais personne ne l'entendit. Personne ne se montra.

Aveuglé par des larmes de frayeur, il sortit de la

salle pleine de silence et de poussière, regagna au-dehors la lumière décroissante de l'après-midi.

— Qu'est-ce qui se passe ? lui demanda Don Denny tandis qu'il rejoignait le groupe.

— Rien, répondit Joe.

— Vous avez l'air d'avoir complètement perdu les pédales, dit Pat Conley d'un ton mordant.

— Je n'ai rien ! s'écria-t-il en la regardant avec fureur et hostilité.

Tippy Jackson lui dit :

— Pendant que vous étiez à l'intérieur, vous n'avez pas vu par hasard Edie Dorn ?

— Elle n'est plus avec nous, expliqua Jon Ild.

— Mais elle était ici à l'instant, protesta Joe.

— Toute la journée elle s'est plainte d'avoir froid et d'être fatiguée, dit Don Denny. Elle a dû rentrer à l'hôtel ; tout à l'heure elle avait déjà dit qu'elle voulait se reposer quand la cérémonie serait finie. Elle va sans doute bien.

— Elle est sans doute morte, dit Joe. (Il les regarda tous.) Je pensais que vous aviez compris. Si l'un de nous se sépare du groupe, il ne survivra pas ; ce qui est arrivé à Wendy, Al et Runciter...

Il s'interrompit.

— Runciter a été tué dans l'explosion, fit Don Denny.

— Nous avons tous été tués dans l'explosion, affirma Joe. Je le sais parce que Runciter me l'a dit ; il l'a écrit sur le mur des toilettes pour hommes dans nos bureaux à New York. Et j'ai revu ça ensuite à...

— Vous dites des âneries, coupa Pat Conley d'une voix perçante. Runciter est mort ou il ne l'est pas ? Nous sommes morts ou nous ne le sommes pas ? Vous racontez d'abord une chose et ensuite une autre. Vous ne pouvez pas être rationnel ?

— Essayez d'être rationnel, déclara Jon Ild.

Les autres, le visage pincé et crispé d'anxiété, murmurèrent leur assentiment. Joe déclara :

— Je peux vous parler de ce que disaient les graffiti. Je peux vous parler du magnétophone usé, du mode d'emploi qui s'y trouvait joint ; je peux vous parler du spot publicitaire de Runciter à la TV, du message dans la cartouche de cigarettes à Baltimore... je peux vous parler de l'étiquette sur le flacon d'élixir d'Ubique. Mais je ne peux pas mettre bout à bout tous ces faits. En tout cas, il faut qu'on aille à votre hôtel pour essayer de rejoindre Edie Dorn avant qu'elle soit morte en se desséchant sur place. Où peut-on trouver un taxi ?

— La maison mortuaire nous a prêté une voiture pour la durée de notre séjour, dit Don Denny. C'est la Pierce-Arrow qui est rangée là-bas.

Il tendit le doigt. Ils se hâtèrent vers elle.

— Nous n'allons pas tous tenir, remarqua Tippy Jackson au moment où Don Denny tirait sur la solide portière de fer pour monter à l'intérieur.

— Demandez à Bliss si nous pouvons prendre aussi la Willys-Knight, dit Joe.

Il mit en marche le moteur de la Pierce-Arrow et, dès qu'ils s'y furent entassés au maximum, il engagea la voiture dans la rue principale de Des Moines. La Willys-Knight venait derrière, en cornant tristement pour signaler à Joe sa présence.

La savoureuse crème Ubik à tartiner, uniquement à base de fruits frais et de matières grasses végétales, fera de votre petit déjeuner un régal.
Ubik : de la vitalité pour toute la journée !
Sans danger si l'on respecte les indications.

12

Les uns après les autres, se dit Joe en pilotant la grosse automobile à travers la circulation animée, nous succombons. Il y a quelque chose qui cloche dans ma théorie. Edie, en restant avec le groupe, aurait dû être immunisée. Et moi... C'est moi qui aurais dû y passer, songea-t-il. A un moment quelconque pendant mon lent trajet depuis New York.

— Voilà ce qu'il faut faire, dit-il à Don Denny. Dès que l'un de nous se sent fatigué — ça semble être le premier signe — il faut qu'il avertisse les autres. Et qu'on l'empêche de se séparer du groupe.

Se retournant vers ceux qui étaient à l'arrière, Don dit :

— Vous avez tous entendu ? Dès que quelqu'un se sent fatigué, même un tant soit peu, il prévient Mr Chip ou moi. (Il regarda à nouveau Joe.) Et puis ensuite ? demanda-t-il.

— Et puis ensuite, Joe ? fit en écho Pat Conley.

Qu'est-ce qu'on fait après ? Dites-nous ce qu'il faut qu'on fasse, Joe. Nous écoutons.

Joe lui dit :

— Il paraît bizarre que votre pouvoir n'intervienne pas. C'est pourtant le genre de situation tout indiqué pour ça. Pourquoi ne pas retourner d'un quart d'heure en arrière pour empêcher Edie Dorn de nous quitter ? Faites ce que vous avez fait la première fois, le jour où je vous ai présentée à Runciter.

— C'est G. G. Ashwood qui m'a amenée à Mr Runciter, dit Pat.

— Alors vous n'allez rien faire, dit Joe.

Sammy Mundo gloussa et remarqua :

— Elles se sont disputées hier soir au dîner. Miss Conley et Miss Dorn. Miss Conley n'aime pas Miss Dorn ; c'est pour ça qu'elle ne fera rien.

— J'aimais bien Edie, riposta Pat.

— Quelle raison avez-vous de ne pas utiliser votre pouvoir ? lui demanda Don Denny. Joe a raison ; c'est curieux et difficile à comprendre — du moins pour moi — que vous ne cherchiez pas à nous aider.

Au bout d'un moment Pat répondit :

— Mon pouvoir a disparu. Je l'ai perdu depuis l'explosion sur la Lune.

— Pourquoi ne pas l'avoir dit ? questionna Joe.

— Parce que je n'en avais pas envie, c'est tout. Pourquoi aurais-je été raconter que je n'étais capable de rien faire ? J'ai essayé plusieurs fois et ça n'a pas marché ; il ne se passe rien. Ça n'a jamais été comme ça. J'ai eu ce pouvoir pratiquement toute ma vie.

— Quand avez-vous... ? commença Joe.

— J'ai essayé pour la première fois avec Runciter, dit Pat. Sur la Lune, tout de suite après. Avant que vous me le demandiez.

— Alors vous le savez depuis longtemps, dit Joe.

— J'ai essayé une autre fois à New York, quand vous êtes revenu de Zurich et qu'on sentait bien qu'il était arrivé quelque chose d'affreux à Wendy. Et je viens encore d'essayer ; je l'ai fait dès que vous avez annoncé qu'Edie devait être morte. C'est peut-être parce que nous sommes revenus à cette époque archaïque ; peut-être qu'en 1939 les pouvoirs psioniques n'agissent pas. Mais ça n'explique pas la Lune. Sauf si nous avions déjà remonté dans le passé sans nous en rendre compte.

Elle tomba dans un silence boudeur et morose et regarda d'un œil morne les rues de Des Moines, avec une expression d'amertume sur son visage farouche.

C'est normal, se dit Joe. Bien sûr, son pouvoir de remonter dans le temps n'agit plus. Nous ne sommes pas vraiment en 1939, nous sommes hors du temps ; ça prouve qu'Al avait raison. Les graffiti avaient raison. Ce monde est celui de la semi-vie, comme le disaient les distiques. Mais il préféra ne pas en parler aux autres. A quoi bon leur apprendre que c'est sans espoir ? pensa-t-il. Ils le découvriront bien assez vite. Les plus intelligents, comme Denny, doivent déjà avoir compris. En se basant sur ce que j'ai dit et ce qui leur est arrivé.

— Ça vous tracasse vraiment, lui dit Don Denny, qu'elle ait perdu son pouvoir ?

— Oui, fit-il en hochant la tête. J'espérais qu'elle pourrait modifier la situation.

— Il y a autre chose, ajouta Denny avec une intuition aiguë. Je m'en rends compte à... (il fit un geste)... à l'intonation de votre voix, peut-être. En tout cas je le sais. C'est quelque chose d'important. Qui pour vous a un sens.

— Je continue tout droit ? demanda Joe en freinant à l'approche d'un carrefour.

— Vous tournez à droite, dit Tippy Jackson.

Pat précisa :

— Vous verrez un bâtiment de briques avec une enseigne au néon qui monte et qui descend. Le Meremont Hotel, ça s'appelle. Un endroit épouvantable. Une seule salle de bains pour deux chambres et un tub en guise de douche. Et la nourriture. Incroyable. Et la seule boisson qu'ils vendent est une chose qui se nomme Nehi.

— Moi, j'aime bien la nourriture, observa Don Denny. De la vraie viande de bœuf, à la place de protéines synthétiques. Et du véritable saumon...

— Est-ce que votre argent est valable ? demanda Joe. (Au même instant il entendit une plainte suraiguë qui se répercutait derrière lui dans la rue.) Qu'est-ce que c'est ? demanda-t-il à Denny.

— Je ne sais pas, répondit Denny nerveusement.

Sammy Mundo dit :

— C'est une sirène de police. Vous n'avez pas signalé que vous alliez tourner.

— Je ne pouvais pas, rétorqua Joe. Il n'y a pas de clignotants.

— Il fallait sortir le bras, dit Sammy Mundo. (La sirène maintenant se rapprochait ; Joe, détournant la tête, aperçut une motocyclette qui roulait à sa hauteur. Il ralentit, ne sachant que faire.) Arrêtez-vous le long du trottoir, lui conseilla Sammy Mundo.

Joe stoppa et se rangea.

Descendant de motocyclette, l'agent de police s'avança ; c'était un jeune homme au visage de rat et aux grands yeux durs ; il dévisagea Joe puis lui demanda :

— Vous avez votre permis, monsieur ?

— Je n'en ai pas, dit Joe. Etablissez la contravention et laissez-nous partir. (Il voyait l'hôtel maintenant. Il dit à Don Denny :) Il vaut mieux que vous alliez là-bas tout de suite, avec les autres.

La Willys-Knight avait continué sa route dans cette direction. Don Denny, Pat, Sammy Mundo et Tippy Jackson quittèrent la voiture ; ils suivirent la Willys-Knight qui ralentissait pour s'arrêter devant l'hôtel et laissèrent Joe seul avec l'agent. L'agent demanda à Joe :

— Vous avez une pièce d'identité ?

Joe lui tendit son portefeuille. Avec un crayon violet indélébile l'agent rédigea une contravention, arracha la feuille de son carnet à souches et la tendit à Joe.

— Changement de direction non signalé. Défaut de permis. Vous verrez ici où et quand vous présenter.

L'agent referma son carnet, rendit à Joe son portefeuille, puis remonta sur sa motocyclette. Il mit les gaz et, sans se retourner, bondit en avant et se fondit dans la circulation.

Pour une raison obscure Joe regarda la contravention avant de la mettre dans sa poche. Il lut l'inscription qui s'y trouvait portée, puis la relut — lentement. Au crayon violet indélébile l'écriture familière avait griffonné :

Vous êtes beaucoup plus en danger que je ne le pensais. Ce qu'a dit Pat Conley est

Le message s'arrêtait ici. Au milieu d'une phrase. Il se demanda comment il se serait continué. Est-ce qu'il y avait autre chose sur la contravention ? Il la retourna, ne trouva rien, la tourna à nouveau. Rien d'autre n'était écrit, mais au bas de la feuille était imprimée l'inscription suivante :

Essayez le Drugstore Archer
pour les remèdes domestiques

dignes de confiance et les
préparations médicinales
d'une valeur éprouvée.
Prix économiques.

Pas très substantiel, réfléchit Joe. Mais pourtant ce n'était pas ce qui aurait dû normalement apparaître au bas d'une contravention ; c'était, de façon nette, une autre manifestation, comme la mention manuscrite au violet qui figurait au-dessus.

Il descendit de la Pierce-Arrow et entra dans le plus proche magasin, un débit de journaux et de tabacs.

— Je peux consulter votre annuaire ? demanda-t-il au tenancier, un gros homme entre deux âges.

— Voyez au fond, fit l'homme aimablement, avec une secousse de son double menton.

Joe trouva l'annuaire et, dans la pénombre de l'arrière-boutique, chercha le Drugstore Archer. Il ne le trouva nulle part.

Refermant l'annuaire, il revint vers le tenancier qui était en train de vendre à un gamin un paquet de gaufrettes chocolatées.

— Savez-vous, lui demanda-t-il, où je pourrais trouver le Drugstore Archer ?

— Nulle part, répondit le tenancier. En tout cas plus maintenant.

— Pourquoi ?

— Il est fermé depuis des années.

— Montrez-moi quand même où il était. Vous ne pouvez pas me dessiner un plan ?

— Pas besoin de plan ; je peux vous dire où c'était. (Le gros homme se pencha en avant et tendit le bras vers la porte de sa boutique.) Vous voyez cette enseigne de coiffeur là-bas ? Vous allez jusque-là et ensuite vous regardez vers le nord. Voilà le nord. (Il indiqua la direction.) Vous verrez une vieille maison avec des pignons, de couleur jaune. Il y a des appartements occupés à l'étage mais le rez-de-chaussée est abandonné. Vous verrez encore l'enseigne : Drugstore Archer. Ce qui s'est passé, c'est qu'Ed Archer a eu un cancer de la gorge et après...

— Merci, fit Joe.

Et il quitta la boutique dans le soleil pâle de la fin d'après-midi ; il traversa rapidement la rue jusqu'à l'enseigne de coiffeur et, de ce point de vue, regarda en direction du nord.

Au bord de son champ de vision il distingua la grande maison jaune à la façade décrépite. Mais quelque chose d'étrange le frappa. L'image de la maison était instable, elle palpitait, comme si l'édifice oscillait alternativement entre la réalité concrète et une insubstantialité incertaine. Chaque phase durait quelques secondes, puis l'image devenait floue et tombait dans la phase opposée, selon un rythme régulier comme si la structure de la maison était animée par une pulsation organique. Comme si, songea-t-il, il y avait en elle quelque chose de vivant.

Peut-être, pensa-t-il, suis-je arrivé au bout. Il se mit en marche vers le drugstore abandonné, sans le quitter des yeux ; il le regardait subir ses pulsations, se métamorphoser sans cesse d'un état à l'autre, puis, à mesure qu'il s'approchait, il discerna mieux la nature de ses apparences alternées. A son point de plus grande stabilité il devenait un centre d'arts ménagers de l'époque de Joe, un self-service à fonctionnement homéostatique vendant dix mille catégories d'articles pour les conapts modernes ; au cours de sa vie d'adulte il avaït été le client de plusieurs magasins de ce genre, ultra-perfectionnés et entièrement contrôlés par ordinateurs.

Et, à son point extrême d'insubstantialité, il se réduisait à un minuscule drugstore anachronique à l'ornementation rococo. Les étalages dans les vitrines étroites comportaient des bandages herniaires, des rangées de verres correcteurs, un mortier avec un pilon, des bocaux de pastilles assorties, un écriteau rédigé à la main portant le mot SANGSUES, de gros flacons de verre renfermant tout un héritage de remèdes de bonne femme et de placebos... et au-dessus des vitrines une enseigne de bois portait en lettres peintes les mots DRUGSTORE ARCHER. Nulle part il n'y avait de trace d'un magasin fermé et abandonné ; son état de 1939, pour une raison inconnue, avait été exclu. Il pensa : Donc, en y entrant, ou je régresse encore plus ou je me retrouve à peu près à mon époque. Et ce qu'il me faut, bien sûr, c'est la régression supplémentaire, la phase d'avant 1939.

En arrivant devant le drugstore il ressentit physiquement ce mouvement pendulaire ; il sentait une traction s'exercer sur lui, alternativement d'avant en arrière. Des piétons passaient à côté de lui, sans rien remarquer ; de toute évidence aucun ne voyait la même chose que lui. Ils ne percevaient ni le Drugstore Archer ni le centre d'arts ménagers. C'était encore ce qui le rendait le plus perplexe.

Au moment où la structure basculait dans sa phase ancienne, il fit un pas en avant et franchit le seuil. Et il pénétra dans le Drugstore Archer.

A sa droite un comptoir revêtu de marbre. Des boîtes aux couleurs passées sur les étagères ; dans le drugstore régnait une obscurité spéciale, qui ne semblait pas seulement due à l'absence de lumière mais à une sorte de coloration protectrice, comme s'il avait été construit pour se mêler aux ombres, pour se fondre avec elles, pour être opaque en permanence. Son atmosphère était lourde et dense ; elle pesait sur lui, elle l'écrasait comme quelque chose d'installé sur son dos. Et l'oscillation avait cessé. Pour lui en tout cas, maintenant qu'il était entré. Il se demanda si son choix avait été le bon ; maintenant, trop tard, il envisageait ce qu'aurait signifié l'autre solution. Une possibilité de revenir à son époque. De sortir de ce monde en régression où le temps vous fuyait entre les doigts — d'en sortir peut-être pour toujours. Eh bien tant pis, pensa-t-il. Il s'avança dans le drugstore, observant les cuivres et les boiseries — du noyer, apparemment ; puis il se rendit au guichet des ordonnances au fond.

Un petit jeune homme vêtu d'un complet gris avec une veste aux nombreux boutons se montra et le dévisagea en silence. Pendant un long moment Joe et lui restèrent à se fixer du regard, sans parler. Le seul bruit provenait d'une horloge murale dont le cadran portait des chiffres romains et dont le balancier tictaquait inexorablement, à la façon habituelle des horloges, comme s'il était partout dans le magasin.

Joe dit :

— Je voudrais un bocal d'Ubik.

— La pommade ? demanda le pharmacien.

Le mouvement de ses lèvres ne semblait pas exactement synchronisé avec le son de sa voix ; d'abord Joe voyait la bouche de l'homme s'ouvrir, les lèvres bouger, puis, au bout d'un intervalle perceptible, il entendait la voix.

— Il existe une pommade ? dit Joe. Je croyais que ce n'était qu'à usage interne.

Le pharmacien ne répondit pas aussitôt. C'était comme si un gouffre les séparait, un abîme temporel. Puis sa bouche s'ouvrit à nouveau, ses lèvres remuèrent. Et Joe entendit enfin sa réponse.

— Ubik a subi de nombreuses modifications à

mesure que le fabricant l'améliorait. Vous devez connaître l'ancien Ubik plutôt que le nouveau. (Le pharmacien se détourna d'un mouvement lent, mesuré, dansant, à la limite de l'immobilité ; c'était joli à voir mais perturbant pour l'esprit.) Nous avons eu beaucoup de mal à nous procurer Ubik ces temps-ci, dit-il en se retournant vers Joe. (Dans la main droite il tenait une boîte plate en fer-blanc, fermée par un plomb, qu'il posa sur la tablette du guichet.) Celui-ci se présente sous la forme d'une poudre à laquelle vous ajoutez du goudron. Le goudron se vend à part ; je peux vous en fournir pour un prix modique. Mais la poudre Ubik est chère. Quarante dollars.

— Qu'est-ce qu'il y a dedans ? demanda Joe.

Le prix le refroidissait.

— C'est le secret du fabricant.

Joe prit la boîte scellée et l'amena à hauteur de son regard.

— Ça ne vous fait rien que je lise l'étiquette ?

— Je vous en prie.

La faible lumière qui venait de la rue lui permettait tout juste de déchiffrer ce qui était imprimé sur l'étiquette. C'était la suite directe du message rédigé à la main sur la contravention, reprenant exactement au point où l'écriture de Runciter s'était interrompue.

entièrement faux. Elle n'a pas — je dis bien elle n'a pas — cherché à utiliser son pouvoir après l'explosion. Elle n'a rien tenté pour sauver Wendy Wright, Al Hammond et Edie Dorn. Elle est en train de vous mentir, Joe, et ceci m'amène à reconsidérer la situation dans son ensemble. Je vous tiendrai au courant dès que je serai arrivé à une conclusion. D'ici là, soyez très prudent. Au fait : la poudre Ubik est d'une valeur thérapeutique universelle si son mode d'emploi est rigoureusement et scrupuleusement respecté.

— Je peux vous faire un chèque ? demanda Joe au pharmacien. Je n'ai pas quarante dollars sur moi et j'ai grand besoin de cet Ubik. C'est littéralement une question de vie ou de mort.

Il chercha son carnet de chèques dans sa poche.

— Vous n'êtes pas d'ici, hein ? dit le pharmacien. On le sent à votre accent. Non, pour une somme pareille il faudrait que je vous connaisse. Nous avons eu trop de chèques sans provision ces dernières semaines, toujours avec des clients de passage.

— Alors une carte de crédit ?

Le pharmacien demanda :

— Qu'est-ce que c'est qu'une carte de crédit ?

Posant la boîte d'Ubik, Joe fit demi-tour sans un mot et sortit de la boutique. Après avoir traversé la rue en direction de l'hôtel, il se retourna pour regarder le drugstore.

Il ne vit qu'une bâtisse jaune délabrée, avec au premier étage des rideaux aux fenêtres, mais le rez-de-chaussée condamné par une palissade. Par les interstices entre les planches il ne voyait que du noir. Aucune vie.

Et voilà, songea-t-il. L'occasion d'acheter une boîte de poudre Ubik est perdue. Même si je trouvais quarante dollars devant moi sur le trottoir. En tout cas, se dit-il, j'ai obtenu le reste du message de Runciter. A supposer qu'il ait une valeur quelconque. En fait il n'a peut-être aucun fond de vérité. C'est peut-être seulement l'opinion déformée et fourvoyée d'un cerveau qui meurt. Ou d'un cerveau totalement mort — comme dans le cas du spot publicitaire. Bon sang, se dit-il sombrement. Et si c'était vrai ?

Çà et là sur le trottoir des gens regardaient le ciel attentivement. En les remarquant, Joe leva également les yeux. La main en abat-jour pour protéger sa vue des rayons déclinants du soleil, il distinguait un point mouvant d'où s'échappait une traînée de fumée blanche : un avion qui, à une altitude élevée, traçait des lettres dans le ciel. Sous le regard de Joe et des autres passants, un message fut énoncé par les panaches de fumée qui commençaient déjà à dériver :

GARDEZ LE MORAL, JOE !

Facile à dire, pensa-t-il. Assez facile pour être tracé sous forme de mots.

Sous le coup d'un malaise morbide — et des premiers symptômes d'un nouvel accès de terreur — il reprit d'un pas traînant, le dos courbé, la direction du Meremont Hotel.

Don Denny vint à sa rencontre dans le vestibule haut de plafond, provincial d'aspect, recouvert d'un tapis rouge.

— Nous avons retrouvé Edie, annonça-t-il. Tout est fini... du moins pour elle. Ce n'était pas beau à voir, pas beau du tout. Et maintenant Fred Zafsky a disparu. Je le croyais dans l'autre voiture, et eux pensaient qu'il était avec nous. Apparemment il n'est monté dans aucune ; il doit être resté à la maison mortuaire.

— Ça va de plus en plus vite, fit Joe. (Est-ce qu'Ubik — qui miroitait sans cesse à leurs yeux tout en demeurant hors de portée — aurait fait une différence ? se demanda-t-il. Je pense que nous n'en saurons jamais rien, conclut-il.) On peut boire quelque chose ici ? demanda-t-il à Don Denny. Et l'argent ? Le mien est sans valeur.

— Tout est payé par la maison mortuaire. Ce sont les directives posthumes de Runciter.

— La note de l'hôtel aussi ? (Il trouvait ça bizarre. Comment la chose avait-elle été réalisable ?) Je voudrais vous montrer cette contravention, dit-il à Don Denny. Pendant qu'il n'y a personne. (Il lui tendit le feuillet.) J'ai eu le reste du message ; là d'où je viens.

Denny lut la contravention, puis la relut. Lentement, il la rendit à Joe.

— Runciter pense que Pat Conley ment, fit-il.

— Oui, dit Joe.

— Vous réalisez ce que ça signifie ? (Le ton de sa voix monta.) Ça veut dire qu'elle aurait pu tout éviter. Tout ce qui s'est passé, à commencer par la mort de Runciter.

— Ça peut signifier encore plus, dit Joe.

En le scrutant, Don Denny déclara :

— Vous avez raison. Oui, absolument raison.

Il eut l'air saisi, puis en éveil. La compréhension éclaira son visage. Il parut peiné en même temps que frappé de peur.

— Ça ne me plaît pas particulièrement d'y penser, dit Joe. Rien ne me plaît dans tout ça. Car c'est pire. C'est encore pire que je ne le croyais avant, que ne le croyait Al Hammond par exemple. Et c'était pourtant déjà moche.

— Mais ça pourrait être la vérité, fit Denny.

— Depuis le début, dit Joe, je n'arrête pas d'essayer de comprendre pourquoi. J'étais sûr que si j'arrivais à le savoir...

Mais Al n'a jamais songé à ça, se dit-il. Nous avons tous les deux refusé d'y songer. Pour une bonne raison. Denny dit :

— N'en parlez pas aux autres. Il se peut qu'on se trompe ; et même si c'est vrai, ça ne les avancera à rien de le savoir.

— De savoir quoi ? fit la voix de Pat Conley derrière eux. Qu'est-ce qui ne les avancera à rien ? (Elle les contourna pour leur faire face, avec dans ses yeux noirs saturés de lumière une expression sagace et calme. Sereinement calme.) C'est dommage pour Edie Dorn, dit-elle. Et Fred Zafsky ; je suppose qu'il est mort aussi. Ça se restreint, non ? Je me demande à qui le tour. (Elle semblait impassible, pleine de sang-froid.) Tippy est couchée dans sa chambre. Elle n'a pas dit qu'elle se sentait mal, mais je suppose que c'est le cas. Vous ne croyez pas ?

Au bout d'un instant Don Denny répondit :

— Si, je crois.

— Et cette contravention, Joe, ça s'est passé comment ? reprit Pat. (Elle tendit la main.) Je peux la voir ?

Joe la lui donna. Le moment, pensa-t-il, est venu ; tout est ramassé dans cette seconde présente.

— Comment cet agent savait-il mon nom ? questionna Pat après un regard à la feuille. (Elle leva les yeux, fixa intensément Joe, puis Don Denny.) Pourquoi est-ce qu'on parle de moi ?

Elle ne reconnaît pas l'écriture, se dit Joe. Elle ne l'a jamais vue. Contrairement à nous.

— C'est Runciter, dit-il. C'est vous qui faites ça, n'est-ce pas, Pat ? poursuivit-il. C'est vous, votre pouvoir. Nous sommes ici à cause de vous.

— Et vous nous exterminez, dit Don Denny. Un par un. Mais pourquoi ? (Il dit à Joe :) Quelle raison pourrait-elle avoir ? Elle ne nous connaît même pas.

— C'est pour ça que vous vous êtes fait engager par Runciter ? demanda Joe. (Il essayait en vain de parler calmement ; sa voix tremblait et il se méprisait de cette faiblesse.) C'est G. G. Ashwood qui vous a amenée. Il travaillait pour Hollis, c'est ça ? C'est bien ce qui nous est arrivé en réalité ? *Ce n'était pas la bombe, c'était vous ?*

Pat eut un sourire.

Le vestibule de l'hôtel explosa à la figure de Joe Chip.

Vos seins seront les plus beaux du monde avec le nouveau soutien-gorge Ubik en tissu spécial extra-aérien.
Du matin jusqu'au soir Ubik assurera à votre poitrine un support en douceur si vous le portez selon les instructions.

13

L'obscurité vrombissait autour de lui ; elle collait à lui comme de la laine humide, chaude, coagulée. En fusion avec elle, la terreur dont il avait déjà ressenti les signes avant-coureurs devenait entière et réelle. J'ai été imprudent, songea-t-il. Je n'ai pas suivi le conseil de Runciter. Je n'aurais pas dû faire voir à Pat la contravention.

— Qu'est-ce qu'il y a, Joe ? (La voix de Don Denny, chargée d'anxiété.) Qu'est-ce qui ne va pas ?

— Ça va. (Il y voyait un peu maintenant ; dans l'obscurité apparaissaient des lignes grises horizontales, comme si elle commençait à se dissoudre.) Je suis simplement fatigué, dit-il, tout en s'apercevant du degré de fatigue qu'éprouvait effectivement son corps.

Il ne se souvenait pas d'avoir jamais éprouvé une lassitude pareille. A aucun moment de sa vie.

— Venez vous asseoir, lui dit Don Denny.

Joe sentit sa main sur son épaule ; il sentit Denny

le guider, et cela lui fit peur, ce besoin d'être conduit. Il s'écarta.

— Ça va, répéta-t-il. (La silhouette de Denny commençait à se matérialiser près de lui ; il se concentra sur elle, puis recommença à discerner le vestibule fin de siècle avec son lustre de cristal ornementé et son éclairage jaune.) Laissez-moi m'asseoir, dit-il, et il tâtonna jusqu'à un fauteuil de rotin.

Durement, Don Denny dit à Pat :

— Qu'est-ce que vous lui avez fait ?

— Elle ne m'a rien fait, dit Joe en essayant de parler fermement.

Mais il ne pouvait empêcher sa voix d'être criarde, anormale. Comme un disque qui passe trop vite, pensa-t-il. Avec trop d'aigus. Une déformation de ma vraie voix.

— C'est exact, dit Pat. Je ne lui ai rien fait. Ni à personne d'autre.

— Je veux monter m'allonger, dit Joe.

— Je vous trouve une chambre, dit Don Denny nerveusement. (Il planait auprès de Joe, apparaissant puis disparaissant quand les lumières du vestibule refluaient. Elles pâlirent en devenant d'un rouge terne, se ravivèrent, puis pâlirent à nouveau.) Restez assis, Joe ; je reviens.

Denny s'éloigna en hâte. Pat resta.

— Je peux faire quelque chose ? demanda-t-elle d'un ton enjoué.

— Non, répondit-il. (Il lui fallait un effort immense pour prononcer ce mot à haute voix ; il demeurait rivé à la caverne interne de son cœur, un trou béant qui grossissait de seconde en seconde.) Une cigarette, peut-être, ajouta-t-il, et cette phrase l'épuisa. (Il sentit son cœur peiner. Le poids de son battement malaisé se fit plus lourd ; c'était comme un fardeau pesant sur lui, une énorme main qui l'écrasait.) Vous en avez une ? demanda-t-il en parvenant à la regarder à travers la lumière rouge fumeuse.

La lueur vacillante, changeante, d'une chétive réalité.

— Désolée, dit Pat. Je n'en ai pas.

— Qu'est-ce... que j'ai ? dit Joe.

— Une crise cardiaque, peut-être, dit Pat.

— Il y a un médecin à l'hôtel ? parvint-il à demander.

— Je ne pense pas.

— Allez voir. Cherchez-le.

— Je crois que c'est uniquement psychosomatique. Vous n'êtes pas vraiment malade. Vous allez vous remettre.

Don Denny revint en disant :

— J'ai une chambre pour vous, Joe. Deuxième étage, chambre 203. (Il se tut et Joe sentit qu'il l'examinait avec inquiétude.) Joe, vous êtes à faire peur. Vous êtes sans forces. Comme si vous alliez tomber sur place. Mon Dieu, Joe, vous savez de quoi vous avez l'air ? Vous ressemblez à Edie Dorn quand on l'a trouvée.

— Oh ! pas du tout, dit Pat. Edie est morte. Joe n'est pas mort. N'est-ce pas, Joe ?

— Je veux monter. Je veux m'allonger, dit Joe. (Il réussit à se remettre debout ; son cœur tambourina, parut hésiter, vouloir un instant ne plus battre, puis il repartit à coups redoublés, comme un marteau pneumatique attaquant du ciment ; chaque battement ébranlait tout son corps.) Où est l'ascenseur ? demanda-t-il.

— Je vous y conduis, dit Denny. (A nouveau sa main était plaquée contre l'épaule de Joe.) Vous êtes comme une plume, poursuivit-il. Qu'est-ce qui vous arrive, Joe ? Vous le savez ? Essayez de me le dire.

— Il n'en sait rien, fit Pat.

— Je pense qu'il lui faut un médecin, dit Denny. Tout de suite.

— Non, fit Joe.

M'allonger me fera du bien, se dit-il ; il sentait une force océanique, une énorme marée faire pression sur lui, l'inciter à se coucher. Le diriger vers cet unique but : être étendu sur le dos, seul, là-haut dans sa chambre d'hôtel. Sans personne pour le voir. Il faut que j'y aille, se dit-il. Il faut que je sois tout seul. Pourquoi ? s'interrogea-t-il. Il l'ignorait ; c'était comme un instinct qui l'envahissait, irrationnel, impossible à comprendre ou à expliquer.

— Je vais chercher un médecin, dit Denny. Pat, restez ici avec lui. Ne le laissez pas disparaître. Je reviens le plus vite possible.

Il s'éloigna ; Joe vit sa forme vague reculer. On aurait dit que Denny rapetissait, que sa taille diminuait. Puis il disparut tout à fait. Patricia Conley était toujours là, mais sa solitude n'en était pas amoindrie. Elle était devenue totale, en dépit de la présence physique de Pat.

— Eh bien, Joe, demanda-t-elle. Qu'est-ce que vous voulez ? Dites-moi ce que je peux faire.

— L'ascenseur, fit-il.

— Vous voulez que je vous y conduise ? Avec plaisir.

Elle se mit en route et, du mieux qu'il le put, il la suivit. Il lui semblait qu'elle marchait anormalement vite ; elle ne l'attendait pas et ne se retournait pas — il lui était presque impossible de la garder en vue. Est-ce qu'elle se déplace si rapidement, se demanda-t-il, ou est-ce moi qui l'imagine ? Ce doit être moi ; je suis ralenti, comprimé par la gravité. Son monde était réduit à de la masse à l'état pur. Il se percevait lui-même selon un seul critère : en tant qu'objet soumis à un poids. Et il ne ressentait qu'une seule sensation : l'inertie.

— Pas si vite, dit-il. (Il ne la voyait plus maintenant ; elle avait souplement échappé à son champ de vision. Il s'arrêta, pantelant, incapable d'aller plus loin ; la sueur inondait son visage et lui piquait les yeux.) Attendez, fit-il.

Pat reparut. Elle se pencha pour l'observer et il vit sa figure. Son expression tranquille et achevée. Son air attentif et indifférent, son détachement scientifique.

— Vous voulez que je vous essuie le visage ? demanda-t-elle.

Elle sortit un petit mouchoir bordé de dentelle. Et elle eut le même sourire qu'auparavant.

— Je veux monter dans l'ascenseur, c'est tout.

Il obligea son corps à se remettre en marche. Un pas. Puis deux. Il distinguait maintenant la porte de l'ascenseur, où attendaient plusieurs personnes. Au-dessus il y avait un cadran avec une aiguille vieux style. L'aiguille était entre le trois et le quatre ; elle se déplaça vers la gauche, atteignit le trois, puis oscilla entre le trois et le deux.

— Il sera là dans une seconde, dit Pat. (Elle sortit de son sac ses cigarettes et son briquet, en alluma une, rejeta par les narines des bouffées de fumée grise.) C'est un ascenseur d'un modèle très ancien, continua-t-elle, les bras croisés tranquillement. Vous savez ce que je pense ? Je crois que c'est une de ces vieilles cabines métalliques ouvertes. Ça vous fait peur ?

L'aiguille avait maintenant dépassé le deux ; elle

s'arrêta sur le un, puis continua sa course. La porte s'ouvrit en glissant sur elle-même.

Joe vit la cabine fermée par une grille, aux parois garnies de treillis. Il vit le liftier en uniforme, assis sur un tabouret, la main posée sur le levier de commande.

— Pour monter, dit le liftier. Au fond, s'il vous plaît.

— Je n'y entre pas, dit Joe.

— Pourquoi ? demanda Pat. Vous pensez que le câble va se rompre ? C'est ça qui vous fait peur ? Je vois bien que vous avez peur.

— C'est ce qu'a vu Al, dit-il.

— Alors, Joe, dit Pat, le seul autre moyen d'aller dans votre chambre, c'est de prendre l'escalier. Et dans votre état vous n'en serez pas capable.

— Je prendrai l'escalier, affirma-t-il.

Il se remit en mouvement, essayant de le localiser. Je n'y vois rien ! se dit-il. Je ne peux pas le trouver ! Le poids qui l'oppressait écrasait ses poumons, l'empêchait presque de respirer ; il dut s'immobiliser pour absorber de l'air, uniquement cela. C'est peut-être bien une crise cardiaque, pensa-t-il. Si c'est ça je ne pourrai pas monter l'escalier. Mais le désir qu'il avait en lui croissait encore, l'envie irrésistible d'être seul. Enfermé dans une chambre vide, à l'abri des regards, allongé en silence. Couché sur le dos, sans avoir besoin de parler, sans avoir besoin de bouger. Sans comptes à rendre à personne, sans problèmes à affronter. Et personne ne saura même où je suis, se dit-il. Sans qu'il sache pourquoi, ce point lui semblait très important. Il voulait être invisible et inconnu, à l'abri de tous et spécialement de Pat. Surtout pas elle, pensa-t-il. Il ne faut pas qu'elle soit près de moi.

— Nous y voilà, fit Pat. (Elle le guida, le faisant tourner légèrement vers la gauche.) Juste devant vous.

Vous n'avez qu'à vous accrocher à la rampe et à monter les marches. Comme ça, vous voyez ? (Elle en gravit plusieurs avec agilité, d'une démarche vive et dansante, demeura en équilibre sur l'une d'elles, gagna d'un pas aérien la suivante.) Vous pourrez y arriver ?

— Je... ne veux pas que vous veniez avec moi, dit Joe.

— Oh ! mon Dieu. (Elle fit claquer sa langue contre son palais avec une tristesse feinte ; ses yeux noirs brillaient.) Vous avez peur que je profite de votre état ? Que je vous fasse du mal ?

— Non. (Il secoua la tête.) Je... veux juste. Rester. Seul.

Agrippant la rampe, il parvint à se hisser sur la première marche. Il s'arrêta et leva les yeux, essayant d'apercevoir le haut de l'escalier. De déterminer à quelle distance c'était, combien de marches il y avait.

— Mr Denny m'a demandé de rester avec vous. Je peux vous faire la lecture ou vous apporter des choses. Je peux m'occuper de vous.

Il monta une autre marche.

— Tout seul, dit-il en haletant.

— Je peux vous regarder monter ? demanda Pat. J'aimerais voir combien de temps vous mettrez. Si du moins vous arrivez en haut.

— J'y arriverai.

Il posa le pied sur la marche suivante, étreignit la rampe et haussa son corps. Son cœur dilaté obstruait sa gorge ; il ferma les yeux et inspira avec un sifflement étranglé.

— Je me demande, dit Pat, si c'était pareil pour Wendy. C'était elle la première, n'est-ce pas ?

Joe dit en hoquetant :

— J'étais. Amoureux. D'elle.

— Oh ! je sais. G. G. Ashwood me l'a dit. Il l'avait lu dans votre esprit. G. G. et moi étions de bons amis ; nous étions souvent ensemble. On pourrait dire que nous avions une liaison. Oui, on pourrait le dire.

— Notre théorie, fit Joe, était la... (Il prit une inspiration encore plus profonde.) bonne, parvint-il à achever. (Il gravit une marche, puis, au prix d'un effort immense, encore une autre.) Vous et G. G. Avez tout combiné avec Hollis. Pour nous avoir.

— Exact, approuva Pat.

— Nos meilleurs sujets. Et Runciter. Tous liquidés. (Il gagna la marche suivante.) Nous ne sommes pas en semi-vie. Nous ne sommes pas...

— Oh ! vous *pouvez* mourir, assura Pat. Vous n'êtes pas mort ; pas vous en particulier, je veux dire. Mais vous mourrez les uns après les autres. Mais pourquoi en parler ? Pourquoi revenir à ça ? Vous avez déjà tout dit tout à l'heure, et franchement vous m'ennuyez à vous répéter comme ça. Vous êtes vraiment ennuyeux et pédant, Joe. Presque aussi ennuyeux que Wendy Wright. A vous deux vous auriez fait un beau couple.

— C'est pour ça que Wendy. Est morte la première, dit-il. Pas parce qu'elle s'était. Séparée du groupe. Mais parce que...

Il se courba sous l'effet d'un violent élancement cardiaque ; il avait tenté d'atteindre une autre marche mais cette fois avait échoué. Il trébucha, puis se retrouva assis, tassé sur lui-même comme... Oui, pensa-t-il. Comme Wendy dans la penderie. Recroquevillé comme elle. Il tendit la main vers sa manche. Il tira.

Le tissu se déchira. Usé et desséché, il cédait comme du papier de mauvaise qualité ; il n'offrait aucune résistance... comme s'il avait été fabriqué par des insectes. Il n'y avait pas de doute. Bientôt il laisserait derrière lui une trace, des lambeaux de tissu désagrégé. Une piste qui mènerait à une chambre d'hôtel et à une solitude désirée. Ses derniers actes gouvernés par un tropisme. Un instinct le poussant vers la mort, la pourriture et le non-être. Une sombre alchimie trouvant son aboutissement dans la tombe.

Il se traîna jusqu'à la marche du dessus.

Je vais y arriver, se dit-il. La force qui m'anime se nourrit de mon corps ; c'est pour ça que Wendy, Al et Edie — ainsi sans doute que Zafsky maintenant — étaient physiquement détériorés en mourant, réduits à une coquille vide, sans essence ni substance. La force doit résister au poids de multiples gravités, et le résultat c'est cette usure du corps, ce déclin. Mais mon corps, en tant que source d'énergie, suffira à m'amener là-haut ; c'est une nécessité biologique, et même Pat, qui a déclenché le processus, ne pourrait s'y opposer. Il se demanda ce qu'elle ressentait maintenant en assistant à son ascension. Est-ce qu'elle l'admirait ? Ou bien éprouvait-elle du mépris ? Il leva la tête en cherchant à la voir ; il discerna son visage plein de vie et de couleurs. Il ne contenait que de l'intérêt. Pas de malveillance. Une expression neutre. Il n'en fut pas surpris. Pat n'avait rien fait ni pour le gêner ni pour l'aider. En un sens, c'était équitable.

— Vous vous sentez mieux ? demanda-t-elle.

— Non, répondit-il.

Se redressant à demi, il se propulsa sur la marche suivante.

— Vous avez l'air différent. Moins abattu.

— Parce que je peux y arriver. Je le sais.

— Ce n'est plus très loin, approuva Pat.

— Plus très haut, corrigea-t-il.

— Vous êtes incroyable. Si insignifiant, si mesquin. Même dans les spasmes de la mort vous... (Elle se reprit avec une adresse féline.) Ce qui subjectivement vous apparaît comme les spasmes de la mort. Je n'aurais pas dû employer ce terme. Ça pourrait vous déprimer. Essayez d'être optimiste. D'accord ?

— Dites-moi, fit-il. Combien il reste. De marches.

— Six. (Elle s'éloigna, se glissant vers le haut sans bruit, sans effort.) Non, désolée. Dix. A moins que ce soit neuf ? Oui, je crois que c'est neuf.

Il gagna encore une marche. Puis l'autre. Puis celle d'après. Il ne parlait pas ; il n'essayait même pas de voir. Se guidant à la surface des marches, il rampait de l'une à l'autre comme un escargot, sentant se développer en lui une sorte de pratique, un don de savoir exactement comment exercer sa force déjà sur le point d'être dilapidée.

— Ça y est presque, fit gaiement Pat au-dessus de lui. Rien à dire, Joe ? Pas de commentaire sur votre grande ascension ? La plus grande ascension de l'histoire de l'humanité. Non, c'est faux. Wendy, Al, Edie et Fred Zafsky en ont fait autant avant vous. Mais c'est la première fois que j'y assiste.

— Pourquoi moi ? demanda Joe.

— Je veux vous regarder, Joe, à cause de votre sordide petite combine à Zurich. Quand vous vous étiez arrangé pour que Wendy Wright vienne passer la nuit dans votre chambre. Cette nuit ce ne sera pas pareil. Vous serez seul.

— Cette nuit-là aussi, dit Joe. Je l'ai été. Seul.

Une autre marche. Il fut pris d'une toux convulsive ; ce qui lui restait de substance se répandait inutilement en gouttes de sueur sur son visage ruisselant.

— Elle était là ; pas dans votre lit mais quelque part dans la chambre. Ça ne vous a pas empêché de dormir.

Pat éclata de rire.

— Il faut que j'essaie, dit Joe. De ne plus tousser.

Il s'éleva encore de deux marches et il sut qu'il était presque en haut. Combien de temps avait-il passé sur cet escalier ? Impossible de le savoir.

Il s'aperçut alors, avec saisissement, que son corps n'était pas seulement épuisé mais complètement glacé. Ça remonte à quand ? se demanda-t-il. C'était venu quelque temps auparavant ; ça s'était infiltré si graduellement qu'il ne s'en était pas encore rendu compte. Oh ! mon Dieu, se dit-il en tremblant frénétiquement. Il lui semblait que même ses os étaient agités de ce tremblement. C'était pire que sur la Lune, bien pire. Pire aussi que le froid dans sa chambre d'hôtel à Zurich. Jusqu'à maintenant ce n'avait été que des signes annonciateurs.

Le métabolisme, réfléchit-il, est un processus de combustion, c'est une chaudière en activité. Quand son fonctionnement s'arrête, la vie prend fin. On se trompe à propos de l'enfer, se dit-il. L'enfer est froid ; tout y est froid. Le corps, c'est la densité et la chaleur ; maintenant la densité est une force à laquelle je succombe et la chaleur, ma chaleur, s'écoule de moi. Et, à moins que je ne renaisse un jour, elle ne reviendra jamais. C'est le sort commun de l'univers. Ce qui fait qu'au moins je ne serai pas seul.

Mais il se sentait seul. Ça m'arrive trop tôt, constata-t-il. Le moment n'était pas encore venu ; les choses ont été accélérées par une espèce d'entité polymorphe et perverse qui, par malice et curiosité, aime assister à ce spectacle. Une entité infantile et arriérée qui s'amuse en voyant ce qui se passe. Elle m'a écrasé comme un insecte, se dit-il. Un simple insecte qui ne sait rien faire d'autre que raser la terre. Qui n'est capable ni de s'envoler ni de s'échapper. Qui ne peut que descendre pied à pied dans un gouffre immonde. Dans le monde de la tombe où se tapit, entourée de sa fange, l'entité perverse et détraquée, la créature que nous nommons Pat.

— Vous avez votre clef ? demanda Pat. Celle de votre chambre ? Ce serait trop affreux de découvrir en arrivant que vous l'avez perdue.

— Je l'ai.

Il fouilla dans ses poches. Sa veste s'arracha, s'effilocha, se réduisit en loques ; ses débris tombèrent et la clef en glissa. Elle atterrit deux marches plus bas, hors de sa portée.

Pat dit avec entrain :

— Je vais vous la chercher. (Elle descendit ramasser la clef, l'examina, puis remonta et la posa sur la rampe en haut de l'escalier.) Voilà, dit-elle. Vous pourrez la prendre quand vous aurez fini votre ascension. Ce sera votre récompense. La chambre, je crois, est sur la gauche, la quatrième porte. Vous serez forcé d'avancer lentement, mais ce sera plus facile une fois que vous n'aurez plus à grimper.

— Je peux voir, dit-il. La clef. Et le haut. Je peux voir le haut des marches.

Se retenant des deux bras aux balustres, il se hissa de trois marches à la fois, en un effort qui lui coûta une douleur atroce. Il sentit qu'il épuisait ses ressources ; le poids qui pesait sur lui grandissait, le froid également, et sa substance déclinait. Mais... Il avait atteint le haut des marches.

— Au revoir, Joe, dit Pat. (Elle se pencha vers lui, en s'agenouillant pour qu'il puisse voir son visage.) Vous ne voulez pas que Don Denny vous dérange, n'est-ce pas ? Un médecin ne pourra rien faire pour vous. Alors je lui dirai que j'ai fait appeler un taxi et que vous êtes en route vers un hôpital. Comme ça vous serez tranquille. Vous resterez entièrement seul. Vous êtes d'accord ?

— Oui, dit-il.

— Voilà la clef. (Elle la lui mit dans la main et lui referma les doigts dessus.) Gardez le menton haut, comme ils disaient par ici en 1939.

Elle lui échappa en se remettant debout ; un instant elle l'observa, puis elle s'éloigna en direction de l'ascenseur. Il la vit appuyer sur le bouton d'appel et attendre ; la porte s'ouvrit, et Pat disparut.

Tenant la clef serrée dans la main, il se releva en position accroupie ; vacillant, il prit appui contre le mur du corridor, puis il obliqua à gauche et se mit à progresser pas à pas, en continuant de s'appuyer au mur. Il fait noir, pensa-t-il. Il n'y a pas de lumière. Il ferma les yeux, les rouvrit, cligna des paupières. La sueur inondait ses yeux et les brûlait ; il ne savait pas si le corridor était réellement sombre ou si c'était sa vision qui s'obscurcissait.

Quand il parvint au niveau de la première porte, il avait été forcé de se mettre à ramper ; il bascula la tête en arrière pour déchiffrer le numéro sur le battant. Non, ce n'était pas celle-là. Il reprit sa reptation.

Après avoir trouvé la bonne porte il dut se camper sur ses jambes, arc-bouté contre le mur, pour engager la clef dans la serrure. Cet effort l'acheva. La clef toujours à la main, il tomba ; sa tête heurta la porte et il s'écroula en arrière sur la moquette chargée de poussière, à l'odeur vieille et usée, à l'odeur glacée de mort. Je ne peux pas entrer dans la chambre, songea-t-il. Je ne peux plus me relever.

Mais il le fallait. Dehors on pourrait le voir.

En s'accrochant des deux mains au bouton de la porte il se remit une nouvelle fois debout. S'appuyant de tout son poids contre le battant, il avança d'une main tremblante la clef vers la serrure. Ainsi, une fois qu'il aurait tourné la clef, la porte s'ouvrirait d'elle-même sous la pression de son corps et il se retrouverait à l'intérieur. Alors, pensa-t-il, si j'arrive à la refermer derrière moi et à me rendre jusqu'au lit, j'aurai fini.

La serrure grinça. Le pêne abandonna la gâche. Le battant se déroba et Joe plongea en avant, les bras allongés. Le sol monta à sa rencontre et il distingua des dessins sur le tapis, des fleurs et des rosaces rouge et or, terne et sans éclat tant il était élimé. En heurtant le sol, presque sans douleur, il songea : Cette chambre est très vieille. Quand l'hôtel a été construit, l'ascenseur devait avoir une cabine métallique ouverte. C'est donc l'ascenseur véritable que j'ai vu, se dit-il, l'authentique ascenseur d'origine.

Il resta un moment étendu par terre, puis, comme sous l'effet d'une brusque impulsion, il remua. Il se mit à genoux, posa ses mains à plat devant lui... Mes mains, se dit-il. Grand Dieu. Des mains de parchemin, jaunâtres et noueuses, comme l'arrière-train d'une dinde rôtie. Une peau duveteuse qui n'avait pas l'air humaine. Comme si j'avais régressé de millions d'années en arrière, pensa-t-il, vers une forme de vie qui vole et qui nage.

Ouvrant les yeux, il chercha le lit ; il s'efforça de l'identifier. Il fixa la fenêtre lointaine par laquelle un jour gris pénétrait à travers un assemblage de rideaux. Une horrible coiffeuse aux pieds filiformes. Et le lit, aux montants métalliques coiffés de boules de cuivre, courbé et déformé, comme si des années d'usage en avaient tordu l'armature. Il faut que j'y aille, se dit-il. Il se redressa pour l'atteindre, glissa et s'étala un peu plus loin dans la chambre.

Il vit alors une silhouette assise dans un fauteuil,

face à lui. Un spectateur qui jusqu'à présent n'avait pas fait le moindre bruit mais qui maintenant se levait et venait vers lui rapidement.

Glen Runciter.

— Je ne pouvais pas vous aider à monter l'escalier, dit Runciter, avec une expression grave sur son visage massif. Elle m'aurait vu. En fait, je craignais qu'elle ne vienne avec vous dans la chambre ; ç'aurait été fâcheux pour nous parce qu'elle aurait... (Il s'interrompit, se pencha et remit Joe debout comme s'il n'avait eu aucun poids, comme si tous ses constituants matériels s'étaient évaporés.) Nous en parlerons plus tard. Venez. (Il emmena Joe sous son bras — non vers le lit mais vers le fauteuil qu'il venait de quitter.) Vous pouvez encore tenir le coup quelques secondes ? demanda-t-il. Je vais fermer la porte et la verrouiller. Au cas où elle changerait d'avis.

— Oui, dit Joe.

En trois longues enjambées Runciter fut à la porte ; il la referma, mit le verrou et revint aussitôt vers Joe. Ouvrant un tiroir de la coiffeuse, il en sortit en hâte un atomiseur recouvert d'inscriptions et de couleurs brillantes.

— Ubik, dit-il. (Il secoua l'atomiseur, se tourna vers Joe, le braqua dans sa direction.) Inutile de me remercier, fit-il. (Il pulvérisa le produit de droite à gauche, de façon prolongée ; l'air se mit à scintiller et à miroiter, comme si des particules de lumière avaient été libérées, comme si l'énergie solaire s'était concentrée dans cette chambre d'hôtel ancienne et usée.) Ça va mieux ? demanda Runciter. L'effet devrait être immédiat ; vous devriez déjà développer une réaction.

Il observait Joe avec anxiété.

Mettez vos aliments hermétiquement à l'abri grâce au sac plastique Ubik.
Quatre usages en un : garde la saveur et la fraîcheur, empêche la moisissure et le contact de l'air.
Faites notre test vérité.

14

— Vous avez une cigarette ? demanda Joe.

Sa voix tremblait, mais ce n'était pas de fatigue. Ni de froid. Les deux l'avaient quitté. Je suis en état de tension, se dit-il. Mais je ne suis plus en train de mourir. La bombe Ubik a arrêté le processus.

Comme l'avait promis Runciter dans le spot publicitaire, il s'en souvenait. Dès que j'aurais Ubik, je serais tiré d'affaire, il l'avait dit. Mais, pensa-t-il sombrement, ça a mis longtemps. J'ai bien failli ne plus pouvoir en profiter.

— Elles sont sans bout filtre, dit Runciter. Ça n'existe pas dans cette sale période arriérée. (Il tendit à Joe un paquet de Camel.) Je vous donne du feu.

Il craqua une allumette et la présenta à Joe.

— C'est une cigarette toute fraîche, remarqua Joe.

— Bien sûr. Je viens de les acheter à la réception de l'hôtel. Au point où nous en sommes, nous avons dépassé depuis longtemps le stade du lait tourné et des cigarettes séchées. (Il eut un sourire rigide, le regard froid et résolu.) Nous sommes *dans* le phénomène, dit-il, nous ne sommes plus *en dehors* de lui. Voilà toute la différence.

Il alluma une cigarette pour lui et, s'adossant, il fuma en silence, l'air grave. Et fatigué, constata Joe. Mais pas du genre de fatigue dont il sortait lui-même. Joe demanda :

— Vous pouvez aider les autres ?

— Je n'ai qu'une bombe Ubik. Et j'en ai employé la plus grande partie sur vous. (Runciter eut un geste de colère ; un tremblement d'irritation agitait ses doigts.) Ma faculté d'altérer les choses ici est limitée. J'ai fait ce que j'ai pu. (Il releva la tête d'une secousse pour fixer Joe en face.) J'ai établi la liaison avec vous chaque fois que j'en ai eu l'occasion, par tous les moyens. J'ai agi dans la mesure de mes possibilités. Je sais que c'était peu. Presque rien.

Il tomba dans un silence méditatif.

— Les graffiti sur les murs, dit Joe. Vous écriviez que nous étions morts et vous vivant.

— Je *suis* vivant, dit Runciter d'une voix grinçante.

— Et nous sommes tous morts ?

— Oui, finit par répondre Runciter au bout d'un long moment.

— Mais la séquence à la télévision...

— C'était pour vous amener à lutter. A trouver Ubik. Ça vous a incité à le chercher et vous avez continué. J'ai essayé plusieurs fois de vous le procurer, mais vous savez pourquoi ça n'a pas marché ; elle continuait d'entraîner tout le monde dans le passé — elle agissait sur nous tous avec ce pouvoir qu'elle a. Chaque fois elle a fait régresser Ubik et l'a rendu inutilisable. (Runciter ajouta :) J'ai simplement pu profiter de ces occasions pour vous délivrer des fragments de messages. (Il pointa un index décidé vers Joe, en l'agitant avec vigueur.) Rendez-vous compte de ce que j'avais à affronter. La force qui s'est emparée de vous tous et vous a liquidés un par un. Franchement, c'est même étonnant que je sois déjà parvenu à faire ce que j'ai fait.

— Quand avez-vous découvert ce qui se passait ? Vous le saviez depuis le début ? demanda Joe.

— Le début, répéta Runciter d'un ton mordant. Ça signifie quoi ? Tout a commencé il y a des mois ou peut-être des années ; Dieu sait combien de temps Hollis, Mick, Pat Conley, S. Dole Melipone et G. G. Ashwood ont mis à monter leur coup. Et ça s'est passé comme prévu par eux. Ils nous ont attirés dans un guet-apens sur la Lune. Nous avons emmené Pat Conley, une fille qui nous était inconnue, un pouvoir que nous ne comprenions pas — que peut-être Hollis lui-même ne comprend pas. Une faculté liée au renversement du cours du temps ; pas vraiment le don de voyager dans le temps... elle ne peut pas, par exemple, aller dans le futur. En un certain sens, elle ne va pas non plus dans le passé ; ce qu'elle peut faire, d'après ce que je comprends, c'est déclencher une contre-évolution qui dévoile les stades antérieurs des configurations de la matière. Mais vous le savez ; Al et vous l'aviez déjà découvert. (Il serra les dents furieusement.) Al Hammond... quelle perte ! Mais je ne pouvais rien faire ; je ne pouvais pas intervenir à ce moment-là comme je viens de le faire.

— Et maintenant pourquoi le pouvez-vous ? demanda Joe.

— *Parce qu'elle ne peut pas nous faire remonter plus loin*, répondit Runciter. Le temps a déjà repris son cours normal ; nous nous déplaçons à nouveau du passé au présent et du présent au futur. Il est évident qu'elle est allée à la limite de son pouvoir ; c'est 1939 cette limite. Maintenant elle l'a mis en veilleuse. Elle peut se le permettre. Elle a accompli ce que Ray Hollis l'avait chargée de faire avec nous.

— Combien de personnes ont été affectées ?

— Simplement notre groupe qui était réuni dans cette pièce souterraine sur la Lune. Pas même Zoe Wirt. Pat peut circonscrire l'étendue du champ qu'elle émet. Aux yeux du monde nous avons été tués dans une explosion accidentelle sur la Lune ; nous avons été congelés grâce aux bons soins de Stanton Mick, mais aucun contact n'a pu être établi car il était trop tard.

— L'explosion de la bombe ne suffisait donc pas ? dit Joe.

Haussant les sourcils, Runciter le regarda.

— Pourquoi avoir eu besoin de Pat Conley ? continua Joe. (Même dans son état de lassitude et de choc, il sentait que quelque chose n'était pas normal.) Il n'y avait aucune raison de mettre en route toute cette histoire de régression, ce retour en arrière vers 1939. Ça ne servait à rien.

— Observation intéressante, dit Runciter. (Il hocha lentement la tête, le visage plissé.) Il faut que j'y réfléchisse. Donnez-moi un moment.

Il se rendit à la fenêtre et regarda dehors.

— Une chose me frappe, déclara Joe. La force mauvaise qui s'attaque à nous semble agir de façon plutôt gratuite que délibérée. Elle n'essaie pas tellement de nous tuer ou de nous neutraliser, ni d'empêcher la firme de fonctionner, mais... (Il pesa la question ; l'idée en lui se précisait.) On dirait plutôt une entité irresponsable qui s'amuse de ce qu'elle nous fait. Cette façon qu'elle a de nous tuer un par un. Elle n'avait pas besoin de prolonger tout ça. Ça ne ressemble pas à Ray Hollis ; lui, sa partie, c'est le meurtre de sang-froid. Et d'après ce que je sais de Stanton Mick...

— C'est Pat ; c'est elle, interrompit brusquement Runciter. (Il se détourna de la fenêtre.) Psychologiquement elle a un fond sadique. Le genre à arracher les ailes des mouches. Ou à jouer à ce jeu avec nous.

Il attendit la réaction de Joe. Joe dit :

— Je trouve qu'on a plutôt l'impression que c'est un enfant.

— Mais regardez Pat Conley ; elle est jalouse et malveillante. Elle a d'abord tué Wendy par rancune émotive. A l'instant elle vous a suivi tout au long de l'escalier, par plaisir ; en se régalant du spectacle, en fait.

— Comment le savez-vous ? demanda Joe.

Vous attendiez ici dans cette chambre, se dit-il. Vous ne pouviez pas le voir. Et... *comment Runciter avait-il su à l'avance dans quelle chambre il irait ?* En poussant un soupir rauque, Runciter déclara :

— Je ne vous ai pas tout dit. Ou plus exactement... (Il s'arrêta de parler, se mordit sauvagement la lèvre inférieure, puis reprit brusquement :) Je ne vous ai pas tout à fait dit la vérité. Je n'entretiens pas avec ce monde régressé le même type de relation que vous autres. Vous avez raison : j'en sais trop. C'est parce que j'y pénètre de l'extérieur, Joe.

— Vos manifestations, dit Joe.

— Oui. Je me projette ici et là dans ce monde. En des lieux et à des moments stratégiques. Comme pour la contravention. Ou le Drugstore Archer...

— Votre apparition à la TV n'avait pas été enregistrée, dit Joe. C'était du direct.

A contrecœur Runciter opina de la tête.

— Quelle différence y a-t-il, demanda Joe, entre votre situation et la nôtre ?

— Vous voulez le savoir ?

— Oui.

Il se prépara, sachant déjà ce qu'il allait entendre.

— Je ne suis pas mort, Joe. Les graffiti disaient vrai. Vous êtes tous en capsule cryonique et moi... (Runciter parlait avec gêne, sans regarder Joe en face.) Je suis assis dans un salon de consultation au Moratorium des Frères Bien-Aimés. Vous êtes tous interconnectés, selon mes instructions, afin de rester unis en un groupe. Et moi j'essaie de vous contacter. C'est pour ça que je disais que j'étais à l'extérieur ; c'est de là que proviennent mes manifestations, comme vous les appelez. Voilà maintenant une semaine que j'essaie de vous activer tous, mais... ça ne marche pas. Vous vous éteignez les uns après les autres.

Après un temps de silence Joe demanda :

— Et Pat Conley ?

— Elle est avec vous ; en semi-vie, reliée par fils aux autres.

— Est-ce que les régressions sont dues à son pouvoir ? Ou à la dégénérescence normale qui accompagne la semi-vie ?

Il attendit avec anxiété la réponse de Runciter : tout en dépendait, il le savait. Runciter renifla, grimaça, puis dit d'une voix enrouée :

— La dégénérescence normale. Ella en a fait l'expérience. Tous les semi-vivants en font l'expérience.

— Vous mentez, dit Joe.

Il sentit un poignard le transpercer. En le dévisageant Runciter dit :

— Joe, grand Dieu, je vous ai sauvé la vie ; je viens d'arriver jusqu'à vous et de vous ramener à un état de semi-vie active — vous durerez sans doute indéfiniment maintenant. Si je ne vous avais pas attendu dans cette chambre quand vous êtes entré en rampant, eh bien, bon sang... enfin voyons, regardez les choses en face ; sans moi vous seriez couché sur ce lit aussi mort qu'un cloporte. Je suis Glen Runciter ; je suis votre patron et c'est moi qui lutte pour sauver votre vie à tous... je suis le seul, ici dans le monde réel, à faire quelque chose pour vous. (Il continua de fixer Joe avec indignation et stupeur. Une stupeur ahurie, comme s'il n'arrivait pas à assimiler ce qui se passait.) Cette fille, dit-il, cette Pat Conley, elle vous aurait tué comme elle a tué...

Il s'interrompit.

— Comme elle a tué Wendy, Al, Edie Dorn, Fred Zafsky et peut-être maintenant Tito Apostos, acheva Joe.

D'une voix basse mais nette Runciter déclara :

— Cette situation est très complexe, Joe. De simples réponses ne suffisent pas.

— Vous ne connaissez pas les réponses, dit Joe. C'est là le problème. Vous fabriquez des réponses ; vous les inventez pour expliquer votre présence ici. Tous les signes de votre présence ici, toutes vos prétendues manifestations.

— Le mot n'est pas de moi ; c'est vous et Al qui les avez baptisées ainsi. Ne me reprochez pas ce que vous...

— Vous n'en savez pas plus que moi, fit Joe, sur ce qui nous arrive et ce qui nous attaque. Glen, vous ne pouvez pas dire à quoi nous nous heurtons parce que vous n'en savez rien.

— Je sais que je suis vivant ; je sais que je suis assis dans ce salon de consultation au moratorium, déclara Runciter.

— Votre corps dans le cercueil, dit Joe. Ici à la Maison Mortuaire du Simple Berger. Vous ne l'avez pas vu ?

— Non, répondit Runciter, mais ce n'est pas vraiment...

— Il s'était rétréci, dit Joe. Il avait perdu sa substance comme ceux de Wendy, d'Al et d'Edie... et, dans peu de temps, le mien. C'était exactement pareil pour vous ; ni mieux ni pire.

— Dans votre cas j'ai apporté... (A nouveau Runciter s'interrompit ; une expression difficile à déchiffrer apparut sur son visage ; un mélange de compréhension, de peur et de... mais Joe ne pouvait définir quoi.) Je vous ai apporté Ubik, termina-t-il.

— Qu'est-ce que c'est qu'Ubik ? questionna Joe.

Il n'y eut pas de réponse de Runciter.

— Ça non plus vous ne le savez pas, dit Joe. Vous ignorez ce que c'est et pourquoi ça agit. Vous ne savez même pas d'où ça vient.

Après un long silence pénible, Runciter dit :

— Vous avez raison, Joe. Entièrement raison. (D'une main tremblante il alluma une autre cigarette.) Mais je voulais sauver votre vie, c'est vrai. Bon Dieu, je voudrais vous sauver la vie à tous.

La cigarette glissa de ses doigts et roula par terre. Avec effort Runciter se pencha pour la ramasser. Son visage reflétait un chagrin extrême. Presque du désespoir.

— Nous sommes là-dedans jusqu'au cou, reprit Joe, et vous êtes dehors, assis dans le salon, sans pouvoir rien faire ; sans pouvoir mettre fin à cet état de choses.

— C'est exact, approuva Runciter.

— C'est la semi-vie, dit Joe, mais il y a autre chose en plus. Quelque chose qui normalement ne fait pas partie de la semi-vie. Il y a deux forces à l'œuvre, comme l'avait deviné Al ; une qui nous aide et une autre qui nous détruit. Vous collaborez avec la force ou l'entité ou la personne qui cherche à nous aider. C'est par elle que vous avez obtenu Ubik.

— Oui.

— Donc aucun de nous ne sait qui nous détruit ni qui nous protège ; vous pas plus que nous. C'est peut-être Pat.

— Je pense que oui, dit Runciter. Je pense que c'est elle votre ennemie.

— Ça se pourrait, dit Joe. Mais je ne le crois pas.

Je ne crois pas, se dit-il, que nous ayons rencontré notre ennemi face à face, et notre ami non plus.

Il pensa : Mais je suppose que ça se produira. D'ici peu nous saurons qui ils sont tous les deux.

— Etes-vous sûr, demanda-t-il à Runciter, absolument sûr, d'être le seul sans nul doute possible à avoir survécu à l'explosion ? Réfléchissez avant de répondre.

— Je vous l'ai dit, Zoe Wirt...

— Je parle de *nous*, précisa Joe. Elle n'est pas ici avec nous dans ce segment temporel. Prenons Pat Conley par exemple.

— Pat Conley a eu la poitrine écrasée. Elle est morte sous le choc, avec un collapsus pulmonaire et de nombreuses blessures internes, notamment le foie éclaté et une jambe brisée en trois endroits. Matériellement parlant, elle se trouve à environ un mètre de vous ; je veux dire son corps.

— Et c'est pareil pour les autres ? Ils sont tous en capsule cryonique au Moratorium des Frères Bien-Aimés ?

— A une seule exception près, répondit Runciter. Sammy Mundo. Il a eu le cerveau considérablement abîmé et il est tombé dans un coma dont on dit qu'il ne sortira jamais. Le cortex...

— Alors il est vivant. Il n'est pas congelé. Il n'est pas ici.

— *Vivant* n'est pas le mot. On lui a fait des encéphalogrammes ; il n'y a aucun signe d'activité corticale. Il est à un niveau végétatif. Plus de personnalité, plus de mouvements, plus de conscience... plus rien ne se produit dans le cerveau de Mundo, pas la moindre chose.

— C'est pourquoi, naturellement, vous n'avez pas pensé à le mentionner, remarqua Joe.

— Je le fais maintenant.

— Parce que je vous l'ai demandé. (Il réfléchit.) Il est loin de nous ? Il est à Zurich ?

— Oui, à l'hôpital Carl Jung. A environ cinq cents mètres du moratorium.

— Louez les services d'un télépathe, dit Joe. Ou servez-vous de G. G. Ashwood. Faites-le sonder.

Une personnalité enfantine et détraquée, se dit-il. Spéciale, arriérée, cruelle. C'est peut-être ça, songea-t-il. Ça correspondrait à ce que nous observons, ces événements capricieux et contradictoires. Nos ailes arrachées et remises en place. Les restaurations temporaires, comme pour moi maintenant dans cette chambre, après mon ascension de l'escalier. Runciter soupira.

— Nous l'avons fait. Dans de tels cas de lésions cérébrales on essaie toujours d'atteindre la personne télépathiquement. Aucun résultat ; rien. Activité nulle dans les lobes frontaux. Je regrette, Joe.

Il secoua comme un balancier sa large tête, en signe de sympathie ; il était visible qu'il partageait la déception de Joe.

Retirant de son oreille le disque de plastique de l'écouteur, Glen Runciter prononça dans le micro :

— Je vous reparlerai plus tard.

Il posa tous les appareils de communication, se leva de son siège avec raideur et resta un moment à contempler la forme brumeuse, immobile, enrobée de glace de Joe Chip qui reposait dans son cercueil de plastique transparent. Debout et silencieux, comme il le resterait à jamais.

— Vous avez sonné pour m'appeler, monsieur ? (Herbert Schönheit von Vogelsang pénétra en hâte dans le salon de consultation, obséquieux comme un courtisan médiéval.) Dois-je remettre Mr Chip avec les autres ? Vous avez réussi, monsieur ?

— J'ai réussi.

— Vous avez pu le... ?

— Oui, je l'ai contacté normalement. Nous avons pu parler ensemble cette fois. (Il alluma une cigarette ; il y avait des heures qu'il n'en avait pas fumé une, qu'il n'avait pas trouvé un instant pour le faire. Il était épuisé maintenant, après ces efforts ardus et prolongés pour établir la jonction avec Joe Chip.) Vous avez un distributeur d'amphétamines quelque part ? demanda-t-il au propriétaire du moratorium.

— Dans le couloir en sortant du salon de consultation.

Le personnage empressé indiqua du doigt la direction. Quittant le salon, Runciter se rendit au distributeur d'amphétamines : il inséra une pièce, appuya sur la touche de son choix, et un petit objet familier tomba en tintant dans le plateau.

La pilule le réconforta. Puis il songea à son rendez-vous avec Len Niggelman deux heures plus tard et se demanda s'il en aurait la force. Ça fait trop, décida-t-il. Je ne suis pas capable de faire mon rapport à la Société ; je vais appeler Niggelman pour qu'on remette à un autre jour.

Il entra dans une cabine de vidphone et obtint Niggelman dans la Confédération Nord-Américaine.

— Len, dit-il, je n'en peux plus pour aujourd'hui. Je viens de passer douze heures à essayer de contacter mes employés qui sont ici en capsule, et je suis éreinté. Est-ce que ça ira demain ?

— Plus tôt vous ferez votre rapport, plus vite nous pourrons engager une action contre Hollis. Mes avocats ont préparé tout le dossier et ils piaffent, répondit Niggelman.

— Ils pensent qu'on peut engager une procédure civile ?

— Civile et aussi criminelle. Ils ont consulté le district attorney de New York. Mais il faut d'abord que nous ayons votre rapport en bonne et due forme...

— Demain, promit Runciter. Quand j'aurai dormi un peu. Je suis vraiment à bout.

Cette perte de tous mes meilleurs collaborateurs, se dit-il. Surtout Joe Chip. Quel coup pour la firme ! Nous ne pourrons pas reprendre nos activités avant des mois, sinon dcs années. Mon Dieu, pensa-t-il, où vais-je trouver des neutraliseurs qui remplacent ceux que j'ai perdus ? Et comment vais-je trouver un testeur comme Joe ? Niggelman déclara :

— Entendu, Glen. Prenez une bonne nuit de sommeil et retrouvons-nous demain à mon bureau, disons à 10 heures du matin heure de New York.

— Merci, fit Runciter.

Il raccrocha et se laissa tomber pesamment sur une banquette de plastique rose qui se trouvait dans le couloir près de la cabine de vidphone. Je ne pourrai pas retrouver un autre testeur comme Joe, se dit-il. La vérité, c'est que Runciter Associates est à l'eau. Le propriétaire du moratorium refit une de ses apparitions inopportunes.

— Je peux vous apporter quelque chose, Mr Runciter ? Une tasse de café ? Une autre pilule d'amphétamine, peut-être à effet de vingt heures ? Dans mon bureau j'ai des pilules à effet de vingt-quatre heures ; en en prenant une vous seriez sur pied pendant au moins toute la nuit.

— Pendant toute la nuit, dit Runciter, je compte dormir.

— Alors je peux vous procurer un...

— Fichez le camp, grogna Runciter.

Le propriétaire du moratorium se hâta de s'éclipser, le laissant seul. Pourquoi a-t-il fallu que je choisisse cet endroit ? se demanda Runciter. Je pense que c'est à cause d'Ella. Oui, c'est le mieux, évidemment. C'est là qu'elle est, et c'est là qu'ils sont tous. Quand on y pense, réfléchit-il, tous ces gens, si récemment encore de l'autre côté du cercueil. Quelle catastrophe !

Ella, se dit-il, en se souvenant d'elle. Il faut que je lui parle un instant, pour la tenir au courant. Après tout, c'est ce que j'avais promis de faire.

Il se leva et se mit à la recherche de von Vogelsang. Est-ce que je vais être encore branché sur cette saleté de Jory cette fois ? se demanda-t-il. Ou est-ce que je pourrai garder Ella assez longtemps en phase pour lui apprendre ce qu'a dit Joe ? Ça devient si difficile maintenant de communiquer avec elle, avec ce Jory qui prend du poil de la bête, qui se développe et qui se nourrit d'elle et peut-être d'autres semi-vivants. Le moratorium devrait faire quelque chose ; Jory est un danger pour tous ceux qui sont ici. Pourquoi est-ce qu'ils le laissent continuer ? s'interrogea-t-il.

Il pensa : Peut-être parce qu'ils ne peuvent pas l'arrêter.

Peut-être qu'il n'y a jamais eu de semi-vivant comme Jory.

Est-ce que par hasard j'aurais mauvaise haleine, Tom ? Si tu t'inquiètes, Ed, c'est bien simple : essaie le nouveau dentifrice Ubik, à la puissante mousse germicide à action instantanée.
Sans danger si l'on se conforme au mode d'emploi.

15

La porte de la vieille chambre d'hôtel s'ouvrit à la volée. Don Denny, accompagné d'un homme entre deux âges à l'air compétent, aux cheveux gris soigneusement peignés, entra dans la pièce. Denny, le visage inquiet et tendu, demanda :

— Comment ça va, Joe ? Vous n'êtes pas couché ? Allez sur le lit, je vous en prie.

— Allongez-vous, s'il vous plaît, Mr Chip, dit le médecin en posant sa sacoche sur la coiffeuse et en l'ouvrant. Eprouvez-vous une douleur en plus de l'affaiblissement et de la gêne respiratoire ? (Il s'approcha du lit avec un stéthoscope à l'ancienne mode et un encombrant sphygmomanomètre.) Avez-vous des antécédents cardiaques, Mr Chip ? Votre mère ou votre père ? Déboutonnez votre chemise, je vous prie.

Il tira une chaise de bois vers le lit et s'y assit. Joe dit :

— Je vais mieux maintenant.

— Laissez-le ausculter votre cœur, dit Denny avec brusquerie.

— D'accord, fit Joe. (Il s'étendit sur le lit et défit les boutons de sa chemise.) Runciter est entré en liaison avec moi, dit-il à Denny. Nous sommes en capsule cryonique ; il est de l'autre côté et il essaie de nous atteindre. Quelqu'un d'autre cherche à nous nuire. Ce n'est pas Pat ou en tout cas pas elle seule. Ni elle ni Runciter ne savent vraiment ce qui se passe. Avez-vous vu Runciter en ouvrant la porte ?

— Non, répondit Denny.

— Il était assis à l'autre bout de la chambre, dit Joe. Il y a deux ou trois minutes. Il a dit : *Je regrette, Joe* ; c'est la dernière chose qu'il a dite, et après il a coupé le contact, il a stoppé la communication, et j'ai cessé de le voir. Regardez sur la coiffeuse s'il a laissé la bombe Ubik.

Denny alla voir et se saisit de l'atomiseur aux couleurs rutilantes.

— Voilà. Mais on dirait que c'est vide.

Il secoua l'atomiseur.

— Presque vide, précisa Joe. Vaporisez le reste sur vous. Allez-y.

Il fit un grand geste du bras.

— Ne parlez pas, Mr Chip, recommanda le médecin à l'écoute de son stéthoscope.

Il remonta ensuite la manche de Joe et lui noua autour du bras un garrot de caoutchouc pour prendre sa tension.

— Comment est mon cœur ? demanda Joe.

— Apparemment normal, dit le médecin. Juste un peu rapide.

— Vous voyez ? dit Joe à Don Denny. Je suis tiré d'affaire.

— Les autres sont en train de mourir, Joe, déclara Denny.

Se redressant, Joe demanda :

— Tous ?

— Tous ceux qui restent.

Denny tenait toujours l'atomiseur à la main sans s'en servir.

— Pat aussi ? questionna Joe.

— Quand je suis sorti de l'ascenseur, je l'ai trouvée sur le palier. Elle venait juste d'être atteinte. Elle avait l'air complètement ahurie ; comme si elle ne pouvait pas y croire. (Il posa l'atomiseur.) Je suppose qu'elle s'imaginait que tout venait d'elle. De son pouvoir.

— C'est effectivement ce qu'elle pensait. Pourquoi n'utilisez-vous pas Ubik ? dit Joe.

— Bon Dieu, Joe, nous allons crever. Vous le savez et moi aussi. (Il ôta ses lunettes à monture d'écaille et se frotta les yeux.) Après avoir constaté l'état où était Pat je suis allé dans les autres chambres, et c'est là que je les ai tous vus. C'est pour ça que nous avons mis longtemps à venir ; le Dr Taylor les a examinés. L'accélération est devenue terrible. En une heure à peine...

— Prenez la bombe Ubik, dit Joe. Sinon c'est moi qui m'en sers sur vous.

Don Denny reprit l'atomiseur, le secoua à nouveau, pointa l'orifice vers lui.

— D'accord, fit-il. Si ça peut vous faire plaisir. Je ne vois pas pourquoi je refuserais. C'est la fin, n'est-ce pas ? Je veux dire, ils sont tous morts ; il n'y a plus que vous et moi, et l'effet d'Ubik ne durera que quelques heures. Vous ne pourrez pas vous en procurer d'autre. Il ne restera donc que moi.

Ayant pris sa décision, Denny appuya sur le bouton

de vaporisation ; le nuage étincelant et palpitant, formé de particules métalliques et lumineuses qui dansaient comme dans une auréole, se forma aussitôt autour de lui. Don Denny disparut, dissimulé par ce halo d'énergie rayonnante.

Cessant de prendre la tension de Joe, le Dr Taylor releva la tête pour voir. Joe et lui observèrent la vapeur qui maintenant se condensait en flaques brillantes sur le tapis et en traînées de gouttelettes sur le mur derrière Denny.

Le nuage qui cachait Denny s'évapora.

La personne qui se tenait là, au centre des projections d'Ubik qui avaient imbibé le tapis sale et usé, n'était pas Don Denny.

Un adolescent fluet et pâle, avec des yeux asymétriques pareils à deux billes noires sous des sourcils en broussaille. Il portait un costume anachronique : chemisette de coton blanc, blue-jean et mocassins de cuir. Des vêtements du milieu du siècle. Un sourire se dessinait sur son visage allongé, mais c'était un sourire de travers, un plissement déformé qui se transformait en rictus moqueur. Rien ne s'harmonisait dans ses traits. Ses oreilles avaient trop de circonvolutions pour faire pendant à ses yeux chitineux. Ses cheveux raides s'opposaient à ses sourcils fournis et frisés. Et son nez, se dit Joe, était trop mince, trop pointu, beaucoup trop long. Même son menton parvenait à ne pas s'harmoniser avec le reste du visage ; il était comme fendu au ciseau, une fissure profonde qui s'enfonçait jusqu'à l'os... comme si, pensa Joe, le fabricant de cette créature, parvenu à ce point, avait résolu de lui porter un coup destiné à la détruire. Mais le matériau physique, la substance de base, avait montré trop de résistance ; le jeune garçon ne s'était pas cassé en deux. Il existait comme un défi à la force qui l'avait fabriqué ; et il la considérait d'un air moqueur ainsi que tout ce qui l'entourait.

— Qui êtes-vous ? questionna Joe.

L'adolescent tordit ses doigts, une crispation dont le but était visiblement de l'empêcher de bégayer.

— Quelquefois je m'appelle Matt, et quelquefois Bill, dit-il. Mais le plus souvent je suis Jory. C'est mon vrai nom... Jory.

Il exhibait en parlant des dents grises et sales. Ainsi qu'une langue jaunâtre.

Au bout d'un moment Joe demanda :

— Où est Denny ? Il n'est jamais entré dans cette pièce, n'est-ce pas ?

Mort, pensa-t-il, comme les autres.

— J'ai mangé Denny il y a longtemps, répondit le jeune garçon nommé Jory. Tout au début, avant qu'ils viennent ici en partant de New York. D'abord j'ai mangé Wendy Wright. Et Denny en deuxième.

— Comment ça, *manger* ? dit Joe.

Au sens propre ? se demanda-t-il avec un frisson de répulsion ; il se sentit envahi d'un mouvement de recul qu'il parvint à dissimuler.

— J'ai fait comme toujours, dit Jory. C'est difficile à expliquer, mais il y a longtemps que je le fais, avec des tas de gens en semi-vie. Jc mange leur vie, ce qu'il en reste. Il y en a très peu dans chaque personne, alors il me faut beaucoup de gens. Autrefois j'attendais qu'ils soient en semi-vie depuis quelque temps, mais maintenant il me les faut tout de suite. Si je veux continuer à pouvoir vivre, moi. Si vous venez écouter près de moi — je garde la bouche ouverte — vous pourrez entendre leurs voix. Pas toutes, mais celles des derniers que j'ai mangés. Ceux que vous connaissez. (Il se gratta du bout de l'ongle une incisive supérieure tout en observant Joe la tête penchée, guettant sa réaction.) Vous n'avez rien à dire ? ajouta-t-il.

— C'est vous qui avez commencé à me faire mourir, tout à l'heure dans le vestibule.

— C'est moi et non Pat. Elle, je l'ai mangée sur le palier, près de l'ascenseur ; et ensuite j'ai mangé les autres. Je vous croyais mort. (Il fit tourner dans sa main la bombe Ubik qu'il tenait toujours.) Je ne comprends pas ce que c'est que ça. Qu'est-ce qu'il y a dedans, et où Runciter l'a-t-il trouvé ? (Il fronça les sourcils.) Ce n'est pas lui qui peut l'avoir fabriqué ; vous avez raison. Il est à l'extérieur. Cette chose provient d'ici, de notre environnement. C'est forcé ; rien ne peut venir du dehors sauf des mots.

Joe déclara :

— Alors vous ne pouvez rien contre moi. Vous ne pouvez pas me manger à cause d'Ubik.

— Je ne peux pas vous manger pour l'instant. Mais l'effet d'Ubik disparaîtra.

— Vous n'en savez rien ; vous ne savez même pas ce que c'est ni d'où ça vient.

Je me demande si je peux le tuer, pensa-t-il. Le jeune garçon paraissait frêle. Voilà la créature qui a détruit Wendy, se dit-il. Je suis face à face avec elle, comme je savais que ça se produirait. Wendy, Al, le vrai Don Denny... et tous les autres. Elle a même mangé le cadavre de Runciter qui gisait dans le cercueil à la maison mortuaire ; il devait y avoir une parcelle d'activité protophasique résiduelle dans ce cadavre ou à proximité, ou bien quelque chose, n'importe quoi, qui l'avait attirée.

Le médecin dit :

— Mr Chip, je n'ai pas pu finir de prendre votre tension. Veuillez vous rallonger.

Joe le dévisagea, puis demanda :

— Il ne vous a pas vu vous transformer, Jory ? Il n'a pas entendu ce que vous disiez ?

— Le Dr Taylor est un produit de mon imagination, répondit Jory. Comme tout ce qu'il y a dans ce pseudo-univers.

— Je ne vous crois pas, fit Joe. (Il s'adressa au médecin :) Vous entendez ce qu'il dit ?

Avec un bruit de ballon qui éclate le médecin disparut.

— Vous voyez ? dit Jory d'un ton enjoué.

— Qu'est-ce que vous ferez quand j'y serai passé ? demanda Joe au jeune garçon. Allez-vous continuer de maintenir cet univers de 1939, ce pseudo-univers comme vous l'appelez ?

— Non, bien sûr. Il n'y aurait pas de raison.

— Alors il n'existe que pour moi seul. Un univers entier.

— Il n'est pas si grand. Un hôtel à Des Moines, dit Jory. Une rue de l'autre côté de la fenêtre avec des passants et des voitures. Et quelques maisons, des magasins en face au cas où vous regarderiez dans la rue.

— Alors vous ne gardez ni New York ni Zurich ni...

— Pourquoi ça ? Il n'y a personne là-bas. Partout où allaient les autres membres du groupe et vous, je construisais une réalité tangible correspondant à ce que vous attendiez. Quand vous avez pris l'avion de New York jusqu'ici j'ai créé des centaines de kilomètres de paysage, ville après ville — j'ai trouvé ça très épuisant. Il a fallu que je mange énormément pour y arriver. En fait c'est pour ça que j'ai dû liquider les autres si vite. J'avais besoin de me remonter.

— Pourquoi 1939 ? Pourquoi pas notre monde contemporain, 1992 ?

— A cause de l'effort que ça entraîne ; je ne peux pas empêcher les objets de reculer dans le temps. Comme je suis tout seul, c'était trop pour moi. D'abord j'avais créé 1992, et puis les choses ont commencé à se détraquer. Les pièces de monnaie, le lait, les cigarettes... tout ce que vous avez constaté. Et ensuite Runciter s'est mis à intervenir de l'extérieur, ce qui me compliquait encore la tâche. En réalité, s'il ne m'avait pas gêné, j'aurais eu moins de mal. (Jory eut un sourire espiègle.) Mais je ne m'inquiétais pas pour les régressions. Je savais que vous croiriez que c'était Pat Conley. Ça aurait l'air de venir d'elle parce que son pouvoir ressemblait à ça. Je pensais que peut-être vous la tueriez tous. Ça m'aurait amusé.

Son sourire s'élargit.

— A quoi bon conserver l'hôtel et la rue pour moi ? questionna Joe. Maintenant que je sais ?

— Mais c'est ce que je fais toujours.

Les yeux de Jory s'agrandirent. Joe dit :

— Je vais vous tuer.

Il s'avança vers Jory d'un mouvement mal coordonné, en tombant à demi. Les mains levées, il s'élança vers le jeune garçon, cherchant à l'atteindre au cou, à refermer ses doigts sur la trachée-artère.

Avec un grognement, Jory le mordit. Les grandes dents carrées, pareilles à des dominos, s'enfoncèrent dans la main droite de Joe. Elles y restèrent plantées et Jory, relevant la tête, entraîna la main de Joe prise dans sa mâchoire ; Jory le fixa d'un regard qui ne cillait pas et, en grondant, essaya de refermer la mâchoire. Les dents s'enfoncèrent plus profondément, et Joe sentit une douleur le traverser. Il est en train de me manger, se dit-il.

— Vous ne pouvez pas, fit-il à haute voix. (Il frappa Jory à coups répétés sur le nez.) Ubik vous en empêche, dit-il en visant les yeux du jeune garçon. Vous ne pouvez rien me faire.

Jory bredouilla quelque chose en tordant la bouche de côté, comme un mouton. Sa mâchoire continua de broyer la main de Joe jusqu'à ce que la douleur devienne trop intolérable pour celui-ci. Il donna des coups de pied à Jory. L'étau se relâcha et sa main fut libérée ; il recula en rampant, en regardant le sang perler au niveau des entailles laissées par les dents de rongeur géant. Bon Dieu, se dit-il, consterné.

— Vous ne pouvez pas me faire, continua-t-il, ce que vous leur avez fait.

Avisant la bombe Ubik, il la prit et la dirigea vers les blessures de sa main. Il appuya sur le bouchon de plastique rouge ; l'atomiseur émit un jet de particules qui se déposèrent en une pellicule sur la chair gonflée et lacérée. La douleur disparut immédiatement. Sous les yeux de Joe les blessures se cicatrisèrent.

— Et vous, vous ne pouvez pas me tuer, dit Jory.

Il continuait de sourire. Joe dit :

— Je descends.

Il marcha en trébuchant jusqu'à la porte de la chambre et l'ouvrit. Le corridor défraîchi s'étendait de l'autre côté ; il s'y engagea avec précaution, avançant pas à pas. Mais le sol semblait d'une nature substantielle. Il n'y avait là rien d'un monde imaginaire.

— N'allez pas trop loin, dit la voix de Jory derrière lui. Je ne peux pas maintenir une zone trop grande. Par exemple si vous montiez dans une de ces voitures et rouliez pendant des kilomètres... vous arriveriez à un endroit où tout s'arrête. Ça ne serait pas plus drôle pour vous que pour moi.

— Je ne vois pas ce que j'ai à perdre.

Joe atteignit la porte de l'ascenseur et appuya sur le bouton d'appel.

La voix de Jory le héla une nouvelle fois :

— J'ai des ennuis avec les ascenseurs. Ils sont compliqués. Vous feriez peut-être mieux de prendre l'escalier.

Après avoir attendu encore un peu, Joe renonça ; comme le lui avait conseillé Jory, il emprunta l'escalier — cet escalier qu'il avait si récemment gravi, marche après marche, en un effort surhumain.

En tout cas, songea-t-il, voilà l'une des deux forces antagonistes qui dominent la situation ; Jory est celle qui nous détruit — qui nous *a détruits*, sauf moi. Derrière Jory il n'y a rien ; il est le point final. Est-ce que je rencontrerai l'autre force ? Pas assez tôt sans doute pour en profiter. Il jeta un coup d'œil à sa main. Elle était complètement rétablie.

En débouchant dans le vestibule il regarda autour de lui, examinant les gens, le grand lustre qui pendait du plafond. A maints égards Jory avait accompli un travail remarquable, en dépit de la régression vers ces formes passées. Le sol était vraiment réel sous ses pieds. Il ne pouvait s'empêcher d'en avoir l'impression.

Jory doit avoir de l'expérience, se dit-il. Il a dû faire ça bien des fois.

Se dirigeant vers la réception, il dit à l'employé :

— Avez-vous un restaurant à me conseiller ?

— En descendant la rue, dit l'employé en arrêtant de trier du courrier. A votre droite. Le Matador. Une excellente table, monsieur.

— Je suis tout seul, dit Joe, cédant à une impulsion subite. L'hôtel n'a rien à me fournir ? Pas de femmes ?

L'employé dit d'une voix pincée et réprobatrice :

— Pas dans *notre* établissement, monsieur ; cet hôtel n'est pas une maison de passe.

— C'est un hôtel familial honnête et bien fréquenté, dit Joe.

— Il nous plaît de le penser, monsieur.

— Je vous mettais juste à l'épreuve, fit Joe. Je voulais être sûr de la bonne tenue de l'hôtel où je réside.

Il quitta la réception, traversa le vestibule en direction de la sortie et descendit les marches de marbre vers la porte à tambour qui donnait sur la rue.

Dès le réveil, un plein bol de bons flocons Ubik, la céréale pour adultes, plus croustillante, plus délicieuse, plus nutritive.
La céréale des petits déjeuners joyeux, exquise jusqu'à la dernière cuillerée !
Ne pas dépasser la portion conseillée pour un repas.

16

La diversité des voitures l'étonna. De nombreuses années étaient représentées, de nombreuses marques et de nombreux modèles. Le fait que la plupart des véhicules étaient noirs ne pouvait être imputé à Jory ; le détail était authentique.

Mais comment Jory le savait-il ?

C'est bizarre, pensa-t-il. Cette connaissance que Jory a de 1939, une époque à laquelle aucun de nous n'a vécu — excepté Glen Runciter.

Puis soudain il comprit. Jory avait dit la vérité ; il n'avait pas construit ce monde-ci mais celui de leur propre époque, ou plutôt sa contrepartie fantasmagorique. La décomposition vers les formes antérieures ne provenait pas de lui ; elle s'était produite malgré ses efforts. C'était comme un atavisme naturel, songea-t-il, qui se manifestait automatiquement à mesure que la force de Jory diminuait. Comme l'avait dit le jeune garçon, c'était un effort énorme. C'était peut-être la première fois qu'il créait un monde à ce point diversifié, pour autant de personnes à la fois. Il n'était pas courant qu'un aussi grand nombre de semi-vivants soient connectés entre eux.

Nous avons imposé à Jory une fatigue anormale, se dit-il. Et nous avons payé pour ça.

Un vieux taxi Dodge de forme carrée passa dans la rue ; Joe lui fit signe, et le taxi se rangea en cahotant le long du trottoir. Vérifions un peu ce qu'a prétendu Jory, se dit-il, au sujet des proches frontières de ce pseudo-monde. Il dit au chauffeur :

— Je voudrais faire un tour en ville ; allez où vous voulez. J'aimerais voir autant de rues, de maisons et de gens que possible, et quand nous aurons roulé à travers tout Des Moines je voudrais que vous m'emmeniez visiter la ville la plus proche.

— Je ne vais pas d'une ville à l'autre, monsieur, dit le chauffeur en tenant la portière ouverte à l'intention de Joe. Mais je serai heureux de vous montrer Des Moines. C'est une jolie ville. Vous n'êtes pas de la région, n'est-ce pas ?

— Je viens de New York, dit Joe en montant dans le taxi.

Le taxi démarra et s'inséra dans la circulation.

— Qu'est-ce qu'on pense de la guerre là-bas à New York ? questionna le chauffeur. Vous croyez qu'on va y participer ? Roosevelt voudrait bien nous y...

— Je n'ai pas envie de discuter de guerre ou de politique, dit Joe sèchement.

Ils roulèrent un moment en silence.

Observant les immeubles, les piétons et les automobiles qui défilaient sous ses yeux, Joe se demanda une fois de plus comment Jory pouvait maintenir en place un pareil ensemble de choses. Il y a tant de détails, s'étonna-t-il. Je pense que je ne vais pas tarder à atteindre la limite ; ça devrait arriver d'une minute à l'autre maintenant.

— Dites-moi, chauffeur, demanda-t-il, est-ce qu'il y a des maisons closes à Des Moines ?

— Non, répondit le chauffeur.

Peut-être que Jory ne peut pas fabriquer ça, réfléchit-il. A cause de son jeune âge. Ou peut-être est-il contre. Il se sentit soudain fatigué. Je vais où ? s'interrogea-t-il. Et pour quoi faire ? Pour me prouver que Jory a dit vrai ? *Mais je sais déjà que c'est vrai* ; j'ai vu le médecin se volatiliser. J'ai vu Jory émerger de l'intérieur de Don Denny ; ça devrait suffire. Tout ce que je fais, c'est d'imposer un plus grand effort à Jory, ce qui augmente son appétit. Je ferais mieux d'abandonner, décida-t-il. Ça ne sert à rien.

Et, comme Jory l'a dit, Ubik cessera bientôt de faire effet. Cette promenade en voiture dans Des Moines, ce n'est quand même pas la meilleure façon de passer les dernières minutes ou les dernières heures de mon existence. Je devrais trouver autre chose.

Sur le trottoir une jeune fille marchait d'un pas souple et tranquille ; elle semblait faire du lèche-vitrines. Une jolie fille aux nattes blondes malicieuses, avec un tricot ouvert sur son corsage, une jupe rouge vif et de petits escarpins à talons hauts.

— Arrêtez-vous, dit-il au chauffeur. Là, près de cette jeune fille avec des nattes.

— Elle ne vous parlera pas, observa le chauffeur. Elle appellera un flic.

— Ça m'est égal, fit Joe.

Au point où il en était, quelle importance ? La vieille Dodge ralentit en se rapprochant du trottoir et ses pneus gémirent en frottant contre le bord. La jeune fille leva les yeux.

— Hé ! mademoiselle, dit Joe.

Elle le regarda avec curiosité ; ses yeux bleus au regard intelligent et chaleureux s'écarquillèrent un peu, mais elle ne montra ni crainte ni répugnance. Elle semblait au contraire légèrement amusée, d'une manière amicale.

— Oui ? fit-elle.

— Je vais mourir, dit Joe.

— Oh ! mon Dieu, dit la jeune fille avec anxiété. Est-ce que vous êtes... ?

— Il n'est pas malade, interrompit le chauffeur de taxi. Il cherche simplement une fille ; il veut vous emmener.

La jeune fille se mit à rire. Sans hostilité. Et elle ne s'éloigna pas.

— C'est presque l'heure de dîner, lui dit Joe. Laissez-moi vous emmener à un restaurant, le Matador ; il paraît que c'est un endroit bien.

Sa lassitude s'était accrue et il en sentait le poids ; il réalisa avec une horreur muette que c'était la même que celle qui l'avait frappé dans le vestibule de l'hôtel, après qu'il eut fait voir la contravention à Pat. Et le froid aussi était là. A la dérobée, l'expérience physique du mélange cryonique où il baignait l'avait envahi à nouveau. Ubik n'agit plus, pensa-t-il. Je n'en ai plus pour longtemps.

Son visage avait dû refléter quelque chose ; la jeune fille s'avança jusqu'à la vitre baissée du taxi.

— Vous vous sentez bien ? demanda-t-elle.

Joe dit avec effort :

— Je suis en train de mourir, mademoiselle.

Sa main recommençait à lui faire mal. Et les marques de dents y étaient redevenues visibles. Ce seul détail suffisait à le remplir de terreur.

— Faites-vous conduire à l'hôpital par le chauffeur, dit la jeune fille.

— Pouvons-nous dîner ensemble ? lui demanda Joe.

— C'est ce que vous voulez ? dit-elle. Alors que vous êtes... je ne sais pas, moi. Malade ? Est-ce que vous êtes malade ? (Elle ouvrit la portière du taxi.) Vous voulez que je vous accompagne à l'hôpital ? C'est ça ?

— Au Matador, dit Joe. Nous prendrons du filet de taupe martienne braisé. (Puis il se rappela qu'un plat pareil ne pouvait exister à cette époque.) Un steak grillé, dit-il. Vous aimez la bonne viande de bœuf ?

La jeune fille monta dans le taxi et dit au chauffeur :

— Il veut aller au Matador.

— D'accord, mademoiselle, répondit le chauffeur.

Le taxi redémarra. Au carrefour suivant le chauffeur fit demi-tour ; maintenant, se dit Joe, nous sommes en route pour le restaurant. Je me demande si je tiendrai le coup. La fatigue et le froid le submergeaient complètement ; il sentait les mécanismes de son corps se refermer un à un. Des organes qui n'avaient pas d'avenir ; la rate n'avait pas besoin de produire des globules rouges, les reins n'avaient pas besoin d'éliminer les déchets, les intestins n'avaient plus aucune utilité. Seul le cœur continuait à peiner et la respiration à se faire difficilement cours ; chaque fois qu'il laissait pénétrer de l'air dans ses poumons il sentait la pression du bloc de béton qui s'était installé sur sa poitrine. Ma pierre tombale, songea-t-il. Il vit que sa main s'était remise à saigner ; un sang épais qui coulait lentement goutte à goutte.

— Vous prenez une Lucky Strike ? lui demanda la jeune fille en lui tendant son paquet de cigarettes.

Comme dit le slogan : *They're toasted.* La formule *Lucky Strike Micro-Filter Tipped* n'existera pas avant...

— Je m'appelle Joe Chip.

— Vous voulez que je vous dise mon nom ?

— Oui, fit-il d'une voix rauque. (Et il ferma les yeux ; pendant un moment il fut incapable de parler.) Vous aimez Des Moines ? demanda-t-il enfin à la jeune fille, en lui dissimulant sa main. Vous y avez habité longtemps ?

— Vous avez l'air très fatigué, Mr Chip, dit la jeune fille.

— Oh ! ce n'est rien, fit-il avec un geste du bras. Ça ne compte pas.

— Si, ça compte. (La jeune fille ouvrit son sac et y fouilla avec vivacité.) Je ne suis pas une extension de Jory ; je ne suis pas comme lui... (Elle désigna le chauffeur.) Ou comme ces boutiques, ces maisons et cette rue terne, tous ces gens et leurs voitures néolithiques. Tenez, Mr Chip. (Elle sortit de son sac une enveloppe qu'elle lui donna.) Voici pour vous. Ouvrez-la tout de suite ; nous n'avons que trop tardé tous les deux.

Les doigts crispés, il déchira l'enveloppe.

Il y trouva un certificat, imposant et ornementé. Mais les lignes imprimées dansaient devant ses yeux ; sa fatigue était telle qu'il ne parvenait pas à lire.

— Qu'est-ce qui est inscrit ? questionna-t-il en posant le papier sur ses genoux.

— Ça vient de la compagnie qui fabrique Ubik, déclara la jeune fille. C'est la garantie, Mr Chip, d'un approvisionnement gratuit et à vie, gratuit parce que je connais votre problème vis-à-vis de l'argent, disons votre idiosyncrasie. Au dos figure la liste de tous les drugstores qui en détiennent. Il y en a deux à Des

Moines — et ils ne sont pas abandonnés. Je suggère qu'avant de dîner nous allions d'abord à l'un d'eux. Tenez, chauffeur. (Elle se pencha et remit au chauffeur un morceau de papier déjà rédigé.) Emmenez-nous à cette adresse. Et dépêchez-vous ; ça ne va pas tarder à fermer.

Joe se laissa aller contre le dossier de la banquette, haletant.

— Nous arriverons à temps au drugstore, dit la jeune fille en lui tapotant le bras pour le rassurer.

— Qui êtes-vous ? lui demanda Joe.

— Je m'appelle Ella. Ella Hyde Runciter. Je suis la femme de votre patron.

— Vous êtes ici avec nous, dit Joe. Du même côté que nous ; en capsule cryonique.

— J'y suis déjà depuis longtemps, comme vous le savez, dit Ella Runciter. Bientôt je pense que je vais renaître à travers une autre matrice. Du moins c'est ce que dit Glen. Je n'arrête pas de rêver d'une lumière rouge fumeuse, et c'est mal ; ce n'est pas une matrice décente à choisir pour renaître.

Elle éclata d'un rire vibrant et chaud.

— *C'est vous qui êtes l'autre*, dit Joe. Jory nous détruit, et vous essayez de nous aider. Derrière vous il n'y a personne, comme il n'y a personne derrière Jory. J'ai atteint les dernières entités concernées.

Ella déclara ironiquement :

— Je ne me vois pas en entité ; je ne suis qu'Ella Runciter.

— Mais ce que je dis est vrai, insista Joe.

— Oui, acquiesça-t-elle gravement.

— Pourquoi vous opposez-vous à Jory ?

— Parce que Jory m'a envahie, dit Ella. Il me menace de la même façon que vous. Nous savons tous deux ce qu'il fait ; il vous l'a dit lui-même dans votre chambre d'hôtel. Il devient quelquefois très puissant ; il lui arrive de me supplanter quand je suis en activité et que j'essaie de parler à Glen. Mais apparemment je suis capable de mieux lui tenir tête que les autres semi-vivants, avec ou sans Ubik. Mieux par exemple que votre groupe, même à l'échelon collectif.

— Oui, dit Joe.

C'était sans aucun doute la vérité. Il en avait eu la preuve.

— Après ma nouvelle naissance, continua Ella, Glen ne pourra plus me consulter. J'ai donc une raison pratique et très égoïste de vous secourir, Mr Chip ; *je veux que vous me remplaciez*. Je veux qu'il y ait quelqu'un à qui Glen puisse demander conseil et assistance, sur qui il puisse s'appuyer. Vous ferez parfaitement l'affaire ; vous jouerez en semi-vie le même rôle que dans votre vie. Donc, en un sens, je ne suis pas animée par de nobles sentiments ; je vous ai sauvé de Jory par simple bon sens. (Elle ajouta :) Et Dieu sait pourtant que je déteste Jory.

— Après votre renaissance, demanda Joe, je ne succomberai pas ?

— Vous aurez votre dose d'Ubik à vie. Comme précisé sur le certificat que je vous ai donné.

— Je pourrai peut-être vaincre Jory, dit Joe.

— Vous voulez dire le détruire ? (Ella réfléchit.) Il n'est pas invulnérable. Peut-être avec le temps découvrirez-vous le moyen de le neutraliser. Mais c'est le mieux que vous puissiez espérer, je pense. Je doute que vous puissiez vraiment le détruire — autrement dit le dévorer — comme il l'a fait pour les semi-vivants qui étaient près de lui au moratorium.

— J'exposerai la situation à Glen Runciter, dit Joe, et il fera retirer Jory du moratorium.

— Glen n'a aucune autorité pour en décider.

— Et Schönheit von Vogelsang ne peut pas... ?

— Herbert reçoit chaque année de la famille de Jory une grosse somme d'argent, pour qu'il soit gardé avec les autres sous des raisons plausibles, dit Ella. Et... il y a des Jory dans chaque moratorium. Ce combat se déroule partout où il y a des semi-vivants ; en vérité c'est une règle de notre mode d'existence. (Elle se tut ; pour la première fois il vit sur son visage une expression de colère. Un air troublé et contracté qui dérangeait son calme.) C'est de ce côté que doit s'organiser la lutte, reprit-elle. Elle doit être menée par les semi-vivants qui sont les victimes de Jory. Il faudra que vous preniez ma suite, Mr Chip, quand j'aurai effectué ma nouvelle naissance. Pensez-vous en être capable ? Ce sera dur. Jory ne cessera de saper vos forces, de vous imposer un fardeau qui vous fera l'effet d'être... (Elle hésita.) L'approche de la mort. Ce qui sera le cas. Car en semi-vie nous déclinons de toute façon constamment. Jory ne fait qu'accélérer les choses. La fatigue et le refroidissement finissent toujours par arriver. Mais pas si tôt.

Joe pensa : Je me souviens de ce qu'il a fait à Wendy. C'est ça qui m'aidera à tenir. Seulement ça.

— Voilà le drugstore, mademoiselle, dit le chauffeur.

La vieille Dodge obliqua vers le trottoir et s'arrêta.

— Je n'entre pas avec vous, dit Ella Runciter à Joe qui ouvrait la portière et s'apprêtait à descendre. Au revoir. Merci de votre dévouement envers Glen. Merci de ce que vous ferez pour lui. (Elle se pencha, l'embrassa sur la joue ; ses lèvres lui parurent gonflées de vie. Et un peu de cette vie lui était transmise par ce baiser ; il se sentit plus robuste.) Bonne chance avec Jory.

Elle se radossa et reprit un maintien posé, son sac

sur ses genoux. Joe referma la portière, resta immobile un instant, puis se dirigea en vacillant vers le drugstore. Derrière lui le taxi redémarra ; il entendit le ronflement du moteur mais ne le vit pas s'en aller.

A l'intérieur du drugstore cossu et brillamment éclairé un pharmacien chauve, portant un costume noir et un nœud papillon, vint à sa rencontre.

— Je regrette, nous sommes en train de fermer, monsieur. J'allais verrouiller la porte.

— Mais je suis entré, dit Joe, et je désire être servi. (Il montra au pharmacien le certificat remis par Ella ; clignant des yeux derrière ses lorgnons, l'homme étudia l'inscription en lettres gothiques.) Vous allez me servir ? demanda Joe.

— Ubik, dit le pharmacien. Je crois bien que je n'en ai plus. Attendez que j'aille voir.

Il s'éloigna.

— Jory, dit Joe.

Tournant la tête le pharmacien demanda :

— Monsieur ?

— Vous êtes Jory, dit Joe. (Je m'en aperçois maintenant, se dit-il. J'apprends à le reconnaître quand je le rencontre.) Vous avez inventé ce drugstore, poursuivit-il, et tout ce qui s'y trouve excepté les atomiseurs Ubik. Vous n'avez aucune autorité sur Ubik ; Ubik provient d'Ella.

Il se força à marcher ; pas à pas il se glissa derrière le comptoir vers les rangées de médicaments. En examinant les étagères l'une après l'autre dans la pénombre, il tenta d'apercevoir Ubik. L'éclairage du drugstore s'était obscurci ; les contours des choses se brouillaient.

— J'ai régressé tout l'Ubik qu'il y avait ici, dit le pharmacien de la voix aiguë et juvénile de Jory. Il est revenu à la forme du baume pour le foie et les reins. Il ne sert plus à rien.

— J'irai à l'autre drugstore qui en a, déclara Joe.

Il s'appuya contre le comptoir, respirant péniblement et par à-coups.

Jory, à l'intérieur du pharmacien chauve, répondit :

— Il sera fermé.

— Demain, dit Joe. Je pourrai tenir jusqu'à demain matin.

— Vous ne pourrez pas, dit Jory. Et d'ailleurs l'Ubik de ce drugstore sera régressé aussi.

— J'irai dans une autre ville, fit Joe.

— Partout où vous irez, il sera régressé. Revenu à l'état de pommade ou bien de poudre ou bien d'élixir ou bien de baume. Vous ne le reverrez jamais en atomiseur, Joe Chip !

Jory, sous la forme du pharmacien chauve, sourit en montrant ses dents qui avaient l'air en celluloïd.

— Je peux... (Il s'interrompit, rassemblant ses forces éparses. Essayant, par sa seule volonté, de réchauffer son corps raidi et glacé.) Le faire retourner au présent, acheva-t-il. En 1992.

— Vous croyez, Mr Chip ? (Le pharmacien tendit à Joe une boîte de carton.) Tenez. Ouvrez ça et vous verrez...

— Je sais ce que je verrai.

Il se concentra sur le bocal de baume pour le foie et les reins. Avance vers l'avenir, lui dit-il, évolue. Il le baignait d'énergie, projetait vers lui son sentiment de besoin. Mais la boîte ne changea pas. Le monde est redevenu normal, lui dit-il.

— Atomiseur, dit-il à haute voix.

Il ferma les yeux pour se reposer.

— Ce n'est pas un atomiseur, Mr Chip, dit le pharmacien.

Il se déplaçait en éteignant les lumières ; parvenu à la caisse, il engagea une clef dans le tiroir qui s'ouvrit. D'un geste expert, il sortit du tiroir les billets de banque et la monnaie et les plaça dans une boîte de métal munie d'un cadenas.

— Tu es un atomiseur, dit Joe à la boîte de carton qu'il avait à la main. Nous sommes en 1992, fit-il en déployant la totalité de ses efforts.

La dernière lumière fut éteinte par le pseudo-pharmacien. Le drugstore n'était plus éclairé que par la lueur blême d'un réverbère dans la rue ; à cette lueur Joe ne distinguait plus que les contours de la boîte dans sa main. Ouvrant la porte, le pharmacien dit :

— Venez, Mr Chip. Il est temps de rentrer. Elle se trompait, n'est-ce pas ? Et vous ne la reverrez plus, car elle est trop engagée sur la route qui mène à sa prochaine naissance ; elle ne pense plus à vous, ni à moi ni à Runciter. Ce que voit maintenant Ella ce sont des lumières variées : une lumière rouge et une lumière terne, et puis peut-être une lumière orange vif...

— Ce que je tiens là, dit Joe, est un atomiseur.

— Non, dit le pharmacien. Je regrette, Mr Chip. Sincèrement. Mais ce n'en est pas un.

Joe reposa la boîte de carton sur le comptoir. Il pivota sur ses talons avec dignité et entama le long trajet qui le séparait de la porte du drugstore que le pharmacien laissait ouverte à son intention. Aucun d'eux ne parla avant le moment où Joe, enfin, franchit le seuil pour se retrouver sur le trottoir envahi par l'obscurité.

Derrière lui le pharmacien sortit à son tour ; il se pencha et ferma la porte à clef.

— Je vais me plaindre au fabricant, dit Joe. A propos de... (Il se tut. Quelque chose se resserrait dans sa gorge ; il ne pouvait ni respirer ni parler. Puis, passagèrement, ce blocage se relâcha.) Votre drugstore régressé, termina-t-il.

— Bonne nuit, dit le pharmacien.

Il resta un moment à observer Joe dans la pénombre du crépuscule. Puis, haussant les épaules, il s'éloigna. A sa gauche, Joe discernait la forme sombre d'un banc où des gens attendaient la venue d'un tramway. Il parvint à l'atteindre, puis à s'asseoir. Les autres personnes, au nombre de deux ou trois, s'écartèrent de lui, soit par répugnance soit pour lui laisser de la place ; il ne le savait pas et s'en souciait peu. Il ne sentait qu'une chose : le support du banc sous lui, le soulagement d'une partie de cette vaste pesanteur qui le transformait en matériau inerte. Encore quelques minutes, se dit-il. Si je me souviens bien. Bon Dieu, passer par une chose pareille, pensa-t-il. Et pour la seconde fois.

En tout cas nous avons fait ce que nous avons pu, se dit-il en regardant les lumières jaunes scintillantes et les enseignes au néon, le flot des voitures allant et venant sous ses yeux. Il songea : Runciter s'est débattu et a lutté ; Ella a griffé et mordu, elle s'est défendue pendant longtemps. Et moi, pensa-t-il, j'ai bien failli ramener au présent le bocal de baume Ubik pour le foie et les reins. J'ai presque réussi. Cette notion avait un aspect positif ; elle lui donnait la mesure de sa force. De son effort final transcendant.

Le tramway, un monstre de métal cliquetant, vint s'arrêter en grinçant devant le banc. Les gens qui entouraient Joe se levèrent et prirent pied sur la plateforme.

— Hé, monsieur ! cria le conducteur à l'adresse de Joe. Vous montez ou pas ?

Joe ne répondit pas. Le conducteur attendit, puis actionna son signal. Le tramway s'ébranla bruyamment, poursuivit sa route et disparut aux yeux de Joe. Bonne chance, se dit-il en écoutant le fracas des roues s'estomper. Et adieu.

Il s'appuya au dossier du banc, ferma les yeux.

— Excusez-moi. (Penchée au-dessus de lui dans la pénombre, se tenait une jeune femme vêtue d'un manteau en plumes d'autruche synthétiques ; il leva les yeux vers elle, brusquement conscient de sa présence.) Mr Chip ? dit-elle. (Jolie et mince, elle portait un tailleur sous son manteau, un chapeau, des gants et des chaussures à talons hauts. Elle avait quelque chose à la main ; il voyait les contours d'un paquet.) De New York ? De Runciter Associates ? Je ne veux pas donner ça à la personne qu'il ne faut pas.

— Je suis Joe Chip, répondit-il. (Un moment il pensa qu'il s'agissait d'Ella Runciter. Mais en fait il ne l'avait jamais vue.) Qui vous a envoyée ? demanda-t-il.

— Le Dr Sonderbar, dit la jeune femme. Le jeune Dr Sonderbar, fils du Dr Sonderbar le fondateur.

— Qui est-ce ? (Le nom ne lui disait rien, puis il se rappela où il l'avait vu.) L'homme du baume pour le foie et les reins, murmura-t-il. Feuilles de laurier-rose spécialement traitées, huile de menthe poivrée, charbon, chlorure de cobalt, oxyde de zinc...

La fatigue le submergea ; il cessa de parler. La jeune femme déclara :

— Grâce à l'usage des techniques les plus avancées de la science actuelle, la réversion de la matière à des formes primitives peut être inversée, et ceci à un prix à la portée de tout possesseur de conapt. Ubik est vendu dans les principaux magasins d'arts ménagers de la Terre. Alors, Mr Chip, qu'attendez-vous ? Allez l'acheter chez votre fournisseur habituel.

Pleinement revenu à la conscience maintenant, il dit :

— L'acheter *où* ? (Il se leva laborieusement, se mit debout en oscillant sur lui-même.) Vous êtes de 1992 ; vos paroles sortent du spot publicitaire de Runciter à la TV.

Le vent du soir bruissa contre lui et le happa, l'entraînant comme un paquet de chiffons en loques.

— Oui, Mr Chip. (La jeune femme lui tendit le paquet qu'elle tenait à la main.) Vous m'avez amenée du futur à cause de ce que vous avez fait dans le drugstore il y a quelques instants. Vous m'avez fait venir directement du laboratoire. Mr Chip, je peux le vaporiser sur vous, si vous vous sentez trop faible. Le désirez-vous ? Je suis consultante technique et représentante officielle du laboratoire ; je sais comment procéder.

D'un geste vif elle arracha le paquet de ses mains tremblantes ; elle l'ouvrit et, immédiatement, fit jaillir vers lui un nuage d'Ubik. Dans l'obscurité il voyait l'atomiseur briller. Il voyait les lettres aux couleurs vibrantes.

— Merci, fit-il au bout d'un moment.

Il se sentait mieux. Et il avait plus chaud. La jeune femme dit :

— Il vous en faut moins cette fois que dans la chambre d'hôtel ; vous avez dû augmenter votre résistance. Tenez, je vous laisse l'atomiseur ; au cas où vous en auriez besoin avant demain matin.

— Je pourrai en avoir d'autre ? demanda Joe. Quand celui-ci sera épuisé ?

— Bien entendu. Si vous m'avez fait venir ici une fois, je suppose que vous pourrez recommencer. Par la même méthode.

Elle s'écarta de lui, se confondant avec les ombres projetées par les murs denses des magasins fermés.

— Qu'est-ce que c'est qu'Ubik ? questionna Joe, cherchant à la retenir.

— Un atomiseur Ubik, répondit la jeune femme, est un ionisateur négatif portatif, muni d'une unité organique à haut voltage et bas ampères qu'actionne une batterie à hélium à gain maximum dotée d'une puissance de 25 kilovolts. Les ions négatifs sont l'objet d'un mouvement de rotation en sens inverse des aiguilles d'une montre qui leur est imprimé par une chambre d'accélération radicalement polarisée, ce qui leur communique une tendance centripète les amenant à s'agglomérer plutôt qu'à se disperser. Un champ ionique négatif diminue la vitesse des antiprotophases présentes normalement dans l'atmosphère ; dès que s'abaisse leur vitesse, elles cessent d'être des antiprotophases et, en vertu du principe de parité, ne peuvent plus s'assembler aux protophases engendrées par les personnes congelées en capsules cryoniques ; autrement dit les semi-vivants. Le résultat final est que la proportion des protophases non annulées par les antiprotophases s'accroît, ce qui se traduit — tout au moins pour un temps donné — par une augmentation dans l'émission de champ liée à l'activité protophasique ; il en découle pour le semi-vivant qui expérimente le phénomène un regain de vitalité ainsi qu'un abaissement de la sensation de froid due aux températures de congélation. Vous voyez donc pourquoi les formes régressées d'Ubik ne pouvaient pas...

Joe dit machinalement :

— Parler d'ions négatifs est un pléonasme. Tous les ions sont négatifs.

La jeune femme continua de s'éloigner.

— Je vous reverrai peut-être, dit-elle aimablement.

Je suis heureuse de vous avoir apporté l'atomiseur ; il se peut que la prochaine fois...

— Nous pourrions dîner ensemble, dit Joe.

— J'en serais ravie.

Elle reculait de plus en plus.

— Qui a inventé Ubik ? demanda Joe.

— Un certain nombre de semi-vivants compétents pour qui Jory était une menace ; et principalement Ella Runciter. Il leur a fallu travailler longtemps ensemble pour le mettre au point. Et il n'en existe pas encore un grand stock.

Elle continua de battre en retraite de façon insensible jusqu'à disparaître progressivement.

— Au Matador ! cria Joe derrière elle. Je crois savoir que Jory a fait du bon travail en le matérialisant. Ou en le régressant, si tel est le cas.

Il prêta l'oreille, mais il n'y eut pas de réponse. Tenant soigneusement contre lui l'atomiseur, Joe Chip se mit en marche dans la rue où passaient des voitures. Il cherchait des yeux un taxi.

A la lumière d'un réverbère il lut l'inscription que portait l'atomiseur.

JE CROIS QU'ELLE S'APPELLE MYRA LANEY
REGARDEZ DE L'AUTRE CÔTÉ
POUR L'ADRESSE ET LE TÉLÉPHONE

— Merci, dit Joe à l'atomiseur.

Nous sommes servis par des fantômes organiques, pensa-t-il, qui par la parole et l'écriture pénètrent dans notre nouvel environnement. Des fantômes avisés qui veillent, issus du monde physique de la vie réelle, et qui se manifestent à nous comme des projections envahissantes mais bienveillantes, comme les battements anciens d'un cœur oublié. Et entre tous, songea-t-il, merci à Glen Runciter. Lui en particulier. Le rédacteur des modes d'emploi, des étiquettes et des messages. Des précieux messages.

Il leva le bras pour faire signe à un taxi Graham 1936 qui s'approchait et qui fit devant lui une halte grinçante.

Je suis Ubik.
Avant que l'univers soit, je suis.
J'ai fait les soleils.
J'ai fait les mondes.
J'ai créé les êtres vivants et les lieux qu'ils habitent ; je les y ai transportés, je les y ai placés.
Ils vont où je veux, ils font ce que je dis.
Je suis le mot et mon nom n'est jamais prononcé, le nom qui n'est connu de personne.
Je suis appelé Ubik, mais ce n'est pas mon nom.
Je suis.
Je serai toujours.

17

Glen Runciter ne trouvait pas le propriétaire du moratorium.

— Vous êtes sûre de ne pas savoir où il est ? demanda-t-il à Miss Beason, la secrétaire de von Vogelsang. Il faut absolument que je reparle à Ella.

— Je vais la faire chercher, dit Miss Beason. Si vous voulez bien attendre dans le bureau 4-B, Mr Runciter, votre femme ne tardera pas à vous être amenée. Installez-vous confortablement.

Runciter se rendit au bureau 4-B où il fit les cent pas nerveusement. Finalement un employé du moratorium apparut, poussant un chariot sur lequel reposait le cercueil d'Ella.

— Excusez-moi de vous avoir fait attendre, dit l'employé.

Il se mit aussitôt à brancher le système de communication électronique, tout en fredonnant gaiement.

Le travail fut vite achevé. L'employé vérifia une dernière fois le circuit, hocha la tête avec satisfaction, puis s'apprêta à quitter les lieux.

— Voici pour vous, dit Runciter en lui tendant plusieurs pièces de cinquante *cents* qu'il avait sorties de ses poches. Je vous remercie d'avoir été aussi rapide.

— C'est moi qui vous remercie, Mr Runciter, dit l'employé. (Il regarda les pièces, puis fronça les sourcils.) Qu'est-ce que c'est que cette monnaie ? demanda-t-il.

Runciter examina longuement les pièces. Il vit tout de suite ce que l'employé voulait dire ; de façon très nette, elles n'étaient pas ce qu'elles auraient dû être. Quel est ce profil ? se demanda-t-il. Qui figure sur ces trois pièces ? Ce n'est pas du tout le bon personnage. Et pourtant il m'est familier. Je le connais.

Alors il reconnut le profil. Je me demande ce que ça signifie, se dit-il. C'est la chose la plus bizarre que j'aie jamais vue. La plupart des choses dans la vie finissent par s'expliquer. Mais... Joe Chip sur une pièce de cinquante *cents* ?

C'était la première fois qu'il voyait de la monnaie Joe Chip.

Il avait l'intuition, avec un frisson, que s'il fouillait ses poches et son portefeuille il en trouverait d'autres spécimens.

Tout ne faisait que commencer.

Imprimé en Espagne par
Liberdúplex
à Sant Llorenç d'Hortons (Barcelone)
en septembre 2019

X07495/01